I0649328

Selma Lagerlöf, Marie   Franzos

Ein Stück Lebensgeschichte und andere Erzählungen

Selma Lagerlöf, Marie   Franzos

Ein Stück Lebensgeschichte und andere Erzählungen

ISBN/EAN: 9783337354084

Hergestellt in Europa, USA, Kanada, Australien, Japan

Cover: Foto ©Andreas Hilbeck / pixelio.de

Weitere Bücher finden Sie auf **www.hansebooks.com**

Selma Lagerlöf

Ein Stück Lebensgeschichte

und andere Erzählungen

Einzige berechtigte Übersetzung aus dem Schwedischen

von

Marie Franzos

Viertes und fünftes Tausend

Albert Langen, München

Copyright 1909 by Albert Langen, Munich

Inhalt

Ein Stück Lebensgeschichte

Es war einmal eine Saga, die wollte erzählt und in die Welt hinausgetragen werden. Dies war ganz natürlich, weil sie wußte, daß sie schon so gut wie fertig war. Viele hatten mitgeholfen, sie durch merkwürdige Taten zu schaffen, andre hatten ihr Teil dadurch beigetragen, daß sie diese Taten immer wieder und wieder erzählten. Ihr fehlte nur, daß einer sie notdürftig zusammenfügte, damit sie gemächlich durchs Land ziehen könne. Sie war erst ein ganzes Gewühl von Geschichten, eine formlose Wolke von Abenteuern, die hin und her flatterten wie ein Schwarm verirrter Bienen an einem Sommertag und nicht wußten, wo sie einen finden sollten, der sie in einem Korbe vereinigen könnte.

Die Saga, die erzählt werden wollte, war in Värmland entstanden, und man kann sicher sein, daß sie über so manchen Herrenhöfen und Eisenhämmern, über so manchen Pfarrhöfen und Offizierswohnungen in der schönen Provinz schwebte, zum Fenster hineinguckte und um Einlaß bat. Aber sie mußte viele vergebliche Versuche machen: überall wurde sie abgewiesen. Es konnte ja kaum anders sein. Die Leute hatten an viel wichtigere Dinge zu denken.

Endlich kam die Saga in ein altes Haus, das Mårbacka hieß. Das war ein kleines Gehöft mit niedrigen Wirtschaftsgebäuden, die von hohen Bäumen überschattet wurden. Früher einmal war es ein Pfarrhof gewesen, und es war, als hätte ihm das ein Gepräge aufgedrückt, das es nicht verlieren könnte. Man schien dort größere Liebe zu Büchern und Studien zu haben als anderswo, und immer lag ein stiller Friede über diesem Hause. Da durfte niemals ein Jagen bei der Arbeit oder ein Zank mit dem Gesinde vorkommen. Haß oder Zwietracht durfte es da auch nicht geben; und wer sich dort aufhielt, durfte das Leben nicht schwer nehmen —: die allererste Pflicht war, sorglos zu sein und zu glauben, daß der liebe Herrgott für jeden, der in diesem Hause lebte, alles zum Besten lenke.

Wenn ich heute zurückdenke, weiß ich: die Saga, von der ich spreche, muß eine ganze lange Reihe von Jahren in ihrem vergeblichen Warten, daß sie einer erzähle, hier geweilt haben. Es dünkt mich, sie müsse das Haus umschwebt haben, so wie eine Wolke einen Bergesgipfel umschwebt; und einmal ums andre ließ sie eines der Abenteuer, aus denen sie bestand, darauf hinunterregnen. Sie kamen als seltsame Gespenstergeschichten von dem Gutsherrn, der immer schwarze Stiere vor dem Wagen hatte, wenn er nachts von einem Gastmahl heimkehrte, und in dessen Heim der leibhaftige Böse selbst im Schaukelstuhl saß und sich hin und her wiegte, während die Hausfrau spielte. Sie kamen als wunderliche Geschichten aus dem Nachbarhof, wo die Elstern die Hausmutter verfolgt hatten, so daß sie nicht wagte, vor die Tür zu gehen, von der Kapitänswohnung, wo sie so arm waren, daß sie sich alles hatten ausleihen müssen, und von der kleinen Hütte unten an der Kirche, wo so viele junge und alte Mädchen gewohnt, die sich alle in den schönen Orgelbauer verliebten.

Zuweilen kamen die lieben Abenteuer gleichsam noch handgreiflicher in das Haus. Alte arme Offiziere fuhren in rumpelnden Carriols, die mit uralten Pferden bespannt waren, an der Freitreppe vor. Sie machten Halt und blieben wochenlang zu Gaste; und am Abend, wenn der Toddy ihnen Mut gemacht hatte, begannen sie von der Zeit zu erzählen, wo sie ohne Strümpfe in den Schuhen getanzt hatten, damit die Füße kleiner aussähen, und wo sie ihr Haar gebrannt und ihren Schnurrbart geschwärzt hatten. Einer von ihnen prahlte mit dem Abenteuer, wie er versucht hatte, ein schönes Mädchen zu ihrem Bräutigam zurückzuführen, und wie er auf der Heimfahrt von Wölfen verfolgt worden war, ein andrer war bei dem Weihnachtsschmause mit dabei gewesen, wo ein erzürnter Gast alle Haselhühner an die Wand warf, weil man ihm eingeredet hatte, es wären Krähen, ein dritter hatte den Alten gesehen, der dazusitzen und auf einem Holztische Beethoven zu spielen pflegte.

Aber auch auf andere Weise konnte die Saga ihre Anwesenheit kundmachen. Auf dem Dachboden hing das alte Porträt einer Dame mit gepudertem Haar; und wenn jemand daran vorüberging, mußte er sich ja erinnern, daß es die schöne Grafentochter darstellte, die den jungen Lehrer ihres Bruders geliebt hatte und einmal gekommen war, ihn zu besuchen, als sie eine alte, ergraute Dame war und er ein alter verheirateter Mann. In der Rumpelkammer lagen große Haufen von Dokumentenbündeln, die Kaufkontrakte und Pachtverträge enthielten, unterzeichnet von der mächtigen Frau, welche einst über sieben Güter geherrscht, die sie von ihrem Geliebten geerbt hatte. Kam man in die Kirche, so sah man da in einem kleinen verstaubten Schrank unter der Empore die Truhe, die mit Schriften des Unglaubens gefüllt war und nicht vor dem Beginn des neuen Jahrhunderts geöffnet werden durfte; und nicht weit davon war der Fluß, auf dessen Grunde eine Menge Heiligenbilder ruhten, die nicht auf der Kanzel und der Empore hatten bleiben dürfen, denen sie einstmals zum Schmuck gedient hatten.

Daher, daß so viele Überlieferungen das Haus umschwebten, kam es wohl schließlich, wenn eines der Kinder, die dort aufwuchsen, Lust bekam, sie zu erzählen. Es war keiner von den Jungen — die waren nicht viel zu Hause, sie hielten sich beinahe das ganze Jahr in ihren Schulen auf, also daß die Saga nicht so große Macht über sie erlangte —, sondern es war eines von den Mädchen, eines, das kränklich war, so daß es nicht so viel umherlaufen und spielen durfte wie andre Kinder, sondern seine liebste Freude daran hatte, durch Lesen und Erzählungen von allem dem Großen und Merkwürdigen zu erfahren, was sich in der Welt zugetragen hat.

Nun verhielt es sich durchaus nicht so, daß etwa das junge Mädchen von Anfang an die Absicht gehabt hätte, die Sagen und Geschichten niederzuschreiben, die sie umgaben. Es fiel ihr nicht im entferntesten ein, daß aus diesen Abenteuern, die sie so oft hatte erzählen hören, daß sie sie das Alltäglichste von der Welt däuchten, — daß daraus ein Buch werden könnte. Wenn sie zu dichten versuchte, wählte sie die Stoffe aus ihren Büchern, und mit frischem Mute schrieb sie Geschichten über die Sultane aus Tausend und Einer Nacht, über Walter Scotts Ritter und Snorre Sturlasons Sagenkönige.

Es ist sicherlich überflüssig, zu erwähnen, daß, was sie schrieb, das Unoriginellste und Unreifste war, was nur je niedergeschrieben worden ist, aber das konnte sie selbst natürlich nicht sehen. Sie ging daheim in dem stillen Hause umher und bedeckte jedes Stückchen Papier, dessen sie nur habhaft werden konnte mit Versen und Prosa, mit Schauspielen und Romanen. Wenn sie nicht schrieb, ging sie umher und wartete auf das Glück. Und das Glück sollte darin bestehen, daß irgend ein fremder Besucher, der sehr klug und mächtig wäre, durch einen wunderbaren Zufall das entdeckte, was sie geschrieben hatte, und es würdig fände, gedruckt zu werden. Dann würde alles andre ganz von selbst kommen.

Doch es begab sich nichts derartiges, und als das junge Mädchen über zwanzig Jahre alt war, begann es ungeduldig zu werden. Sie konnte nicht begreifen, woher es kam, daß das Glück sich gar nicht einfinden wollte. Vielleicht fehlten ihr Kenntnisse; sie müßte auch wohl ein wenig mehr von der Welt zu Gesicht bekommen als das elterliche Haus. Und da es so lange währte, bis sie ihren Unterhalt als Schriftstellerin verdienen konnte, mußte sie etwas lernen, sich eine Lebensstellung schaffen, damit sie einen Broterwerb hätte, davon zu leben, während sie auf sich selbst wartete.

Vielleicht war es ganz einfach so, daß die Saga die Geduld mit ihr verloren hatte. Sie dachte sich vielleicht: Da dieses verblendete Menschenkind nicht sieht, was dicht vor seinen Augen liegt, so muß es eben gezwungen werden, von dannen zu ziehen. Es muß durch graue Steinstraßen gehen, es muß in engen Stadträumen wohnen ohne andre Aussicht als graue Hausmauern. Dieses Mädchen muß unter Menschen einhergehen, die alles, was in ihnen eigentümlich ist, verbergen, und die einander alle zu gleichen scheinen. Das wird sie vielleicht lehren, das zu sehen, was vor der Tür ihres Heims wartet, alles, was zwischen den blauen Hügelketten lebt und webt, die sie täglich vor Augen hat.

Und eines Herbsts, als sie schon zweiundzwanzig Jahre alt war, fuhr sie nach Stockholm, um das Studium zu beginnen und sich gleichzeitig zur Lehrerin auszubilden.

Das junge Mädchen stak bald tief in der Arbeit. Es schrieb nicht mehr, sondern ging in Aufgaben und Lektionen auf. Es sah fast aus, als sollte die Saga es ganz und gar verlieren.

Da begab sich etwas Merkwürdiges. In diesem selben Herbst, nachdem sie ein paar Monate in grauen Gassen zwischen Hausmauern gelebt hatte, ging sie an einem Vormittag mit einem Pack Bücher unter dem Arm die Malmskillnadsgasse hinauf. Sie hatte eben eine Vorlesung über Literaturgeschichte gehört. Die mußte von Bellman oder Runeberg gehandelt haben, denn sie ging einher und dachte an diese beiden und an die Gestalten, die sich in ihrer Dichtung bewegten. Sie sagte sich selbst, daß Runebergs gutmütige Kriegshelden und Bellmans sorglose Zechbrüder das vortrefflichste Material wären, das ein Dichter nur haben könnte. Und da auf einmal tauchte dieser Gedanke in ihr auf: Die Welt, in der du unten in Värmland gelebt hast, ist wohl nicht weniger originell als die Welt Fredmans oder die des Fähnrichs Stål. Kannst du nur lernen, sie zu gestalten, so hast du wohl einen ebenso guten Stoff für deine Arbeit wie diese beiden.

So ging es zu, daß sie zum ersten Male der Saga ansichtig wurde. Und in demselben Augenblicke, wo sie sie sah, begann der Boden unter ihr zu schaukeln. Die ganze lange Malmskillnadsgasse vom Hamngatshügel bis hinauf zur Brandstation erhob sich zum Himmel und sank wieder hinab, hob sich und sank. Sie mußte eine gute Weile stille stehen, bis die Gasse zur Ruhe gekommen war; und erstaunt sah sie die Vorübergehenden an, die so ruhig einherschritten und gar nicht merkten, welches Wunder geschehen war.

In dieser Stunde beschloß das junge Mädchen, die Geschichte der Värmlandskavaliere zu schreiben, und sie gab diesen Gedanken nie wieder auf. Aber viele, lange Jahre währte es, bis der Entschluß zur Ausführung kam.

Denn erstens war sie nun in eine neue Lebensbahn eingetreten, und es gebrach ihr an Zeit, etwas Größeres auszuführen. Zweitens erlebte sie ein ganzes Mißlingen, als sie versuchte, diese Geschichte zu schreiben.

In diesen Jahren trugen sich jedoch immer wieder Ereignisse zu, die ihr halfen, die Saga auszugestalten. Eines Morgens in den Ferien saß sie mit ihrem Vater am Frühstückstisch, und die beiden plauderten von alten Zeiten. Da erzählte er auch von einem Jugendbekannten, den er als den bezauberndsten Menschen schilderte. Dieser Mann hatte Freude und Heiterkeit mitgebracht, wohin er auch kam. Er konnte singen, er komponierte, er improvisierte Verse. Spielte er zum Tanze auf, dann tanzte nicht nur die Jugend, sondern auch Greise und Greisinnen, Hoch und Niedrig: und hielt er eine Rede, so mußte man lachen oder weinen, ganz wie er es wollte. Wenn er sich betrank, so konnte er noch besser spielen und sprechen, als wenn er nüchtern war. Und wenn er sich in ein Weib verliebte, war es dem unmöglich, zu widerstehen. Wenn er Torheiten machte, so verzieh man ihm; war er einmal betrübt, so wollte man alles Erdenkliche tun, um ihn nur wieder froh zu sehen. Aber großen Erfolg in der Welt hatte er trotz seiner reichen Begabung nicht gehabt. Den größten Teil seines Lebens hatte er als Hofmeister auf den verschiedenen Gütern Värmlands verbracht. Schließlich hatte er das Pastorexamen gemacht. Das war das höchste, was er erreicht hatte.

Nach diesem Gespräch konnte sie den Helden der Saga besser vor sich sehen als früher, und damit kam ein wenig Leben und Bewegung hinein. Und eines schönen Tages bekam der Held sogar einen Namen und wurde Gösta Berling genannt. Woher er diesen Namen hatte, wußte sie nicht. Es war, als hätte er ihn sich selbst gegeben.

Ein ander Mal war sie in den Weihnachtsfeiertagen daheim. An einem Abend fuhr man zu einem Weihnachtsschmaus, einen weiten Weg bei argem

Schneegestöber. Das war eine langwierigere Fahrt, als jemand hätte glauben können. Das Pferd arbeitete sich mühsam vorwärts. Mehrere Stunden hindurch saß sie da im Schneewehen und dachte an die Saga. Als sie endlich angelangt waren, hatte sie ihr erstes Kapitel erdacht. Es war das Kapitel, das von der Weihnachtsnacht in der Schmiede handelte.

Welch ein Kapitel! Es war ihr erstes, und mehrere Jahre hindurch blieb es ihr einziges. Es wurde zuerst in Versen geschrieben, denn der ursprüngliche Plan war, daß die Saga ein Romanzenzyklus werden sollte, so wie Fähnrich Ståls Erzählungen. Aber so allmählich änderte sich das, und eine Zeitlang bestand die Absicht, die Saga als Schauspiel zu schreiben. Da wurde die Weihnachtsnacht umgearbeitet: sie sollte den ersten Akt geben. Aber auch dieser Versuch glückte nicht, und nun entschloß sie sich endlich, die Saga als Roman zu schreiben. So wurde das Kapitel in Prosa niedergeschrieben und umfaßte damals vierzig Schreibseiten. Als es zum letzten Mal umgearbeitet wurde, hatte es nur neun.

Nach einigen Jahren kam ein zweites Kapitel hinzu. Es war die Geschichte von dem Ball auf Borg und von den Wölfen, die Gösta Berling und Anna Stjärnhök verfolgten.

Dies wurde ursprünglich gar nicht in der Absicht geschrieben, es mit in die Saga aufzunehmen, sondern als eine Art Gelegenheitsgedicht, das bei einer kleinen Gesellschaft vorgelesen werden sollte. Die Vorlesung jedoch unterblieb, und die Novelle wurde an die Zeitschrift Dagny geschickt. Nach einiger Zeit erhielt die Verfasserin sie als für Dagny nicht geeignet zurück. Sie war auch wirklich für niemand geeignet. Es fehlte ihr noch ganz und gar an der künstlerischen Ausarbeitung.

Nun zerbrach sich die Verfasserin den Kopf, wozu diese unglückselige Novelle wohl verwendet werden könnte. Wenn sie sie in die Saga einfügte? Aber sie war ja ein Abenteuer für sich, ganz abgeschlossen. Sie würde sich seltsam ausnehmen unter den übrigen, die besser zusammenhingen. Vielleicht aber, dachte sie dann, wäre es gar nicht so übel, wenn alle Kapitel der Saga solche mehr oder weniger in sich abgeschlossene Abenteuer wären. Es würde schwer durchzuführen sein, aber unmöglich wäre es nicht. Es würden vielleicht zuweilen Lücken im Zusammenhang entstehen. Ja, aber es würde dem Buche großen Reichtum und Stärke geben.

Nun waren zwei wichtige Dinge entschieden. Es war klar, daß das Buch ein Roman werden sollte, und daß jedes Kapitel ein Ganzes für sich sein würde; aber damit war noch nicht so besonders viel gewonnen. Sie, die die Idee gefaßt hatte, die Saga der Värmlandskavaliere zu schreiben, als sie zweiundzwanzig Jahre war, begann sich nun den Dreißigern zu nähern und hatte nicht mehr geschrieben als zwei Kapitel. Wohin waren die Jahre entschwunden? Sie hatte das Seminar absolviert, sie war seit mehreren Jahren Lehrerin in Landskrona, sie hatte sich für vieles interessiert und sich mit mancherlei befaßt, aber die Saga war noch ungeschrieben. Eine Menge Material war freilich gesammelt. Aber sollte das bedeuten, daß ihr das Schreiben so schwer fiel? Warum kam nie die Inspiration über sie? Warum glitt ihr die Feder so träge über das Papier? Zu dieser Zeit hatte sie ihre düstern Stunden. Sie würde gewiß nie damit fertig werden. Sie war der Knecht, der sein Pfund in die Erde vergrub und keinen Versuch machte, damit zu wuchern.

Es verhielt sich aber so, daß sich dies alles in den achtziger Jahren zutrug, in der besten Zeit der strengen Wirklichkeitsdichtung. Sie bewunderte die großen Meister dieser Zeit und kam nie auf den Gedanken, daß man in der Dichtung eine andere Sprache anwenden könnte, als die, deren sich diese bedienten. Sie für ihr Teil liebte die Romantiker mehr, aber die Romantik war tot, und sie war nicht die Frau, die daran gedacht hätte, ihre Form und Ausdrucksweise neu zu beleben. Obgleich ihr Gehirn übervoll war an Geschichten von Gespenstern und wilder Liebe, von wunderschönen Damen und abenteuerlustigen Kavalieren, suchte sie von dem allen in ruhiger, realistischer Prosa zu schreiben. Sie hatte keinen sehr klaren Blick. Ein anderer hätte gleich erkannt, daß das Unmögliche unmöglich war.

Einmal jedoch schrieb sie ein paar kleine Kapitel in einem andern Stil. Das eine schilderte eine Szene auf dem Svartsjöer Kirchhof, das andre handelte von dem alten Philosophen Onkel Eberhard und seinen Schriften des Unglaubens. Sie schrieb sie mehr zum Spaße mit vielen Achs und Ohs in einer Prosa, die fast rhythmisch war. Und sie merkte, daß es auf diese Weise mit dem Schreiben ging; es war Inspiration darin, das fühlte sie. Aber als die beiden kleinen Kapitel fertig waren, legte sie sie weg. Sie waren nur der Kurzweil halber geschrieben worden. So könnte man ein ganzes Buch ja nicht schreiben.

Aber es war wohl so, daß die Saga nun lange genug gewartet hatte. Sie dachte sicherlich wie das vorige Mal, da sie sie in die Welt hinausgeschickt hatte: — Ich muß diesem verblendeten Menschenkind eine große Sehnsucht geben, daß die ihm die Augen öffne.

Diese Sehnsucht kam auf die Art über sie, daß das Haus, wo sie aufgewachsen war, verkauft wurde und sie hinfuhr, ihr Kindheitsheim zum letzten Male zu sehen, bevor Fremde Besitz davon nahmen.

Und an dem Abend, bevor sie von dort abreiste, um diese Stätte vielleicht nie wieder zu sehen, beschloß sie in aller Demut, das Buch auf ihre eigne Weise und nach ihren eignen schwachen Kräften zu schreiben. Es würde kein Meisterwerk werden, wie sie gehofft hatte. Die Menschen würden über ihr Buch lachen; aber schreiben mußte sie es doch. Es schreiben, um für sich selbst von ihrem Heim zu retten, was sie noch retten konnte: die lieben alten Geschichten, den fröhlichen Frieden der sorglosen Tage und die schöne Landschaft mit dem langgestreckten See und den blauschimmernden Hügeln.

Aber ihr, die gehofft hatte, sie würde es doch einmal lernen, ein Buch zu schreiben, das die Menschen lesen wollten, — ihr war es, als hätte sie damit preisgegeben, was sie im Leben am liebsten erringen wollte. Es war das schwerste Opfer, das sie je gebracht hatte.

Ein paar Wochen später befand sie sich wieder in ihrem Heim in Landskrona und setzte sich an den Schreibtisch. Sie begann zu schreiben; sie wußte nicht recht, was es werden sollte, aber sie wollte keine Angst haben vor den starken Worten, den Ausrufen, den Fragen. Auch wollte sie keine Furcht davor haben, sich selbst zu geben mit ihrer ganzen Kindlichkeit und allen ihren Träumen. Und als sie sich so entschlossen hatte, begann die Feder fast von selbst zu fliegen. Es versetzte sie beinahe in einen Taumel, sie wußte vor Entzücken nicht aus noch ein. Seht, das hieß schreiben! Unbekannte Dinge und Gedanken — oder richtiger gesagt, etwas, von dem sie nicht geahnt hatte, daß sie es in ihrem Hirn besaß — drängten sich aufs Papier. Die Seiten füllten sich mit einer Schnelligkeit, von der sie sich nie hatte träumen lassen. Wozu sie sonst Monate, ja Jahre gebraucht hatte, um es auszuarbeiten, das wurde nun in ein paar Stunden fertig. An diesem Abend schrieb sie die Erzählung von der Wanderung der jungen Gräfin über das Eis des Löfven und von der Überschwemmung bei Ekeby nieder.

Am nächsten Nachmittag verfaßte sie die Szene, in der der gichtbrüchige Fähnrich Rutger von Örneclou versucht, sich aus dem Bett zu erheben, um La Cachuca zu tanzen; und am folgenden Abend entstand die Geschichte von dem alten Fräulein, das auszog, den geizigen Pastor von Broby zu besuchen.

Nun wußte sie sicher: sie konnte das Buch in diesem Stil schreiben; aber ebenso sicher war sie, daß niemand die Geduld haben würde, es zu lesen.

Übrigens ließen sich nicht viele Kapitel so in einem Atemzuge schreiben. Die meisten erforderten lange Arbeit; und sie konnte sich nur ganz kurze Weilchen an den Nachmittagen der Schriftstellerei widmen. Als sie ein halbes Jahr lang geschrieben hatte, von dem Tage an gerechnet, da sie sich der Romantik in die Arme geworfen hatte, waren ein Dutzend Kapitel vollendet. Es war vorauszusehen, daß das ganze Buch in drei bis vier Jahren fertig sein würde.

Es war im Frühling 1890, als die Zeitschrift Idun die Einladung zu einer Preiskonkurrenz für Novellen im Umfang von ungefähr hundert Druckseiten ergehen ließ.

Dies war ein Ausweg für eine Saga, die erzählt werden und in die Welt hinausziehen wollte. Und die Saga war es wohl, die die Schwester der Lehrerin dazu brachte, diese anzueifern, sie solle die Gelegenheit benützen. Hier lag nun endlich eine Möglichkeit, zu erfahren, ob das Geschriebene so ganz zu verwerfen wäre. Wenn es den Preis bekäme, wäre viel gewonnen. Bekam es ihn nicht, so stünde sie nur auf demselben Standpunkt wie zuvor.

Sie hatte nichts dagegen einzuwenden, aber sie hatte so geringes Vertrauen zu sich selbst, daß sie zu keinem Entschluß kommen konnte.

Endlich, knapp acht Tage vor Ablauf der Einlieferungsfrist entschloß sie sich, fünf Kapitel aus dem Romane herauszuheben, die so ziemlich zusammenhingen, so daß sie den Eindruck einer Novelle machten, und sich damit am Wettbewerb zu beteiligen.

Aber diese Kapitel waren durchaus noch nicht fertig. Drei von ihnen waren notdürftig erzählt, aber zu den übrigen zwei war kaum ein Entwurf vorhanden. Und dann mußte ja noch alles ins Reine geschrieben werden.

Dazu kam, daß sie gerade damals nicht bei sich zu Hause war. Sie war auf Besuch bei ihrer Schwester und ihrem Schwager, die noch oben in Värmeland wohnten. Und wer gekommen ist, für kurze Zeit liebe Freunde zu besuchen, kann seine Tage ja nicht am Schreibtisch verbringen.

Sie schrieb also in den Nächten und saß in dieser Woche jede Nacht bis vier Uhr auf.

Endlich fehlten nur vierundzwanzig Stunden an der kostbaren Zeit. Und noch waren zwanzig Seiten zu schreiben.

Diesen letzten Tag waren sie eingeladen. Die ganze Familie sollte fortfahren und über Nacht ausbleiben. Sie mußte natürlich mit.

Endlich nahm die Gesellschaft ein Ende, und sie saß bei Nacht in dem fremden Hause und schrieb.

Es war ihr recht wunderlich zumute. Das Haus, wo sie als Gast weilte, war eben das, wo der böse Sintram gewohnt hatte. Das Schicksal hatte sie in wunderlicher Weise gerade in dieser Nacht hergeführt, wo sie über ihn zu schreiben hatte, der in dem Schaukelstuhl saß und sich wiegte.

Zuweilen blickte sie von der Arbeit auf und horchte in den Salon hinüber, ob dort draußen nicht am Ende ein paar Schaukelstuhlkufen in Gang wären.

Doch sie hörte nichts, und als in der Frühe die Uhr sechs schlug, waren die fünf Kapitel fertig.

Im Laufe des Vormittags fuhren sie auf einem kleinen Lastdampfer nach Hause. Dort machte ihre Schwester ein Paket, verschloß es mit Lack und Siegel, die zu diesem Zwecke von zu Hause mitgenommen worden waren, schrieb die Adresse und schickte die Novelle ab.

Dies geschah an einem der letzten Tage im Juli. Gegen Ende August enthielt die Zeitschrift Idun eine Notiz, daß mehr als zwanzig Preisnovellen bei der Redaktion eingelaufen seien; aber ein paar davon seien so wirr geschrieben, daß sie nicht mitgezählt werden könnten.

Da gab sie es auf, noch weiter auf den Ausgang zu warten. Sie wußte schon, welche Novelle so wirr war, daß sie nicht mitgezählt werden konnte.

Im November bekam sie eines Nachmittags ein wunderliches Telegramm. Es enthielt nur die Worte »Jubelnde Glückwünsche« und war von drei ihrer Kameradinnen aus dem Seminar unterzeichnet.

Es erschien ihr recht lang, das Warten bis zur Mittagsstunde des nächsten Tages, wo die stockholmer Zeitungen ausgeteilt wurden. Und als sie die Zeitung in der Hand hatte, mußte sie lange suchen, ohne etwas zu finden. Endlich entdeckte sie auf der letzten Spalte eine kurze Notiz in kleinem Druck, die mitteilte, daß sie den Preis erhalten hatte.

Vielleicht wäre das für einen andern nicht so viel gewesen, aber für sie bedeutete es, daß sie sich dem Lebensberuf widmen durfte, nach dem sie sich ihr ganzes Leben lang gesehnt hatte.

*   *
*

Dem ist wenig hinzuzufügen. Die Saga, die in die Welt hinaus wollte, war ihrem Ziele nun ziemlich nahe. Jetzt würde sie wenigstens geschrieben werden, wenn es gleich einige Jahre dauerte, bis sie fertig würde.

Sie, die sie schrieb, war zu Weihnachten, nachdem sie den Preis bekommen hatte, nach Stockholm gereist.

Der Redakteur der Zeitschrift Idun erbot sich, den Roman zu drucken, sobald er fertig wäre.

Ja, wenn sie nur die Zeit finden könnte, ihn zu schreiben.

An dem Abend, bevor sie wieder nach Landskrona fahren sollte, saß sie bei ihrer alten treuen Freundin, der Baronin Adlersparre, und las der einige Kapitel vor.

Esselde hörte zu, so wie nur sie zuhören konnte, und sie war voll Interesse. Nachher blieb sie schweigend sitzen und versank in Grübeln.

»Wie lange wird es dauern, bis es ganz fertig ist?« fragte sie schließlich.

»So drei bis vier Jahre.«

Sie gingen auseinander; aber am nächsten Morgen, zwei

Stunden, bevor sie Stockholm verlassen sollte, kam ein Billett von Esselde mit der Bitte, sie möge sie vor der Abreise besuchen.

Die alte Baronin war in ihrer bestimmten und entschlossenen Stimmung. »Du mußt dir jetzt für ein Jahr Urlaub nehmen und das Buch fertig schreiben. Das Geld will ich beschaffen.«

Eine Viertelstunde später war sie auf dem Wege zu der Vorsteherin des Seminars, um sie zu bitten, ihr behilflich zu sein, daß sie eine Stellvertreterin finde.

Um ein Uhr saß sie glücklich in dem Zuge, aber nun fuhr sie nicht weiter als bis nach Sörmland, wo sie gute Freunde besaß, die in einem entzückenden Heim wohnten.

Und sie fand dort beim Ingenieur Gumaelius und seiner Frau Gastfreundschaft, Arbeitsfrieden und Ruhe und gute Fürsorge fast ein Jahr hindurch, bis das Buch fertig war.

Endlich konnte sie vom Morgen bis zum Abend schreiben. Das war die glücklichste Zeit, die sie noch erlebt hatte.

Aber als die Saga schließlich fertig war, da sah sie gar wunderlich aus. Sie war toll und wild; und mit dem Zusammenhang war es nicht besser bestellt, als daß alle ihre Teile noch immer die alte Lust hatten, jeder seine eigne Straße zu ziehen.

Die Saga wurde nie, was sie hätte werden sollen. Es war ihr Unglück, daß sie so lange hatte warten müssen, bis sie erzählt wurde. Wenn sie nicht gebührend in Zucht und Zaum gehalten worden ist, so kam dies hauptsächlich daher, daß ihre Verfasserin nur allzu glücklich war, sie endlich schreiben zu dürfen.

Das Mädchen vom Moorhof

1

Es ist in einem Thingsaal, weit draußen auf dem Lande. Am Richtertisch, hoch oben im Saal, sitzt der Richter, ein großer, stark gebauter Mann mit breitem, grobgeschnittenem Gesicht. Schon mehrere Stunden lang hat er einen Fall nach dem andern entschieden, und schließlich ist etwas wie Überdruß und Düsterkeit über ihn gekommen. Es ist schwer zu sagen, ob es die Hitze und Schwüle im Gerichtssaal ist, die ihn bedrückt, oder die Schuld an dieser schlechten Laune die Beschäftigung mit allen diesen kleinlichen Zwistigkeiten trägt, die aus keinem andern Grunde entstanden zu sein scheinen, als um die Händelsucht und Unbarmherzigkeit und Geldgier der Menschen an den Tag zu bringen.

Er hat gerade mit einer der letzten Verhandlungen begonnen, die heute durchgeführt werden sollen. Es handelt sich um die Forderung eines Erziehungsbeitrages.

Dieser Fall ist schon am vorigen Gerichtstag verhandelt worden, und das Protokoll des früheren Prozesses wird eben verlesen. Daraus erfährt man fürs erste, daß die Klägerin eine arme Dienstmagd ist und der Beklagte ein verheirateter Mann.

Weiter geht aus dem Protokoll hervor, daß der Beklagte erklärt hat, die Klägerin habe ihn zu Unrecht und nur aus

Gewinnsucht hierher laden lassen. Er gibt zu, daß die Klägerin eine Zeitlang auf seinem Hof in Dienst gestanden hat; er aber habe sich während dieser Zeit in keinerlei Liebeshändel mit ihr eingelassen, und sie habe kein Recht, irgendwelche Unterstützung von ihm zu begehren. Die Klägerin jedoch hat an ihrer Behauptung festgehalten; und nachdem einige Zeugen vernommen waren, ist dem Beklagten auferlegt worden, einen Eid zu leisten, wenn er nicht verurteilt werden wolle, der Klägerin die verlangte Unterstützung zu zahlen.

Beide Parteien haben sich eingefunden und stehen nebeneinander vor dem Gerichtstisch. Die Klägerin ist sehr jung und sieht ganz verschüchtert aus. Sie weint vor Scham und trocknet mühsam ihre Tränen mit einem zusammengeknüllten Taschentuch; es scheint, als könne sie es nicht auseinanderfalten. Sie trägt schwarze Kleider, die ziemlich neu und ungetragen aussehen, aber sie sitzen so schlecht, daß man versucht ist, zu glauben, sie habe sie sich ausgeliehen, um anständig vor Gericht erscheinen zu können.

Was den Beklagten anlangt, so sieht man ihm gleich an, daß er ein wohlgestellter Mann ist. Er mag etwa vierzig Jahre alt sein und hat ein zuversichtliches und frisches Aussehen. Wie er da vor dem Richterstuhl steht, zeigt er eine sehr gute Haltung. Es sieht ja nicht aus, als fände er ein besonderes Vergnügen daran, da zu stehen, aber er macht auch durchaus keinen befangnen Eindruck.

Als das Protokoll verlesen ist, wendet sich der Richter an den Beklagten und fragt ihn, ob er an seinem Leugnen festhalte, und ob er bereit sei, den Eid zu schwören.

Auf diese Frage antwortet der Beklagte sogleich mit einem raschen Ja. Er fängt an, in seiner Westentasche zu suchen, und holt ein Zeugnis des Pfarrers darüber hervor, daß er die Wichtigkeit und Bedeutung des Eides kenne und kein Hinderungsgrund für ihn vorliege, ihn zu schwören.

Während dieser ganzen Zeit hat die Klägerin nicht aufgehört zu weinen. Sie scheint unüberwindlich scheu zu sein und hält die Augen hartnäckig zu Boden geschlagen. Sie hat den Blick noch nicht so weit erhoben, daß sie dem Beklagten ins Gesicht sehen könnte.

Als er nun sein Ja gesagt hat, zuckt sie zusammen. Sie tritt ein paar Schritte näher an den Richterstuhl heran, als hätte sie etwas einzuwenden; aber dann bleibt sie stehen. Es sei wohl nicht möglich, scheint sie zu sich selbst zu sagen, er könne nicht Ja gesagt haben. — Ich habe nicht recht gehört ...

Indessen nimmt der Richter das Zeugnis in die Hand und gibt zugleich dem Gerichtsdiener einen Wink. Der Gerichtsdiener tritt an den Tisch heran, um die Bibel zu nehmen und sie vor den Beklagten hinzulegen.

Die Klägerin hört, daß jemand an ihr vorbeigeht, und wird unruhig. Sie zwingt sich, den Blick so weit zu heben, daß sie über den Tisch hinsehen kann, und da bemerkt sie, daß der Gerichtsdiener die Bibel zurechtlegt.

Noch einmal sieht es aus, als wollte sie Einspruch erheben. Aber sie hält sich wieder zurück. — Es ist ja nicht möglich, daß er den Eid ablegt. Der Richter muß ihn doch daran hindern.

Der Richter war ein so kluger Mann, und er wußte gar wohl, was die Leute in seiner Heimat dachten und fühlten. Er müßte doch wissen, wie streng alle diese Menschen sind, sobald es sich um etwas handelt, was die Ehe betrifft. Sie kannten keine ärgere Sünde als die, die sie begangen hatte. Würde sie je so etwas aus sich selbst eingestanden haben, wenn es nicht wahr gewesen wäre? Der Richter könnte wohl wissen, welche furchtbare Verachtung sie sich zugezogen hatte. Und nicht nur Verachtung allein, sondern auch alles mögliche Elend. Niemand wollte sie in Dienst nehmen. Niemand wollte ihre Arbeit haben. Ihre eignen Eltern duldeten sie kaum in ihrer Hütte, sondern sprachen jeden Tag davon, sie hinauszuwerfen. Nein, der Richter müßte wohl begreifen, daß sie keine Unterstützung von einem verheirateten Mann verlangt hätte, wenn ihr kein Recht darauf zustünde.

Der Richter könnte doch nicht glauben, daß sie in einer solchen Sache lüge, daß sie so furchtbares Unglück auf sich herabbeschworen hätte, wenn sie einen andern hätte anklagen können als einen verheirateten Mann. Und wenn er dies wüßte, müßte er den Eid doch verhindern.

Sie sieht, daß der Richter dasitzt und das Zeugnis des Pfarrers ein paarmal durchliest. Darum fängt sie zu glauben an, daß er eingreifen werde.

Es ist auch richtig, daß der Richter nachdenklich aussieht. Er heftet seine Blicke ein paarmal auf die Klägerin, aber dabei wird der Ausdruck des Ekels und des Überdrusses, der auf seinem Gesicht ruht, immer deutlicher. Es sieht aus, als wäre er ungünstig gegen sie gestimmt. Selbst wenn die Klägerin die Wahrheit spricht, — sie ist ja doch eine schlechte Person, und der Richter kann keine Teilnahme für sie empfinden.

Es kommt manchmal vor, daß der Richter in einen Prozeß eingreift als ein guter und kluger Ratgeber, der die Parteien davor behütet, sich ganz und gar zugrunde zu richten. Aber diesmal ist er müde und unlustig, und er denkt an nichts andres, als dem gesetzlichen Verfahren seinen Lauf zu lassen.

Er legt das Zeugnis hin und sagt dem Beklagten mit ein paar Worten, er hoffe, daß dieser die verhängnisvollen Folgen eines falschen Schwurs genau bedacht habe. Der Beklagte hört ihn mit derselben Ruhe an, die er die ganze Zeit über an den Tag gelegt hat, und antwortet ehrerbietig und nicht ohne Würde.

Die Klägerin hört dies mit dem äußersten Schrecken. Sie macht ein paar heftige Bewegungen und preßt die Hände zusammen. Nun will sie vor dem Richterstuhl sprechen. Sie kämpft einen furchtbaren Kampf mit ihrer Scheu und mit dem Schluchzen, das ihr die Kehle zusammenschnürt. Das Ende ist doch, daß sie kein hörbares Wort hervorbringen kann.

Der Eid soll also geleistet werden. Er wird ihn ablegen. Niemand wird ihn hindern, seine Seele zu verschwören.

Bis dahin hat sie nicht glauben können, daß es geschehen würde. Aber jetzt packt sie die Gewißheit, daß es unmittelbar bevorsteht, daß es im nächsten Augenblick geschehen wird. Ein Schrecken, der viel überwältigender ist als alles, was sie bisher gekannt hat, bemächtigt sich ihrer. Sie steht wie versteinert, sie weint nicht einmal mehr. Die Augen erstarren ihr im Kopfe.

Es ist also seine Absicht, sich um seines Weibes willen freizuschwören. Aber wenn er auch einen schweren Stand mit ihr haben sollte, — deshalb darf er doch nicht seiner Seele Seligkeit preisgeben.

Es gibt nichts Furchtbareres als einen Meineid. Es ist etwas Geheimnisvolles und Gräßliches um diese Sünde. Es gibt keine Gnade, keine Vergebung für sie. Die Tore des

Abgrundes öffnen sich von selbst, wenn der Name des Meineidigen genannt wird.

Wenn sie jetzt die Blicke zu seinem Gesicht erhoben hätte, — sie hätte gefürchtet, es schon mit irgendeinem Zeichen der Verdammnis gebrandmarkt zu sehen, ihm aufgeprägt von Gottes Zorn.

Während sie so dasteht und immer größere Angst sich ihrer bemächtigt, hat der Richter dem Beklagten gezeigt, wie er die Finger auf die Bibel zu legen hat. Dann schlägt der Richter im Gesetzbuch nach, um die Eidesformel zu finden.

Als sie ihn die Finger auf das Buch legen sieht, macht sie noch einen Schritt zum Richterstuhl hin; und es sieht aus, als wollte sie sich über den Tisch beugen und seine Hand fortziehen.

Aber noch wird sie von einer letzten Hoffnung zurückgehalten. Sie glaubt, daß er jetzt im letzten Augenblick noch vom Schwur abstehen werde.

Der Richter hat die Seite im Gesetzbuch gefunden, nach der er gesucht hat; und jetzt beginnt er, den Eid laut und deutlich vorzusagen. Dann macht er eine Pause, damit der Beklagte seine Worte nachsprechen könne. Und der Beklagte fängt wirklich an, sie nachzusprechen; aber er macht einen kleinen Fehler, so daß der Richter von vorn anfangen muß.

Jetzt kann sie keinen Schimmer von Hoffnung mehr haben. Jetzt weiß sie, daß er falsch schwören, daß er Gottes Zorn für das zukünftige Leben auf sich herabschwören will.

Sie steht da und ringt in ihrer Hilflosigkeit die Hände. Und es ist alles ihre Schuld, weil sie ihn verklagt hat.

Aber sie war ja ohne Arbeit, sie hatte gehungert und

gefroren. Das Kind lag im Sterben. An wen sonst hätte sie sich um Hilfe wenden sollen?

Nie hätte sie auch geglaubt, daß er eine so schreckliche Sünde begehen könnte.

Jetzt hat der Richter den Eid noch ein Mal vorgesprochen. In wenigen Augenblicken wird die Tat vollbracht sein. Jene Tat, von der es keine Umkehr gibt, die niemals gutgemacht, niemals ausgelöscht werden kann.

Gerade als der Beklagte anfängt, den Eid nachzusprechen, stürzt sie vor, schleudert seine ausgestreckte Hand beiseite und reißt die Bibel an sich.

Ein furchtbares Entsetzen hat ihr endlich Mut gegeben. Er darf seine Seele nicht verschwören. Er darf nicht.

Der Gerichtsdiener eilt sogleich herbei, sie zur Ordnung zu rufen und ihr die Bibel abzunehmen. Sie hat ungeheure Angst vor allem, was mit dem Gericht zusammenhängt, und sie glaubt, daß, was sie jetzt getan hat, sie auf die Festung bringen werde. Aber sie gibt die Bibel nicht her. Was es auch kosten möge, er darf den Eid nicht ablegen. Auch er, der schwören will, läuft herbei, um das Buch zu ergreifen; aber sie leistet auch ihm Widerstand.

»Du darfst den Eid nicht schwören!« ruft sie. »Du darfst nicht!«

Was jetzt vorgeht, erweckt natürlich das größte Staunen. Die Versammelten drängen zum Richtertisch, die Geschwornen erheben sich, der Protokollführer springt auf, das Tintenfaß in der Hand, damit es nicht umgestürzt werde.

Da ruft der Richter mit lauter, zorniger Stimme: »Ruhe!«

und alle die Menschen bleiben regungslos stehen.

»Was fällt dir ein? Was hast du mit der Bibel zu schaffen?« fragt der Richter die Klägerin mit harter und strenger Stimme.

Nachdem sie ihrer Angst in einer Tat der Verzweiflung Luft gemacht hat, ist ihre Beklommenheit gewichen, so daß sie antworten kann: »Er darf den Eid nicht ablegen!«

»Sei still und gib das Buch zurück!« ruft der Richter.

Aber sie gehorcht nicht, sondern umklammert das Buch mit beiden Händen.

»Er darf den Eid nicht ablegen!« ruft sie mit ungezügelter Heftigkeit.

»Ist es dir so sehr darum zu tun, den Prozeß zu gewinnen?« fragt der Richter in immer schärferem Ton.

»Ich will die Klage zurückziehen!« ruft sie mit lauter, schneidender Stimme. »Ich will ihn nicht zwingen, zu schwören!«

»Was schreist du da?« fragt der Richter. »Hast du den Verstand verloren?«

Sie ringt heftig nach Atem und versucht sich zu beruhigen. Sie hört selbst, wie sie schreit. Der Richter muß wohl glauben, daß sie toll geworden sei, weil sie, was sie will, nicht in ruhigen Worten sagen kann. Noch einmal kämpft sie mit sich selbst, um Macht über ihre Stimme zu erlangen, und diesmal gelingt es ihr. Sie sagt langsam, ernst, laut, während sie dem Richter gerade ins Gesicht sieht:

»Ich will die Klage zurückziehen. Er ist der Vater des Kindes. Aber ich hab ihn noch lieb. Ich will nicht, daß er falsch schwört!«

Sie steht aufrecht und entschlossen vor dem Richtertisch und sieht dem Richter gerade in sein strenges Gesicht. Er sitzt da, beide Hände auf den Tisch gestützt; und lange, lange wendet er den Blick nicht von ihr. Während der Richter sie betrachtet, geht eine große Veränderung mit ihm vor. Alle Schlaffheit und Mißvergnügtheit, die in seinen Zügen gelegen hat, schwindet, und das große, grobe Gesicht wird durch die Rührung geradezu schön. Sieh da, denkt der Richter, sieh da, so ist mein Volk. Ich will mich nicht darüber beklagen, wo doch bei einer der Geringsten so viel Liebe und Gottesfurcht zu finden ist.

Plötzlich aber spürt der Richter, daß seine Augen sich mit Tränen füllen, und da zuckt er beinahe beschämt zusammen und wirft einen raschen Blick um sich. Da sieht er, daß die Schreiber und die Gerichtsdiener und die ganze lange Reihe der Beisitzer sich vorgebeugt haben, um das Mädchen anzusehen, das vor dem Richtertisch steht, die Bibel an die Brust gepreßt. Und er sieht einen Schimmer auf ihren Gesichtern, als hätten sie etwas richtig Schönes gesehen, das sie bis in das tiefste Herz erfreut hat.

Hierauf sieht der Richter auch über das versammelte Volk hin, und ihm ist, als säßen alle diese Menschen stumm und atemlos da, als hätten sie gerade jetzt das gehört, wonach sie sich am meisten sehnten.

Zu allerletzt sieht der Richter den Beklagten an. Jetzt ist er es, der mit gesenktem Kopf dasteht und zu Boden blickt.

Der Richter wendet sich abermals an das arme Mädchen. »Es soll so sein, wie du es willst,« sagt er. »Die Klage wird zurückgezogen,« diktiert er dem Protokollführer.

Der Beklagte macht eine Bewegung, als wolle er einen Einwand vorbringen. »Was denn? Was denn?« schreit ihn der Richter an. »Hast du vielleicht etwas dagegen?« Der Beklagte läßt den Kopf noch tiefer sinken und sagt dann kaum hörbar: »Ach nein, es ist wohl am besten so.«

Der Richter sitzt noch einen Augenblick still, dann schiebt er den schweren Stuhl zurück, erhebt sich und geht um den Tisch herum zur Klägerin hin.

»Ich danke dir,« sagt er und reicht ihr die Hand.

Sie hat die Bibel jetzt fortgelegt und steht da und weint und trocknet die Tränen mit dem zusammengerollten Taschentuch.

»Ich danke dir,« sagt der Richter noch einmal und ergreift ihre Hand so leicht und behutsam, als wäre sie etwas gar Feines und Kostbares.

2

Niemand darf glauben, daß das Mädchen, das eine so schwere Stunde vor dem Gerichtstisch durchgemacht hatte, selbst meinte, sie habe etwas Rühmenswertes getan. Sie meinte im Gegenteil, daß sie vor der ganzen Gemeinde beschämt sei. Sie begriff nicht die Ehre, die darin lag, daß der Richter auf sie zugekommen war und ihr die Hand geschüttelt hatte. Sie glaubte, dies bedeutete nur, daß die Verhandlung zu Ende sei, und sie ihrer Wege gehen könne.

Sie sah auch nicht, daß die Leute ihr freundliche Blicke zuwarfen, und daß ihr mehrere die Hand drücken wollten. Sie schlich sich nur davon und wollte fort. Aber unten an der Tür herrschte ein großes Gedränge. Der Thing war zu Ende, und viele wollten wieder ins Freie. Sie drückte sich an die Wand und war wohl die letzte, die den Thingsaal verließ. Sie meinte, daß alle andern vor ihr hinausgehen müßten.

Als sie endlich ins Freie kam, stand Gudmund Erlandssons Wägelchen angespannt vor der Freitreppe. Gudmund saß darin, die Zügel in der Hand, und schien auf jemand zu warten. Sowie er ihrer unter allem Volk, das aus dem Thingsaal strömte, ansichtig wurde, rief er ihr zu: »Komm her, Helga! Du kannst mit mir fahren, wir haben denselben Weg.«

Aber obgleich sie ihren Namen hörte, — sie konnte nicht glauben, daß er sie rief. Es war nicht möglich, daß Gudmund Erlandsson sie kutschieren wollte. Er war der schmuckste Bursche im ganzen Kirchspiel, jung und schön und aus gutem Hause und in Gunst bei allen Leuten. Sie konnte nicht glauben, daß er etwas mit ihr zu tun haben wolle.

Sie ging, das Kopftuch tief in die Stirn geschoben, und eilte an ihm vorbei, ohne aufzusehen oder zu antworten.

»Hörst du nicht, Helga, daß du mit mir fahren kannst?« fragte Gudmund, und es lag ein so recht freundlicher Ton in der Stimme. Aber sie konnte es nicht in ihren Kopf hineinbringen, daß Gudmund es gut mit ihr meine. Sie glaubte, er wolle sie in der einen oder andern Weise verspotten und wartete nur darauf, die Umstehenden in Kichern und Lachen ausbrechen zu hören. Sie warf ihm einen erschrocknen und zornigen Blick zu und lief vom Thingplatz fort, um außer Hörweite zu sein, wenn das Lachen begänne.

Gudmund war damals noch unverheiratet und wohnte bei seinen Eltern. Der Vater war ein kleiner Bauer. Er hatte keinen großen Hof und war nicht vermögend, aber er konnte sorgenfrei leben. Der Sohn war zum Thing gefahren, um einige Urkunden für seinen Vater zu holen, aber da er noch eine andre Absicht mit seiner Fahrt verfolgte, hatte er sich sehr fein hergerichtet. Er hatte das neue Wägelchen genommen, dessen Lackierung keine Schramme aufwies; das Pferd hatte er gestriegelt, bis es wie Seide glänzte, und das Sattelzeug fein geputzt. Er hatte eine schmucke, rote Decke neben sich auf den Sitz gelegt, und sich selbst hatte er mit einem kurzen Jagdrock, einem kleinen, grauen Filzhut und hohen Stiefeln geputzt, in die die Hosen hineingesteckt waren. Es war wohl kein Feiertagsgewand, aber er wußte, daß er männlich und stattlich darin aussah.

Als Gudmund am Morgen von daheim fortfuhr, hatte er allein im Wagen gesessen, aber er war in angenehme Gedanken versunken, und die Zeit war ihm nicht lang erschienen. Als er ungefähr auf halbem Wege war, fuhr er an einem armen Mädchen vorbei, das sehr langsam ging und aussah, als könnte es vor Müdigkeit kaum einen Fuß vor den andern setzen. Es war Herbst, der Weg war vom Regen aufgeweicht, und Gudmund sah, wie sie bei jedem Schritt tief in den Schmutz einsank. Er hielt an und fragte, wohin sie gehe, und als er erfuhr, daß sie zum Thing wolle, bot er ihr an, mitzufahren. Sie dankte und stieg rückwärts auf den Wagen, auf das schmale Brett, an dem der Heusack festgebunden war, ganz so, als wagte sie es nicht, die rote Decke neben Gudmund zu berühren. Es war auch nicht seine Absicht gewesen, daß sie sich neben ihn setze. Er wußte nicht, wer sie wäre, aber er vermutete, daß sie die Tochter irgendeines armen Kleinhäuslers wäre, und fand, es sei wohl genug Ehre für sie, wenn sie rückwärts aufsitzen dürfte.

Als sie an einen Hügel kamen und das Pferd den Schritt verlangsamte, begann Gudmund zu plaudern. Er wollte wissen, wie sie heiße, und wo sie daheim sei. Als er hörte, daß sie Helga hieß und von einem Waldgütchen stammte, das man den Moorhof nannte, begann er unruhig zu werden. »Bist du immer daheim gewesen oder warst du im Dienst,« fragte er. Das letzte Jahr wäre sie daheim gewesen, früher hätte sie einen Dienstplatz gehabt. »Bei wem denn?« fragte Gudmund sehr hastig. Und es schien ihm, als daure es lange bis die Antwort kam. »Im Sternhof, bei Per Martensson,« sagte sie endlich und senkte die Stimme, als wollte sie am liebsten nicht gehört werden. Aber Gudmund verstand sie doch. »Ja so, du bist also die,« sagte er, sprach aber den Satz nicht zu Ende. Er wendete sich ab, richtete sich gerade auf und sprach kein Wort mehr zu ihr.

Gudmund versetzte dem Pferde einen Hieb nach dem andern, fluchte laut über den schlechten Weg und schien recht schlechter Laune zu sein. Ein Weilchen verhielt sich das Mädchen still, aber bald fühlte Gudmund seine Hand auf seinem Arm. »Was willst du?« fragte er, ohne den Kopf zu wenden. Ja, er solle halten, damit sie abspringen könne. »Ach, warum denn?« sagte Gudmund in verächtlichem Tone. »Fährst du nicht gut?« — »Ja, danke, aber ich gehe doch lieber.« Gudmund kämpfte ein wenig mit sich selbst. Es war ärgerlich, daß er gerade an diesem Tage eine solche wie Helga aufgefordert hatte, mitzufahren. Aber er fand doch, daß er sie, nun er sie einmal in den Wagen genommen hatte, nicht wieder vertreiben könnte. »Halte, Gudmund,« sagte das Mädchen noch einmal. Sie sprach sehr bestimmt, und Gudmund zog die Zügel an. — »Wenn sie durchaus aussteigen will,« dachte er, »brauche ich sie doch nicht zu zwingen, gegen ihren Willen zu fahren.« Sie war schon unten auf der Straße, bevor noch das Pferd ganz stehen geblieben war. — »Ich glaubte, du wußtest, wer ich bin, als du mir sagtest, ich kann mitfahren,« sprach sie, »sonst wäre ich gar nicht eingestiegen.« Gudmund sagte kurz: »Behüt

Gott!« und fuhr weiter. Sie hatte wohl Grund gehabt, zu glauben, daß er sie kenne. Er hatte ja das Dirnlein vom Moorhof oftmals als Kind gesehen; aber sie hatte sich verändert, seit sie herangewachsen war. Zuerst war er sehr froh, die Reisekameradin los zu sein, aber allmählich begann er mit sich selbst unzufrieden zu werden. Er hätte kaum anders handeln können, aber er war nicht gern grausam gegen irgend jemand.

Ein kleines Weilchen, nachdem Gudmund sich von Helga getrennt hatte, bog er von der Straße ab, fuhr ein enges Gäßchen hinaus und kam zu einem prächtigen großen Bauernhof. Als Gudmund vor dem Hause anhielt, öffnete sich die Eingangstür, und eine der Töchter zeigte sich auf der Schwelle. Gudmund zog den Hut und grüßte, und dabei huschte eine leichte Röte über sein Gesicht. »Ich möchte wohl wissen, ob der Herr Amtmann daheim ist,« sagte er. — »Nein, Vater ist zum Thing gefahren,« antwortete die Tochter. — »So, so, ist er schon fort?« sagte Gudmund. »Ich bin hergekommen, um zu fragen, ob der Herr Amtmann nicht mit mir fahren möchte. Ich will auch zum Thing.« — »Ach, Vater ist immer so überpünktlich,« klagte die Tochter. — »Es ist ja weiter kein Schade geschehen,« sagte Gudmund. — »Vater wäre gewiß gern mit einem so prächtigen Pferd und in einem so schmucken Wagen gefahren,« sagte das Mädchen freundlich. Gudmund lächelte ein wenig, als er das Lob hörte. — »Ja, da muß ich also wieder abziehen,« sagte er. — »Du willst nicht hereinkommen, Gudmund?« — »Danke schön, Hildur, aber ich muß ja zum Thing. Ich darf nicht zu spät kommen.«

Gudmund fuhr nun gerades Wegs zum Thinghause. Er war sehr vergnügt und dachte nicht mehr an seine Begegnung mit Helga. Es war doch schön, daß gerade Hildur herausgekommen war, und daß sie den Wagen und die Decke und das Pferd und das Sattelzeug gesehen hatte. Sie hatte wohl alles bemerkt.

Es war das erste Mal, daß Gudmund auf einem Thing war. Er fand, daß es da sehr viel zu hören und zu erfahren gäbe, und blieb den ganzen Tag dort. Er saß im Thingsaal, als Helgas Sache geführt wurde, und sah, wie sie die Bibel an sich riß und Gerichtsdienern und Richter standhielt. Als alles zu Ende war, und der Richter Helga die Hand gedrückt hatte, stand Gudmund hastig auf und verließ den Saal. Rasch spannte er das Pferd vor den Wagen und fuhr zur Treppe hin. Er fand, daß Helga sehr tapfer gewesen war, und nun wollte er sie ehren. Aber sie war so verschüchtert, daß sie seine Absicht nicht verstand, sondern sich vor der Ehre, die ihr zugedacht war, flüchtete.

An demselben Tag kam Gudmund spät abends zum Moorhof. Das war ein kleines Gehöft auf dem Abhang des bewaldeten Hügels, der das Kirchspiel abschloß. Der Weg, der hinführte, war nur im Winter bei Schlittenbahn fahrbar, und Gudmund hatte zu Fuß gehen müssen. Es war ihm recht sauer geworden, vorwärts zu kommen. Fast hätte er sich an Stock und Stein die Beine gebrochen, auch hatte er Bäche durchwaten müssen, die den Pfad an mehreren Stellen durchschnitten. Wäre nicht Vollmond gewesen, so hätte er überhaupt nicht hinfinden können; und er dachte, daß das ein beschwerlicher Weg wäre, den Helga an diesem Tag hatte gehen müssen.

Der Moorhof lag an einer ausgerodeten Stelle, etwa auf halber Höhe des Hügels. Gudmund war noch nie dort gewesen, aber er hatte den Ort oftmals unten vom Tale aus gesehen und kannte ihn genügend, um zu wissen, daß er richtig gegangen war.

Rings um die ausgerodete Stelle zog sich ein Reisigzaun,

der sehr dicht und sehr schwer zu übersteigen war. Er sollte wohl gleichsam eine Wehr und ein Hort gegen die Wildnis sein, die das Gehöft umgab. Die Hütte selbst stand am oberen Rand der Einzäunung. Davor breitete sich ein abschüssiger Hof aus, mit kurzem, grünem Gras bewachsen, und unterhalb des Hofes lagen ein paar graue Schuppen und ein Keller mit grünem Torfdach. Es war ein geringes und ärmliches Anwesen, aber es ließ sich nicht leugnen, daß es dort oben schön war. Das Moor, nach dem das Gütchen seinen Namen hatte, lag irgendwo in der Nähe und sandte Nebel empor, die sich im Mondschein prachtvoll und silberglänzend heranwälzten und einen Kranz um den Hügel bildeten. Der höchste Gipfel ragte noch aus dem Nebel empor. Und der Kamm, der zackig von Tannen war, zeichnete sich scharf gegen den Himmel ab. Unten über dem Tal lag der Mondschein so hell, daß man die Felder und Gehöfte und einen geschlängelten Bach unterscheiden konnte, über dem der Nebel wie der leichteste Duft schwebte. Es war nicht weit dort hinunter, aber das Seltsame war, daß das Tal wie eine fremde Welt dalag, mit der das, was dem Wald angehörte, nichts gemein hatte. Es war, als wenn die Menschen, die hier auf dem Waldgut hausten, immer unter diesen Bäumen gehen müßten. Sie konnten unten im Tale ebensowenig fortkommen wie Auerhähne und Bergeulen und Luchse und Heidelbeerkraut.

Gudmund ging über die Wiese auf die Hütte zu. Durch das Fenster drang Feuerschein, die Scheiben waren nicht verhangen; er warf einen Blick hinein, um zu sehen, ob Helga in der Hütte wäre. Auf einem Tisch am Fenster brannte ein kleines Lämpchen, und davor saß der Hausvater und flickte alte Schuhe. Im Hintergrunde des Zimmers neben dem Herd, auf dem ein schwaches Feuer brannte, saß die Hausmutter. Sie hatte den Spinnrocken vor sich, aber hatte zu arbeiten aufgehört, um mit einem kleinen Kinde zu spielen. Sie hatte es aus der Wiege genommen, und man hörte es bis zu Gudmund hinaus, wie sie mit ihm lachte und scherzte. Ihr Gesicht war von vielen Runzeln durchfurcht, und sie sah strenge aus; aber wie sie sich so über das Kind beugte, bekam ihr Gesicht einen sanften Ausdruck, und sie lächelte dem Kleinen ebenso zärtlich zu wie nur seine eigene Mutter.

Gudmund spähte nach Helga aus, konnte sie aber in keinem Winkel der Hütte entdecken. Da schien es ihm am besten, draußen zu bleiben, bis sie käme. Er wunderte sich, daß sie noch nicht zu Hause war. Vielleicht wäre sie auf dem Heimweg bei Bekannten eingekehrt, sich auszuruhen und einen Imbiß zu nehmen? Aber bald müßte sie auf jeden Fall kommen, wenn sie vor Einbruch der Nacht unter Dach sein wollte.

Gudmund blieb eine Weile mitten im Hof stehen und horchte nach Schritten aus. Es war ganz ruhig. Kein Lüftchen regte sich. Es kam ihm vor, als ob ihn nie vorher eine solche Stille umgeben hätte. Es war, als hielte der ganze Wald den Atem an und stünde da und wartete auf etwas Merkwürdiges.

Niemand ging durch den Wald. Kein Zweiglein wurde geknickt, und kein Stein rollte. Helga war wohl noch lange nicht zu erwarten. »Ich möchte wohl wissen, was sie sagen wird, wenn sie sieht, daß ich hier bin,« dachte Gudmund. »Sie wird vielleicht schreien und in den Wald laufen und sich die ganze Nacht nicht heimwagen.«

Dabei fiel ihm ein, es sei doch recht sonderbar, daß er nun auf einmal soviel mit dieser Häuslerdirne zu schaffen hatte.

Als er vom Thing heim kam, war er wie gewöhnlich zu seiner Mutter hineingegangen, ihr alles zu erzählen, was er während des Tages erlebt hatte. Gudmunds Mutter war klug und hochsinnig und hatte es immer verstanden, gegen den Sohn so zu sein, daß er noch ebensoviel Vertrauen zu ihr hatte wie einst als Kind. Seit mehreren Jahren war sie krank und konnte nicht gehen, sondern saß den ganzen Tag still in ihrem Lehnstuhl. Es war immer eine gute Stunde für sie, wenn Gudmund von einer Reise heimkam und ihr Neuigkeiten brachte.

Als Gudmund nun von Helga vom Moorhof erzählte, sah er, daß die Mutter gedankenvoll wurde. Lange saß sie stumm da und sah gerade vor sich hin. »Es scheint doch ein guter Kern in diesem Mädchen zu stecken,« sagte sie dann. »Man darf keinen verwerfen, weil er einmal ins Unglück gekommen ist. Es kann wohl sein, daß sie sich dem, der ihr jetzt beistünde, dankbar erweisen würde.«

Gudmund begriff sogleich, woran die Mutter dachte. Sie konnte sich nicht mehr selbst helfen, sondern mußte beständig jemand um sich haben, der ihr zu Diensten stand. Aber es war immer schwer, jemand zu finden, der auf diesem Platz bleiben wollte. Die Mutter war anspruchsvoll und nicht leicht zu befriedigen, und außerdem wollten alle jungen Mägde lieber eine andre Arbeit haben, bei der sie mehr Freiheit genossen. Nun war es sicherlich der Mutter eingefallen, daß sie die Helga vom Moorhof in Dienst nehmen könnte, und Gudmund fand, daß dies ein guter Vorschlag sei. Helga würde der Mutter sicherlich sehr ergeben sein. Es wäre wohl möglich, daß ihnen auf diese Weise für lange geholfen wäre.

»Am schwersten wird es mit dem Kinde sein,« sagte die Mutter nach einer Weile, und Gudmund begriff, daß sie ernsthaft an die Sache dachte. — »Das muß wohl bei den Großeltern bleiben,« sagte Gudmund. — »Es ist nicht ausgemacht, daß sie sich von ihm trennen will.« — »Sie wird es sich abgewöhnen müssen, daran zu denken, was sie will und nicht will. Ich finde, daß sie förmlich verhungert aussieht. Dort oben auf dem Moorhof ist wohl Schmalhans Küchenmeister.«

Darauf antwortete die Mutter nichts, sondern begann von etwas anderm zu sprechen. Man merkte, daß ihr neue Bedenklichkeiten aufstiegen, die sie verhinderten, einen Entschluß zu fassen.

Gudmund begann nun zu erzählen, wie er den Amtmann auf Älvåkra aufgesucht und Hildur getroffen hatte. Er berichtete, was sie über das Pferd und den Wagen gesagt hatte, und es war leicht zu merken, daß er sich der Begegnung freute. Auch die Mutter schien sehr vergnügt. Wie sie so unbeweglich in ihrem Lehnstuhl saß, war es ihre stete Beschäftigung, Pläne für die Zukunft des Sohnes auszuspinnen; und sie war zuerst auf den Gedanken verfallen, daß er es versuchen solle, um die schöne Amtmannstochter zu werben. Das war die prächtigste Heirat, die er machen konnte. Der Amtmann war ein richtiger Großbauer. Er hatte den größten Hof im Kirchspiel und viel Macht und viel Geld. Es war eigentlich töricht, zu hoffen, daß er sich mit einem Eidam begnügen würde, der kein größeres Vermögen hatte als Gudmund, aber es war immerhin möglich, daß er sich nach dem richtete, was seine Tochter wollte. Und daß Gudmund Hildur gewinnen könnte, wenn er es nur wollte, davon war die Mutter fest überzeugt.

Dies war das erste Mal, daß Gudmund die Mutter merken ließ, wie der Gedanke bei ihm Wurzel geschlagen hatte, und sie sprachen nun ein langes und breites von Hildur und von allen den Reichtümern und Vorteilen, die dem zufallen würden, der sie einmal bekäme. Aber bald stockte das Gespräch wieder, weil die Mutter von neuem in ihre

Grübeleien versunken war. »Könntest du diese Helga nicht holen lassen? Ich möchte sie doch sehen, bevor ich sie in meine Dienste nehme,« sagte sie schließlich. — »Das ist schön, daß du dich ihrer annehmen willst, Mutter,« entgegnete Gudmund und dachte bei sich: wenn die Mutter eine Pflegerin bekäme, mit der sie zufrieden wäre, würde seine Gattin hier daheim ein behaglicheres Leben führen. »Du wirst sehen, daß du mit dem Mädchen zufrieden sein wirst,« fuhr er fort. — »Es ist ja auch ein gutes Werk, sich ihrer anzunehmen,« sagte die Mutter.

Als es zu dämmern begann, begab sich die Kranke zu Bett, und Gudmund ging in den Stall, um die Pferde zu striegeln. Es war schönes Wetter, die Luft war klar, und der ganze Hof lag vom Mondschein übergossen da. Da fiel es ihm ein, daß er schon heute in den Moorhof gehen und die Botschaft der Mutter bestellen könne. Wäre morgen schönes Wetter, dann würde man es so eilig haben, den Hafer einzubringen, daß weder er noch irgend ein andrer Zeit hätte, hinzugehen.

Als jetzt Gudmund vor dem Moorhof stand und horchte, hörte er zwar keine Schritte; doch andre Laute durchschnitten in kurzen Abständen die Stille. Es war ein stilles Klagen, ein sehr leises und ersticktes Jammern und dann hie und da ein Aufschluchzen. Gudmund glaubte zu merken, daß die Laute von dem Schuppen herkämen, und ging auf diesen zu. Als er sich näherte, hörte das Schluchzen auf; aber es war offenbar, daß sich drinnen jemand in der Holzkammer regte. Mit einem Male begriff Gudmund, wer dort drinnen war. »Bist du es, Helga, die da drinnen sitzt und weint?« rief er und stellte sich in die Türöffnung, damit das Mädchen nicht entwischen könnte, ehe er mit ihm gesprochen hätte.

Wieder wurde es ganz still. Gudmund hatte wohl recht

geraten: es war Helga, die da saß und weinte; aber sie versuchte das Schluchzen zu unterdrücken, damit Gudmund glaubte, er habe sich verhört, und seiner Wege ginge. Es war stockfinster in dem Schuppen, und sie wußte, daß er sie nicht sehen konnte.

Aber Helga war an diesem Abend in solcher Verzweiflung, daß es ihr nicht leicht fiel, die Tränen zurückzudrängen. Sie war noch nicht in der Hütte gewesen und hatte die Eltern noch nicht begrüßt. Sie hatte nicht den Mut dazu gehabt. Als sie in der Dämmerung den steilen Hügel hinaufstieg und daran dachte, daß sie den Eltern jetzt sagen müßte, sie habe keinen Erziehungsbeitrag von Per Martensson zu erwarten, da hatte sie solche Angst vor den harten und grausamen Worten bekommen, die sie ihr sagen würden, daß sie es nicht wagte, hineinzugehen. Sie gedachte draußen zu bleiben, bis sie sich zu Bett gelegt hätten; dann brauchte sie vielleicht nicht vor dem nächsten Tage von der unglückseligen Sache zu sprechen. Und so hatte sie sich in dem Holzschuppen versteckt. Aber während sie so dasaß und fror und hungerte, kam es ihr erst recht zu Bewußtsein, wie unglücklich und ausgestoßen sie war. Alle Schmach und Angst, die sie hatte erleiden müssen, und alle Schmach und Angst, die ihrer noch harrten, stand vor ihr und drückte sie mit Bleischwere zu Boden. Sie weinte über sich selbst, darüber, daß sie so elend war, und daß niemand etwas von ihr wissen wollte. Sie erinnerte sich, wie sie einmal als Kind in einen Morast gefallen und gleich untergesunken war. Je mehr sie sich gemüht hatte, in die Höhe zu kommen, desto tiefer war sie gesunken. Alle Büsche und Sträucher, nach denen sie gegriffen, hatten nachgegeben. So war es auch jetzt. Alles, wonach sie zu greifen versuchte, um sich aufrechtzuhalten, ließ sie im Stich. Niemand wollte ihr helfen. Damals, als sie ins Moor versinken wollte, war schließlich ein Hirtenbub gekommen und hatte sie herausgezogen; jetzt aber kam niemand, sie zu retten. Jetzt war es gewiß ihre Bestimmung, zugrunde zu gehen.

Als Helga das Moor in den Sinn kam, wurde es ihr mit einem Male klar: das beste, was sie tun konnte, war, dorthin zu gehn, in den Schlamm hinauszuwandern und sich einsinken und begraben zu lassen. Wenn eine so elend wäre, daß kein Mensch etwas mit ihr zu tun haben wollte, dann könnte sie wohl gar nichts Besseres tun als sterben. Es wäre auch für das Kind das Beste, wenn sie fortginge; denn Helgas Mutter hatte es gern, obgleich sie es nicht zeigen wollte, wenn Helga daheim war. Aber wenn Helga einmal für immer aus dem Wege wäre, dann würde sich die Großmutter des Kindes wohl so annehmen, als wäre es ihr eigenes.

Sie begriff nicht, daß sie mitten in ihrem größten Elend etwas getan hatte, wodurch den Leuten eine bessere Meinung über sie gegeben würde. Ihr wurde mit jedem Augenblick gewisser, daß das Moor der einzige Zufluchtsort für sie sei. Und je klarer sie dies einsah, desto mehr weinte sie.

Es war darum nicht so leicht für sie, die Tränen zu unterdrücken. Es dauerte nicht lange, so begann sie von neuem zu schluchzen.

Gudmund war nichts verhaßter, als wenn Weibsleute weinten. Er hatte die größte Lust, auf und davon zu laufen; aber er sagte sich, wenn er sich nun einmal die Mühe gemacht hätte, zur Hütte hinaufzuklettern, müßte er seinen Auftrag auch ausführen.

»Was ist dir denn?« sagte er in barschem Ton zu Helga. »Warum gehst du nicht ins Haus?« — »Ach, ich getraue mich nicht,« antwortete Helga, und ihre Zähne schlugen aufeinander. »Ich getraue mich nicht.«

»Wovor hast du denn Angst? Du hast dich doch heute morgen gegen Gerichtsdiener und Richter tapfer gehalten. Da kannst du wohl nicht vor deinen leiblichen Eltern Angst haben.« — »O ja, o ja, die sind viel schlimmer als alle andern.« — »Warum sollten sie denn gerade heute so böse sein?« — »Ich bekomme ja kein Geld.« — »Na, du bist doch ein so tüchtiges Mädel, daß du für dich und dein Kind das Brot verdienen kannst.« — »Ja, aber mich will doch niemand nehmen.«

Plötzlich fiel es Helga ein, daß die Eltern ihre Stimmen hören und herauskommen und fragen könnten, wer da spräche. Und dann wäre sie gezwungen, ihnen alles zu erzählen. Dann könnte sie sich nicht in das Moor retten. Und in ihrem Schrecken sprang sie auf und wollte an Gudmund vorbeieilen. Aber er kam ihr zuvor. Er packte sie am Arm und hielt sie fest. — »Nein! Du kommst nicht davon, bis ich nicht mit dir gesprochen habe.« — »Laß mich gehen,« rief sie und blickte ihn wild an. — »Du siehst aus, als wenn du ins Wasser gehen wolltest,« sagte er; denn jetzt stand sie draußen im Mondschein, und er konnte ihr Gesicht sehen. — »Ja, das würde wohl auch niemand etwas angehen, wenn ich das täte,« sagte Helga und warf dabei den Kopf zurück und sah ihm gerade in die Augen. »Heute morgen wolltest du mich nicht einmal rückwärts auf deinem Wagen mitfahren lassen. Niemand will etwas mit mir zu tun haben. Da mußt du doch selbst einsehen, daß es für solch ein armes Wurm, wie mich, am besten ist, wenn ich ein Ende mache.«

Gudmund wußte nicht, was er beginnen solle. Er wünschte sich weit weg, aber er fühlte auch, daß er einen Menschen in solcher Verzweiflung nicht verlassen konnte. »Hör mich jetzt an! Versprich nur, daß du anhörst, was ich dir zu sagen habe. Dann kannst du gehen, wohin du willst.« — Ja, das versprach sie. — »Kann man hier nirgends sitzen?«

»Drüben steht doch der Hackblock.« — »Also geh hin und setze dich und sei still!« Sie ging ganz gehorsam hin und setzte sich. — »Weine jetzt nicht mehr!« sagte er; denn es war ihm, als finge er an, Macht über sie zu gewinnen. Aber das hätte er nicht sagen sollen, denn sie ließ sogleich den Kopf in die Hände sinken und weinte heftiger denn je.

»Weine nicht!« sagte er und war nahe daran, mit dem Fuß auf die Erde zu stampfen. »Es gibt genug Leute, denen es schlechter geht als dir.« — »Nein, keinem kann es schlechter gehen.« — »Du bist jung und gesund, du solltest nur wissen, wie es meiner Mutter geht. Sie ist von Schmerzen so geplagt, daß sie sich nicht rühren kann, aber sie klagt nie.« — »Sie ist nicht so verlassen von allen wie ich.« — »Du bist auch nicht verlassen. Ich habe mit Mutter über dich gesprochen, und Mutter hat mich zu dir geschickt.« Das Schluchzen hörte auf. Man vernahm gleichsam das große Schweigen des Waldes, als ob der den Atem anhielte und auf etwas Wunderbares wartete. »Ich soll dir bestellen, daß du morgen zu Mutter kommst, damit sie dich sieht. Mutter gedenkt dich zu fragen, ob du zu uns in Dienst gehen willst.« — »Das will sie mich fragen?« — »Ja, aber zuerst will sie dich sehen.« — »Weiß sie, daß ...?« — »Sie weiß ebensoviel von dir wie alle andern.«

Mit einem Schrei des Staunens und der Freude sprang das Mädchen auf, und im nächsten Augenblick fühlte Gudmund ein paar Arme um seinen Hals. Er erschrak förmlich, und sein erster Gedanke war, sich loszureißen. Aber dann faßte er sich und blieb stehen. Er begriff, daß das Mädchen so außer sich vor Freude war, daß sie nicht wußte, was sie tat; in diesem Augenblick hätte sie sich dem ärgsten Schurken an den Hals werfen können, nur um in dem großen Glück, das über sie gekommen war, ein klein wenig Mitgefühl zu finden.

»Wenn sie mich bei sich aufnehmen will, dann kann ich ja am Leben bleiben!« sagte sie und legte den Kopf an Gudmunds Brust und weinte wieder, aber nicht so heftig wie zuvor. »Ich kann dir jetzt sagen, daß es mir damit Ernst war, ins Moor zu gehen,« sagte sie. »Ich danke dir, daß du gekommen bist! Du hast mir das Leben gerettet.« Gudmund hatte bisher unbeweglich dagestanden, jetzt aber fühlte er, wie sich etwas warm und zärtlich in ihm zu regen begann. Er hob die Hand und strich ihr übers Haar. Da zuckte sie zusammen, als hätte er sie aus einem Traum geweckt, und stellte sich kerzengerade vor ihn hin. »Ich danke dir, daß du gekommen bist!« sagte sie noch einmal. Sie war flammend rot im Gesicht geworden, und er errötete auch.

»Ja, so kommst du also morgen zu uns,« sagte er und streckte die Hand aus, um ihr Lebewohl zu sagen. — »Ich werde nie vergessen, daß du heute abend zu mir gekommen bist,« sagte Helga, und die große Dankbarkeit bekam die Oberhand über ihre Befangenheit. »Ach ja, es ist vielleicht ganz gut, daß ich da war,« sagte er ruhig, fühlte sich aber doch recht zufrieden mit sich selbst. — »Jetzt gehst du doch ins Haus?« sagte er. — »Ja, jetzt werde ich wohl hineingehen.«

Gudmund hatte plötzlich eine solche Freude an Helga, wie man sie an einem hat, dem man hat helfen können. Er stand da und zauderte und wollte nicht gehen. »Ich möchte dich gern unter Dach und Fach sehen, bevor ich gehe.« — »Ich dachte, sie sollten sich lieber erst niederlegen, bevor ich hineingehe.« — »Nein, du mußt gleich gehen, damit du etwas zu essen kriegst und unter Dach kommst,« sagte er und fand es recht vergnüglich, so für sie zu sorgen.

Sie ging sogleich auf die Hütte zu, und er kam mit, ganz zufrieden und stolz, daß sie ihm gehorchte. Als sie auf der Schwelle stand, sagten sie sich noch einmal Lebewohl. Aber kaum hatte er ein paar Schritte gemacht, als sie ihm nachkam. »Bleib hier draußen stehen, bis ich drinnen bin! Es geht leichter, wenn ich weiß, daß du draußen bist.« — »Ja,« sagte er, »ich werde hier bleiben, bis du das Ärgste überstanden hast.«

Nun öffnete Helga die Hüttentür, und Gudmund merkte, daß sie sie leicht angelehnt ließ. Gleichsam, damit sie sich nicht allzu abgetrennt von dem Helfer fühle, der dort draußen stand. Er machte sich auch kein Gewissen daraus, alles zu hören und zu sehen, was drinnen in der Hütte geschah.

Die Alten nickten Helga, als sie eintrat, freundlich zu. Die Mutter legte sogleich das Kind in die Wiege, ging dann zum Schrank und holte einen Laib Brot und eine Schale Milch und stellte sie auf den Tisch.

»Bist du da? Setz dich jetzt und iß,« sagte sie. Dann ging sie zum Herd und legte ein Stück Holz nach. »Ich habe das Feuer nicht ausgehen lassen, damit du dir die Kleider trocknen und dich erwärmen kannst, wenn du kommst. Aber iß jetzt zuerst! Das hast du wohl am nötigsten.«

Helga war die ganze Zeit an der Tür stehen geblieben. »Ihr sollt mich nicht so gut aufnehmen, Mutter,« sagte sie mit leiser Stimme. »Ich bekomme kein Geld von Per. Ich habe auf die Unterstützung verzichtet.« »Es ist heute Abend schon jemand dagewesen, der bei dem Thing war und gehört hat, wie es dir ergangen ist,« sagte die Mutter. »Wir wissen alles.«

Helga blieb an der Tür stehen und machte, als wüßte sie

weder aus noch ein.

Da legte der Vater die Arbeit nieder, schob die Brille auf die Stirn und räusperte sich, um eine Rede zu halten, die er den ganzen Abend überdacht hatte. »Es ist nämlich so, Helga,« sagte er: »Mutter und ich, wir wollten immer anständige und ehrliche Leute sein. Aber dann ist es uns vorgekommen, als ob du Unehre über uns gebracht hättest. Es war so, als hätten wir dich nicht gelehrt, zwischen Gut und Böse zu unterscheiden. Aber als wir nun hörten, was du heute getan hast, da sagten wir uns, Mutter und ich, daß die Leute jetzt doch sehen können, daß du eine ordentliche Erziehung genossen hast, und wir denken, daß wir vielleicht auch noch Freude an dir erleben können. Und Mutter wollte nicht, daß wir uns niederlegen, ehe du da bist, damit du doch eine ordentliche Heimkehr hast.«

3

Helga vom Moorhof kam jetzt nach Närlunda, und da ging alles gut. Sie war willig und anstellig und dankbar für jedes freundliche Wort, das man ihr sagte. Sie fühlte sich immer als die Geringste und wollte sich nie vordrängen. Es dauerte nicht lange, so hatten Herrschaft und Gesinde sie lieb gewonnen.

In den ersten Tagen sah es aus, als fürchte sich Gudmund, mit Helga zu sprechen. Er hatte Angst, daß das Mädchen sich etwas einbilde, weil er ihr zu Hilfe gekommen war. Aber dies war eine unnötige Sorge. Helga hielt ihn für viel zu herrlich und hoch, als daß sie gewagt hätte, ihre Blicke zu ihm zu erheben. Und Gudmund merkte auch bald, daß er sie nicht fernzuhalten brauchte. Sie war vor ihm scheuer als vor irgend jemand.

In demselben Herbst, da Helga nach Närlunda kam, machte Gudmund viele Besuche bei der Familie des Amtmanns auf Älvåkra, und es wurde viel darüber gesprochen, daß er alle Aussicht hätte, dort im Hause Schwiegersohn zu werden. Volle Gewißheit, daß seine Werbung Erfolg hatte, erhielten die Leute jedoch erst zu Weihnachten. Da kam der Amtmann mit Frau und Tochter nach Närlunda, und es war ganz klar, daß sie nur hierher gefahren waren, um zu sehen, wie es Hildur gehen würde, wenn sie sich mit Gudmund verheiratete.

Das war das erste Mal, daß Helga das Mädchen, welches Gudmund heimführen wollte, aus der Nähe sah. Hildur Erikstochter war noch nicht zwanzig Jahre, aber das Merkwürdige an ihr war, daß niemand sie ansehen konnte, ohne zu denken, welche stattliche und prächtige Hausmutter einmal aus ihr werden würde. Sie war hochgewachsen, stark gebaut, blond und schön, und sah aus, als wenn sie gerne für viele um sich zu sorgen hätte. Sie war nie scheu oder verschüchtert, sondern sprach viel und schien alles besser zu wissen als der, mit dem sie sprach. Sie war ein paar Jahre in der Stadt zur Schule gegangen und trug die schönsten Kleider, die Helga je gesehen hatte, aber sie machte keinen eiteln oder prunkliebenden Eindruck. Reich und schön, wie sie war, hätte sie wohl jeden Tag einen Mann von Stand heiraten können, aber sie sagte immer, sie wolle keine feine Dame werden und mit den Händen im Schoß dasitzen. Sie wollte einen Bauer heiraten und ihr Haus selbst versehen wie eine richtige Bäuerin.

Hildur schien Helga als ein wahres Wunder. Nie hatte sie jemand gesehen, der so prächtig aufgetreten wäre. Sie hätte nicht geglaubt, daß ein Mensch in allen Stücken so vollkommen sein könnte. Und es däuchte sie ein großes Glück, in Zukunft einer solchen Frau zu dienen.

Bei dem Besuch der Amtmannsfamilie war alles gut abgelaufen; aber wenn Helga an den Tag zurückdachte, empfand sie eine gewisse Unruhe. Als die Fremden gekommen waren, war sie herumgegangen und hatte den Kaffee gereicht. Wie sie nun mit den Kannen hereinkam, hatte die Frau des Amtmanns sich zu ihrer Herrin vorgebeugt und sie gefragt, ob das nicht das Mädchen vom Moorhof sei. Sie hatte die Stimme nicht sehr gesenkt, so daß Helga die Frage deutlich hörte. Mutter Ingeborg hatte Ja gesagt, und da hatte die andre etwas geantwortet, was Helga nicht hören konnte. Aber es war so etwas gewesen, als ob sie es wunderlich fände, daß sie eine solche Person im Hause dulde. Dies bereitete Helga sehr viel Kummer, aber sie suchte sich damit zu trösten, daß es die Mutter und nicht Hildur war, die diese Worte gesprochen hatte.

An einem Sonntag im Vorfrühling fügte es sich, daß Helga und Gudmund zusammen aus der Kirche kamen. Als sie über den Kirchenhügel wanderten, waren sie inmitten einer großen Schar von andern Kirchenbesuchern gegangen; aber bald bog einer nach dem andern ab, und schließlich waren Helga und Gudmund allein.

Da fiel es Gudmund ein, daß er seit jenem Abend auf dem Moorhof nicht mehr mit Helga allein gewesen war, und die Erinnerung daran kam nun in voller Stärke wieder. Recht oft während des Winters hatte er an ihre erste Begegnung gedacht und dabei immer gefühlt, wie etwas Süßes und Wohliges seinen Sinn durchbebte. Wenn er allein bei der Arbeit war, pflegte er sich die ganze schöne Nacht wieder zurückzurufen: den weißen Nebel, den starken Mondschein, die schwarze Waldeshöhe, das lichte Tal und dann das Mädchen, das die Arme um seinen Hals geschlungen und vor Freude geweint hatte. Je öfter er sich den Vorfall zurückrief, desto schöner wurde er. Aber wenn Gudmund

Helga daheim unter den andern in Arbeit und Plage umhergehen sah, dann konnte er sich nur schwer vorstellen, daß sie mit dabei gewesen war. Jetzt aber, wo er allein mit ihr den Kirchenweg entlang ging, konnte er es nicht lassen, sich zu wünschen, daß sie für ein Weilchen dieselbe wäre wie an jenem Abend.

Helga begann sogleich von Hildur zu sprechen. Sie rühmte sie sehr, sagte, daß sie das schönste und klügste Mädchen in der ganzen Umgegend sei, und beglückwünschte Gudmund dazu, daß er eine so ausgezeichnete Frau bekäme. »Du mußt ihr sagen, daß sie mich immer auf Närlunda bleiben läßt,« sagte sie. »Es wird so schön sein, unter einer solchen Frau zu dienen.«

Gudmund lächelte über ihren Eifer, gab ihr jedoch nur einsilbige Antworten, als wären seine Gedanken nicht recht dabei. Aber es war ja recht, daß ihr Hildur so gut gefiel, und daß sie sich über seine Heirat so freute.

»Du bist diesen Winter doch gern bei uns gewesen?« fragte er. — »Ja gewiß. Ich kann gar nicht sagen, wie gut Mutter Ingeborg und ihr alle gegen mich wart.« — »Hast du dich nach dem Walde gesehnt?« — »Ach ja, anfangs wohl, aber jetzt nicht mehr.« — »Ich glaubte, wer im Wald daheim ist, kann es nicht lassen, sich hinzusehnen.«

Helga wendete sich halb um und sah ihn an, der auf der andern Seite des Weges ging. Gudmund war ihr in letzter Zeit ganz fremd geworden, aber jetzt lag etwas in seinem Tonfall und seinem Lächeln, das sie wiedererkannte. Ja, er war doch derselbe, der in ihrer höchsten Not gekommen war und sie gerettet hatte. Obgleich er sich mit einer andern verheiraten wollte, war sie dessen gewiß, daß er ihr ein guter Freund und getreuer Helfer bleiben würde.

Es wurde ihr so leicht ums Herz; sie fühlte, daß sie Vertrauen zu ihm haben könnte wie zu keinem andern, und es war ihr, als müßte sie ihm alles erzählen, was ihr geschehen war, seit sie zuletzt miteinander gesprochen hatten. »Ich will dir sagen, daß ich in den ersten Wochen auf Närlunda eine recht schwere Zeit hatte,« begann sie. »Aber du darfst es Mutter Ingeborg nicht wiedererzählen.« — »Wenn du willst, daß ich schweigen soll, so schweige ich.« — »Denk dir nur, daß ich anfangs so furchtbares Heimweh hatte! Ich war drauf und dran, wieder in den Wald hinaufzulaufen.« — »Du hattest Heimweh? Ich glaubte, du wärst froh, bei uns zu sein.« — »Ich konnte nichts dafür,« sagte sie entschuldigend. »Ich sah wohl ein, welches Glück es für mich war, hier sein zu dürfen. Ihr wart alle so freundlich gegen mich, und die Arbeit war nicht zu schwer; aber ich sehnte mich doch. Irgend etwas zog und lockte und wollte mich in den Wald zurückführen. Es war mir, als verriete ich einen, der ein Recht auf mich hatte, wenn ich unten im Tale blieb.«

»Das war vielleicht ...« begann Gudmund, aber er hielt mitten im Satz inne. — »Nein, es war nicht der Kleine, nach dem ich mich sehnte. Ich wußte ja, daß es ihm gut ging, und daß Mutter freundlich zu ihm war. Es war nichts Bestimmtes. Ich hatte das Gefühl, als wäre ich ein wilder Vogel, den man in einen Käfig gesperrt hat, und ich glaubte, ich müßte sterben, wenn man mich nicht losließ.«

»Nein, daß es dir so schlecht ging!« sagte Gudmund, und dabei lächelte er; denn jetzt kam es ihm mit einem Male vor, als ob er sie erst wiedererkennte. Jetzt war es, als läge nichts zwischen ihnen, sondern als hätten sie sich erst am vorigen Abend oben auf dem Moorhof voneinander getrennt. Helga lächelte wieder, sie fuhr jedoch fort, von ihrer Qual zu sprechen. »Keine Nacht schlief ich,« sagte sie; »kaum hatte ich mich niedergelegt, so begannen die Tränen zu fließen, und wenn ich am Morgen aufstand, war das Kopfkissen ganz naß. Am Tag, wenn ich unter euch andern herumging, konnte ich das Weinen unterdrücken; aber sowie ich allein war, schossen mir die Tränen in die Augen.«

»Du hast schon viel geweint in deinem Leben,« sagte Gudmund, aber sah gar nicht mitleidig aus, als er diese Bemerkung machte. Helga war es, als ob er die ganze Zeit mit einem unterdrückten Lachen einherginge. — »Du kannst dir gar nicht denken, wie schlecht es mir ging,« sagte sie und sprach immer lebhafter, in dem Bestreben, sich ihm verständlich zu machen. »Es kam eine Sehnsucht über mich, die mich von mir selbst forttrug. Keinen Augenblick konnte ich mich glücklich fühlen. Nichts war schön, nichts war vergnüglich, keinen Menschen konnte ich liebgewinnen. Ihr wart mir alle ebenso fremd wie an dem Tag, als ich zum ersten Male in die Stube trat.«

»Aber,« verwunderte sich Gudmund, »sagtest du nicht eben, daß du bei uns bleiben willst?« — »Ja, gewiß sagte ich das.« — »Du sehnst dich also jetzt nicht mehr?« — »Nein, es ist vorübergegangen. Ich bin geheilt. Warte nur, du wirst schon hören!«

Als sie dies sagte, kreuzte Gudmund quer über den Weg und ging an ihrer Seite weiter. Die ganze Zeit lächelte er. Es schien ihm Freude zu machen, sie reden zu hören; aber er legte dem, was sie erzählte, wohl nicht viel Gewicht bei. So allmählich kam Helga in dieselbe Stimmung. Es schien ihr, als ob alles leicht und hell würde. Der Weg von der Kirche war lang und beschwerlich zu gehen; aber an diesem Tage wurde sie nicht müde. Irgend etwas schien sie zu tragen. Sie fuhr fort zu erzählen, weil sie einmal begonnen hatte; aber es war nicht mehr so wichtig für sie, sich auszusprechen. Sie hätte ebenso vergnügt sein können, wenn sie stumm neben ihm einhergegangen wäre.

»Als ich am allerunglücklichsten war, bat ich Mutter Ingeborg eines Samstagabends, mir zu erlauben, nach Hause zu gehen und über den Sonntag daheim zu bleiben. Und als ich an diesem Abend die Hügel zum Moor hinaufwanderte, glaubte ich felsenfest, daß ich nie mehr nach Närlunda zurückkommen würde. Aber daheim waren Vater und Mutter so froh, daß ich eine Stelle in einem so angesehenen Hause hatte, daß ich es nicht übers Herz brachte, ihnen zu sagen, ich hielte es nicht aus, bei euch zu bleiben. Sobald ich in den Wald hinaufkam, war auch alle Angst und Qual rein verschwunden. Und es schien mir, als ob das Ganze nur eine Einbildung gewesen wäre. Und dann war es so schwer mit dem Kind. Mutter hatte sich seiner angenommen und es zu dem ihren gemacht. Es gehörte mir nicht mehr. Und es war ja gut, daß es so war; aber es fiel mir doch schwer, mich daran zu gewöhnen.«

»Vielleicht fingst du nun gar an, dich zu uns hinunter zu sehnen?« warf Gudmund hin. — »Ach nein. Als ich am Montag Morgen erwachte und daran dachte, daß ich jetzt gehen müßte, kam die Sehnsucht wieder über mich. Ich lag da und weinte und ängstigte mich, denn das einzige Rechte und Richtige war doch, daß ich im Dienste blieb; aber ich hatte das Gefühl, als müßte ich krank werden oder den Verstand verlieren, wenn ich zurückkehrte. Aber da fiel mir plötzlich ein, was ich einmal gehört hatte: wenn man ein wenig Asche aus dem Herd in seinem Hause nimmt und sie dann auf den Herd im fremden Hause streut, dann wird man von seiner Sehnsucht befreit.« — »Na, das ist ein Heilmittel, das leicht anzuwenden ist,« sagte Gudmund. — »Ja, wenn es damit nur nicht die Bewandtnis hätte, daß man sich nachher nirgendwo anders heimisch fühlen kann. Geht man von dem Hause weg, in das man die Asche getragen hat, dann sehnt man sich ebensosehr dorthin zurück, als man sich früher von dort weggesehnt hat.« — »Kann man die Asche nicht wieder dorthin mitnehmen, wohin man geht?« — »Nein, das kann man nur einmal im Leben tun. Dann gibt es keine Umkehr. Und darum ist es ja sehr gefährlich, so etwas zu versuchen.«

»Ich hätte nie so etwas gewagt,« sagte Gudmund, und sie hörte sehr wohl, daß er sie nur neckte. — »Ich hab es doch gewagt,« sagte Helga. »Es war besser, als vor Mutter Ingeborg und dir, die mir helfen wollten, als undankbar dazustehen. Ich nahm ein klein wenig Asche von daheim mit, und wie ich nach Närlunda zurückkam, benützte ich einen Augenblick, wo niemand in der Stube war, und streute sie auf die Herdplatte.«

»Und jetzt glaubst du, daß die Asche dir geholfen hat?« — »Warte, du wirst schon hören, wie es kam! Ich ging gleich an meine Arbeit und dachte den ganzen Tag nicht mehr an die Asche. Ich sehnte mich ebenso heftig wie früher, und alles war mir ebenso zuwider wie immer. Es war an diesem Tage sehr viel drinnen und draußen zu tun; und als ich am Abend im Stalle fertig war und ins Haus ging, war auf dem Herd schon das Feuer angezündet.«

»Jetzt bin ich aber wirklich begierig, zu hören, wie es kam,« sagte Gudmund. — »Ja, denke nur, schon als ich über den Hof ging, kam es mir vor, als ob im Feuerschein etwas Wohlbekanntes wäre, und als ich die Tür öffnete, da hatte ich das Gefühl, daß ich in unsre eigene Stube kam, und daß Vater und Mutter am Feuer saßen. Ja, dies flog nur an mir vorbei wie ein Traum. Aber als ich wirklich hineinkam, da war ich ganz erstaunt, wie schön und traulich es in der Stube war. Nie hatten Mutter Ingeborg und ihr andern so freundlich ausgesehen wie an diesem Abend, als ihr da im Feuerschein saßet. Es war ein köstliches Gefühl, hereinzukommen, und das war sonst nie so gewesen. Ich war so erstaunt, daß ich fast laut aufgeschrieen und in die Hände geklatscht hätte. Es schien mir, als ob ihr wie verwandelt wäret. Ihr wart mir nicht mehr fremd, sondern ich konnte mit euch über alles reden. Du kannst dir denken, daß ich mich freute; aber dabei mußte ich mich doch immer wieder wundern. Ich fragte mich, ob ich denn verhext wäre, und sieh, da fiel mir plötzlich die Asche ein, die ich auf die Herdplatte gestreut hatte.«

»Ja, das ist seltsam,« sagte Gudmund. Er glaubte nicht im geringsten an Zauber und Hexerei; aber es mißfiel ihm nicht, Helga von solchen Dingen sprechen zu hören. »Jetzt ist doch die tolle Walddirne wieder zum Vorschein gekommen,« dachte er. »Kann man begreifen, daß jemand, der so viel durchgemacht hat, wie sie, noch so kindisch ist?«

»Ja, gewiß war es seltsam,« sagte Helga. »Und dasselbe hat sich den ganzen Winter hindurch wiederholt. Sowie das Feuer im Herd brannte, war es mir ebenso behaglich, als wenn ich daheim gewesen wäre. Aber es ist auch etwas Seltsames mit dem Feuer. Nicht mit anderm Feuer vielleicht, aber mit Feuer, das auf einem Herde brennt, und um das sich alle Hausgenossen Abend für Abend versammeln. Das wird, möcht man sagen, so vertraut mit einem. Es spielt und tanzt vor einem und prasselt, und manchmal ist es mürrisch und schlechter Laune. Es ist, als läge es in seiner Macht, Traulichkeit oder Unbehagen zu verbreiten. Und nun war es mir, als wäre das Feuer von daheim zu mir gekommen, und als gäbe es allem hier denselben traulichen Schein wie daheim.«

»Aber wenn du nun gezwungen wärest, aus Närlunda fortzugehen?« sagte Gudmund. — »Dann muß ich mich all mein Lebtag danach sehnen,« erwiderte sie, und man hörte an ihrer Stimme, daß sie dies im tiefsten Ernst sagte. — »Ja, ich werde gewiß nicht der sein, der dich vertreibt,« sagte Gudmund; und obgleich er lachte, lag etwas Warmes in seinem Ton. — Dann begannen sie kein neues Gespräch, sondern wanderten stumm bis zum Bauernhofe. Gudmund wendete zuweilen den Kopf und sah sie an, die neben ihm ging. Sie schien sich von der schweren Zeit, die sie im vorigen Jahr durchgemacht hatte, erholt zu haben. Jetzt hatte sie etwas Frisches und Rosiges. Die Züge waren klein und rein, das Haar umgab den Kopf wie ein Heiligenschein, und aus den Augen konnte man nicht recht klug werden. Sie ging flink und leicht. Wenn sie sprach, kamen die Worte rasch hervor, aber dennoch scheu. Sie hatte immer Angst, verlacht zu werden, doch mußte sie heraussagen, was sie auf dem Herzen hatte.

Gudmund fragte sich, ob er sich wünsche, daß Hildur so wäre; aber das wollte er doch nicht. Diese Helga war nichts zum Heiraten. —

Ein paar Wochen später erfuhr Helga, daß sie im April von Närlunda fort müsse, weil Hildur Erikstochter nicht mit ihr unter einem Dache hausen wollte.

Ihre Herrschaft sagte ihr das nicht gerade heraus. Aber Mutter Ingeborg begann davon zu sprechen, sie würden an ihrer neuen Schwiegertochter so viel Hilfe haben, daß sie sich nicht so viele Dienstleute zu halten brauchten. Ein andermal sagte sie wieder, sie habe von einer guten Stelle gehört, wo es Helga viel besser gehen würde als bei ihnen.

Helga brauchte nicht mehr zu hören: sie verstand, daß sie fort müsse, und erklärte sogleich, daß sie gehen wolle; aber eine andre Stelle wolle sie nicht annehmen, sondern sie kehre nach Hause zurück.

Man merkte wohl, daß sie auf Närlunda Helga nicht aus

freiem Willen kündigten.

Am Abschiedstage war so viel Essen aufgetischt, daß es ein förmlicher Schmaus war, und Mutter Ingeborg steckte ihr eine solche Menge Kleider und Schuhe zu, daß sie, die nur mit einem Bündel unter dem Arm gekommen war, ihre Besitztümer jetzt kaum in einer Kiste unterbringen konnte.

»Ich bekomme nie wieder eine so gute Magd wie dich in mein Haus,« sagte Mutter Ingeborg. »Und denke nun nicht zu schlecht von mir, weil ich dich ziehen lasse! Du weißt wohl, daß es nicht mit meinem Willen geschieht. Ich werde dich nicht vergessen. Solange ich noch Macht habe, wirst du keine Not leiden müssen.«

Sie machte mit Helga ab, daß sie ihr Laken und Handtücher weben solle. Und sie gab ihr Arbeit für mindestens ein halbes Jahr.

Am Abschiedstage stand Gudmund im Schuppen und hackte Holz. Er kam nicht herein, ihr Lebewohl zu sagen, obgleich das Pferd schon vor der Tür stand. Er schien so vertieft zu sein in seine Arbeit, daß er gar nicht merkte, was vorging. Sie mußte hinausgehen, um ihm Lebewohl zu sagen.

Er legte die Axt hin, gab Helga die Hand, sagte etwas hastig: »Ich danke dir für all die Zeit!« und begann dann wieder zu arbeiten. Helga hatte sagen wollen, sie sähe ein, daß es unmöglich für ihn sei, sie zu behalten, und daß alles ihre eigne Schuld sei. Sie selbst hätte es so für sich eingerichtet. Aber Gudmund schlug zu, daß die Späne rings um ihn flogen, und da konnte sie sich nicht entschließen, etwas zu sagen.

Aber das Merkwürdigste an der ganzen Sache war, daß

der Bauer selbst, der alte Erland Erlandsson, Helga zum Moorhof hinauffuhr.

Gudmunds Vater war ein kleines, trocknes Männchen mit kahlem Scheitel und schönen, klugen Augen. Er war so verschlossen und schweigsam, daß er zuweilen den ganzen Tag kein Wort sprach. Solange alles ging, wie es gehen sollte, bemerkte man ihn gar nicht. Aber wenn etwas nicht klappte, dann kam er immer und sagte und tat, was gesagt und getan werden mußte, um alles wieder in Ordnung zu bringen. Er war sehr geschickt im Rechnungführen und genoß unter den Männern des Kirchspiels großes Vertrauen. Er bekam auch alle möglichen kommunalen Aufträge und war angesehener als so mancher, der einen schönen Hof und großen Reichtum besaß.

Erland Erlandsson also fuhr Helga auf dem schlechten Wege heim und ließ nicht zu, daß sie bei irgendeiner steilen Stelle ausstieg. Als sie auf dem Moorhof angelangt waren, saß er lange in der Hütte und sprach mit Helgas Eltern und erzählte ihnen, wie zufrieden er und Mutter Ingeborg mit ihr gewesen waren. Nur weil sie jetzt nicht mehr so viele Dienstleute brauchten, müßten sie sie nach Hause schicken. Sie hätte gehen müssen, weil sie die Jüngste wäre. Sie hätten es unrecht gefunden, jemand fortzuschicken, der schon lange bei ihnen diente.

Erland Erlandssons Rede machte einen guten Eindruck, und die Eltern bereiteten Helga einen freundlichen Empfang. Als sie dazu noch hörten, sie hätte so große Bestellungen erhalten, daß sie sich mit ihrer Weberei das Brot verdienen könne, waren sie es recht zufrieden, daß sie nun daheim blieb.

4

Gudmund kam es vor, als ob er Hildur Erikstochter bis zu dem Tage geliebt hätte, an dem sie ihm das Versprechen abgezwungen, daß Helga aus Närlunda fort sollte. Wenigstens hatte es bis dahin niemand gegeben, den er mehr bewundert und geachtet hätte. Kein junges Mädchen schien ihm Hildur an die Seite gestellt werden zu können, und er war sehr stolz darauf gewesen, daß er sie gewonnen hatte. Es war ihm auch ein lieber Gedanke, sich die Zukunft mit ihr zusammen vorzustellen. Sie würden reich und angesehen sein, und er hatte das sichere Gefühl, daß es sich in dem Heim, wo Hildur das Regiment führte, gut leben lassen müßte. Er dachte auch gern daran, daß er viel Geld haben würde, wenn er mit ihr verheiratet wäre. Er könnte seine Wirtschaft verbessern, könnte alle verfallnen Hütten wieder aufbauen und den Hof erweitern, so daß er ein richtiger Großbauer würde.

An demselben Sonntag, da er mit Helga von der Kirche heimging, war er abends nach Älvåkra gefahren. Da hatte Hildur angefangen von Helga zu sprechen und hatte gesagt, daß sie nicht nach Närlunda kommen wolle, ehe die Dirne von dort fort sei. Gudmund versuchte zuerst, das Ganze als einen Scherz fortzulachen. Aber es zeigte sich bald, daß es Hildur ernst war. Gudmund führte Helgas Sache sehr beredt; er sagte, sie sei noch so jung gewesen, als sie in den Dienst geschickt wurde, da sei es nicht zu verwundern, daß sie ins Unglück gekommen wäre, wo sie an einen so schlechten Menschen geraten war wie Per Martensson. Aber seit seine Mutter sich ihrer angenommen, hätte sie sich immer gut betragen. »Es kann nicht Recht sein, sie wieder hinauszustoßen,« sagte er. »Da könnte sie ja wieder ins Elend kommen.«

Aber Hildur hatte nicht nachgeben wollen. »Wenn das Mädchen auf Närlunda bleibt, so komme ich nie hin,« sagte

sie. »Ich kann eine solche Person in meinem Hause nicht
dulden.« — »Du weißt nicht, was du tust,« sagte Gudmund.
»Niemand hat Mutter noch so gut gepflegt wie Helga. Wir
sind alle froh, daß sie zu uns gekommen ist; früher war
Mutter oft verdrießlich und schlechter Laune.« — »Ich
zwinge dich ja nicht, sie fortzuschicken,« sagte Hildur, aber
man merkte: sie war, wenn Gudmund ihr in dieser Sache
nicht den Willen täte, entschlossen, die Heirat aufzugeben.
— »Nein, es soll so sein, wie du willst,« sagte Gudmund
schließlich. Er fand, daß er Helgas wegen doch nicht seine
ganze Zukunft aufs Spiel setzen könnte. Aber er sah sehr
blaß aus, als er so nachgab, und war den ganzen Abend
schweigsam und verstimmt.

Diese Sache nun ließ Gudmund befürchten, daß Hildur
vielleicht nicht ganz so sei, wie er sie sich vorgestellt hatte.
Es gefiel ihm nicht, daß sie ihren Willen über den seinen
gesetzt hatte; aber das Schlimmste war: er konnte sich nicht
verhehlen, daß sie im Unrecht war. Er sagte sich, daß er ihr
gern nachgegeben hätte, wenn sie sich großherzig gezeigt
haben würde; aber nun schien es ihm, daß sie nur kleinlich
und herzlos gewesen wäre.

Jedesmal von da an, wenn Gudmund Hildur traf, saß er
und suchte und spähte, ob das, was er in ihr zu finden
geglaubt hatte, sich wieder zeigen würde. Nun sein
Mißtrauen einmal geweckt war, dauerte es nicht lange, und
er fand manches, was nicht so war, wie er es sich gewünscht
hätte. »Sie ist wohl so eine, die zu allererst an sich selbst
denkt,« murmelte er jedesmal, wenn er sich von ihr trennte,
und er fragte sich, wie lange wohl ihre Liebe zu ihm
standhalten würde, wenn man sie auf die Probe stellte. Er
suchte sich damit zu trösten, daß alle Menschen zuerst an
sich selbst dächten; aber sogleich fiel ihm Helga ein. Er sah
sie vor sich, wie sie im Thingsaal gestanden und die Bibel an

sich gerissen hatte, er hörte, wie sie rief: »Ich will die Klage zurückziehen. Ich hab ihn noch lieb. Ich will nicht, daß er falsch schwört.« So hätte er sich Hildur gewünscht. Helga war ihm ein Maß geworden, nach dem er die Menschen beurteilte, — wahrlich, es gab nicht viele, die ein so liebevolles Herz hatten.

Von Tag zu Tag gefiel ihm Hildur weniger; aber er kam nie auf den Gedanken, daß er von der Heirat abstehen könnte. Er suchte sich einzureden, daß sein Mißmut nichts andres sei als leere Grillen. Vor einigen Wochen erst hatte er sie ja für die Beste gehalten, die es gäbe.

Wäre er noch am Anfang seiner Werbung gewesen, dann hätte er sich vielleicht zurückgezogen. Aber jetzt waren sie schon aufgeboten, der Hochzeitstag war bestimmt, und bei ihm daheim hatten sie bereits große Ausbesserungen in Angriff genommen. Er wollte auch den Reichtum und die gute Stellung, die ihn erwarteten, nicht preisgeben. Und welchen Grund hätte er für einen Bruch anzuführen vermocht? Was er gegen Hildur einzuwenden hatte, war so unbedeutend, daß es sich auf seinen Lippen in Luft verwandeln würde, wenn er versuchen wollte, es auszusprechen.

Aber das Herz war ihm oft schwer, und jedesmal, wenn er im Kirchdorf oder in der Stadt etwas zu besorgen hatte, ließ er sich Bier oder Wein geben, um sich eine gute Laune anzutrinken. Wenn er ein paar Flaschen geleert hatte, war er wieder stolz auf die Heirat und zufrieden mit Hildur. Dann begriff er gar nicht, was ihn eigentlich quäle.

Gudmund dachte oft an Helga und empfand Sehnsucht, sie zu treffen. Aber er glaubte, daß Helga ihn für einen schlechten Kerl halte, weil er dem Versprechen, das er ihr freiwillig gegeben hatte, untreu geworden war und sie hatte ziehen lassen. Er konnte es ihr weder erklären, noch sich rechtfertigen, und darum vermied er es, mit ihr zusammenzutreffen.

Doch eines Morgens, als Gudmund gerade über die Straße ging, begegnete er Helga, die im Tal gewesen war, Milch zu kaufen. Gudmund kehrte um und schloß sich ihr an. Sie schien über seine Gesellschaft nicht gerade erfreut zu sein, sondern schritt rasch aus, als wolle sie von ihm fortkommen, und sagte kein Wort. Auch Gudmund schwieg, weil er nicht recht wußte, wie er ein Gespräch einleiten solle.

Da kam vom andern Ende der Straße ein Gefährt heran. Gudmund ging in Gedanken versunken und bemerkte es nicht, aber Helga hatte es gesehen und wendete sich nun plötzlich zu ihm. »Es hat keinen Zweck, daß du mit mir weitergehst, Gudmund; denn wenn ich recht sehe, kommen da Amtmanns aus Älvåkra gefahren.« Gudmund sah rasch auf, erkannte Pferd und Wagen und machte eine Bewegung, als ob er umkehren wolle. Im nächsten Augenblick jedoch richtete er sich auf und ging ruhig an Helgas Seite weiter wie zuvor; und sie trennten sich, ohne daß er ihr ein Wort gesagt hatte. Aber an diesem ganzen Tage war er zufriedener mit sich selbst, als er seit lange gewesen war.

<u>5</u>

Es war bestimmt, daß Gudmund und Hildurs Hochzeit am zweiten Pfingstfeiertag auf Älvåkra gefeiert werden sollte. Am Freitag vor Pfingsten fuhr Gudmund in die Stadt, einige Einkäufe für einen Begrüßungsschmaus zu machen, der am Tage nach der Hochzeit auf Närlunda stattfinden sollte. In der Stadt traf er mit einigen andern jungen Burschen aus seinem Kirchspiel zusammen. Sie wußten, daß dies Gudmunds letzter Stadtbesuch vor der Hochzeit war, und nahmen dies zum Anlaß, ein großes Trinkgelage zu veranstalten. Alle legten es darauf an, daß Gudmund trinke, und es gelang ihnen schließlich, ihn ganz bewußtlos zu machen.

Am Samstag morgen kam er so spät nach Hause, daß sein Vater und der Knecht schon zu ihrer Arbeit gegangen waren, und er schlief bis tief in den Nachmittag. Als er aufstand und sich anziehen wollte, sah er, daß sein Rock an mehreren Stellen zerrissen war. »Das sieht ja aus, als wenn ich heute Nacht eine Schlägerei gehabt hätte,« sagte er und versuchte, sich zu besinnen, was geschehen wäre, erinnerte sich jedoch nur, daß er gegen elf Uhr in Gesellschaft der andern aus dem Wirtshaus gegangen war, aber wohin sie sich dann begeben hätten, das konnte er sich nicht zurückrufen. Es war, als versuchte er, in eine große Dunkelheit hineinzustarren. Er wußte nicht, ob sie sich nur auf den Straßen herumgetrieben hätten, oder ob sie noch irgendwo eingekehrt wären. Er konnte sich auch nicht erinnern, ob er selbst oder irgendein andrer sein Pferd eingespannt hätte, und er hatte gar keine Erinnerung an die Heimfahrt.

Als er in die Wohnstube trat, war sie der Feiertage wegen gescheuert und gefegt. Alle Arbeit war beendigt, und das Hausgesinde trank Kaffee. Niemand sagte etwas über Gudmunds Ausbleiben. Es schien ein stillschweigendes Übereinkommen zu sein, daß er in diesen letzten Wochen die Freiheit haben solle, so zu leben, wie es ihm behagte.

Gudmund setzte sich an den Tisch und bekam seinen Kaffee wie die andern. Während er so dasaß und ihn aus der Schale in die Untertasse und dann wieder in die Schale goß, um ihn abkühlen zu lassen, wurde Mutter Ingeborg mit dem ihren fertig; sie nahm die Zeitung zur Hand, die eben gekommen war, und begann zu lesen. Sie las Spalte für Spalte vor, und Gudmund, der Vater und die andern saßen da und hörten zu.

Unter anderm las sie einen Bericht vor über eine Schlägerei, die in der vorhergehenden Nacht auf dem großen Marktplatz zwischen einer Schar betrunkner Bauern und einigen Arbeitern stattgefunden hatte. Sobald die Polizei sich zeigte, waren die Streitenden entflohen; nur einer von ihnen hatte leblos auf dem Marktplatz gelegen. Man trug den Gefallenen auf die Polizeistation, und da man keine äußere Verletzung an ihm entdecken konnte, begann man Belebungsversuche zu machen. Alle Bemühungen waren jedoch vergebens, und schließlich entdeckte man, daß eine Messerklinge in seinem Kopfe stak. Es war die Klinge eines ungewöhnlich großen Taschenmessers, die durch die Hirnschale ins Gehirn eingedrungen und dicht am Kopfe abgebrochen war. Der Mörder war mit dem Messerschaft entflohen, aber da die Polizei die Leute, die an der Schlägerei beteiligt waren, genau kannte, bestand die Hoffnung, man würde ihn bald finden.

Während Mutter Ingeborg dies las, stellte Gudmund die Kaffeetasse hin, fuhr mit der Hand in die Tasche, zog sein Messer hervor und warf einen gleichgültigen Blick darauf. Aber mit einem Mal zuckte er zusammen, drehte das Messer um und steckte es dann so hastig in die Tasche, als hätte er sich daran verbrannt. Er rührte den Kaffee nicht mehr an, sondern blieb lange ganz still mit einem nachdenklichen Ausdruck sitzen. Seine Stirn legte sich in tiefe Falten. Es war deutlich zu sehen, daß er mit aller Macht versuchte, sich über etwas klar zu werden.

Endlich stand er auf, streckte sich, gähnte und ging langsam auf die Tür zu. »Ich muß mir ein bißchen Bewegung machen. Ich bin den ganzen Tag nicht aus dem

Hause gewesen,« sagte er und verließ das Zimmer.

Ungefähr gleichzeitig erhob sich auch Erland Erlandsson. Er hatte seine Pfeife ausgeraucht und ging nun in die Kammer, sich neuen Tabak zu holen. Als er da drinnen stand und die Pfeife stopfte, sah er Gudmund vorübergehen. Die Fenster der Kammer gingen nicht auf den Hof, wie die der Wohnstube, sondern auf ein kleines Gärtchen, in dem ein paar hohe Apfelbäume standen. Unterhalb des Gärtchens lag ein Sumpfland wo um die Frühlingszeit große Wasserpfützen waren, die aber im Sommer fast ganz austrockneten. Dahin pflegte selten jemand zu gehen. Erland Erlandsson fragte sich, was Gudmund da wohl zu suchen habe, und folgte ihm mit den Blicken. Da sah er, wie der Sohn die Hand in die Tasche steckte, einen Gegenstand herauszog und ihn in den Morast warf. Dann ging er durch das kleine Gärtchen, sprang über einen Zaun und entfernte sich in der Richtung nach der Straße.

Sowie der Sohn außer Sehweite war, verließ Erland ebenfalls das Haus und begab sich an den Morast. Hier watete er in den Schlamm hinaus, beugte sich zu Boden und hob etwas auf, woran er mit dem Fuß gestoßen war. Es war ein großes Taschenmesser, dessen größte Klinge abgebrochen war. Er drehte es nach allen Seiten und besah es genau, während er noch immer im Wasser stand. Dann steckte er es in die Tasche, zog es aber noch ein paarmal heraus und betrachtete es prüfend, ehe er wieder ins Haus zurückging.

Gudmund kam erst heim, als sich alle schon niedergelegt hatten. Er ging sofort zu Bett, ohne das Abendbrot zu berühren, das in der Wohnstube aufgetischt stand.

Erland Erlandsson und sein Weib schliefen in der Kammer. Um das Morgengrauen glaubte Erland Schritte vor dem Fenster zu hören. Er stand auf, zog die Gardinen zurück und sah, daß Gudmund zum Morast hinunterging. Dort legte er Strümpfe und Schuhe ab, ging ins Wasser hinaus und wanderte hin und her, wie einer, der etwas sucht. Das tat er lange, dann ging er wieder an das Ufer, als wollte er seiner Wege gehen, kehrte aber bald um und suchte weiter. Eine ganze Stunde stand der Vater da und sah ihm zu, dann begab sich Gudmund ins Haus und legte sich wieder schlafen.

Am Pfingsttag sollte Gudmund zur Kirche fahren. Als er das Pferd einzuspannen begann, kam der Vater über den Hof. »Du hast vergessen, das Geschirr zu putzen,« sagte er, als er vorbeiging. Denn Geschirr und Wagen waren schmutzig und ungescheuert. — »Ich hab an andre Dinge zu denken gehabt,« sagte Gudmund mürrisch und fuhr davon, ohne etwas dergleichen zu tun.

Nach dem Gottesdienst begleitete Gudmund seine Braut nach Älvåkra und blieb den ganzen Tag dort. Es kam eine Menge jungen Volkes zusammen, um Hildurs letzten Jungfernabend zu feiern, und man tanzte bis tief in die Nacht hinein. Es gab auch viel zu trinken, aber Gudmund rührte nichts an. Den ganzen Abend sprach er kaum ein Wort zu irgend jemand, aber er tanzte wild und lachte zuweilen laut und schrill auf, ohne daß jemand wußte, worüber.

Gudmund kam nicht vor zwei Uhr nach Hause, und sobald er das Pferd in den Stall geführt hatte, ging er zu dem Sumpf hinter dem Hause. Er streifte die Schuhe ab, krempelte die Hosen hinauf und watete ins Wasser. Es war eine helle Sommernacht, und der Vater stand in dem Kämmerchen hinter der Gardine und sah dem Sohne zu. Er sah, wie er tief über das Wasser gebeugt einherging und suchte wie in der Nacht zuvor. Von Zeit zu Zeit ging er wieder an das Ufer, so als verzweifelte er, etwas zu finden, aber nach einer Weile watete er wieder in das Wasser hinaus. Einmal ging er in den Stall und holte einen Eimer und begann Wasser aus den kleinen Pfützen zu schöpfen, als wollte er sie trockenlegen, aber fand es sicherlich zwecklos und stellte den Eimer wieder weg. Er versuchte es auch mit einem Sieb. Er durchsuchte den ganzen Sumpf damit, aber schien nichts andres heraufzubekommen als Schlamm. Erst um die Morgenstunde kam er herein, als die Leute im Hause sich schon zu rühren begannen. Da war er so müde und übernächtig, daß er im Gehen schwankte, und warf sich aufs Bett, ohne die Kleider abzulegen.

Als die Uhr acht schlug, kam der Vater und weckte ihn. Gudmund lag auf dem Bett, die Kleider voll Schlamm und Lehm; aber der Vater fragte nicht, was er angestellt habe, sondern sagte nur, es sei jetzt Zeit aufzustehen, und schloß die Tür. Nach einer Weile kam Gudmund in die Wohnstube herunter, mit den feinen Hochzeitskleidern angetan. Er war bleich, und die Augen brannten in unruhigem Glanz, aber niemand hatte ihn je so schön gesehen. Die Züge waren wie von einem inneren Schein verklärt. Man glaubte einen Menschen zu sehen, der nicht mehr aus Fleisch und Blut bestünde, sondern nur noch aus Wille und Seele.

Unten in der Wohnstube sah es festlich aus. Die Mutter hatte ihr schwarzes Kleid angelegt und einen schönen Seidenschal über die Schultern gehängt, obgleich sie nicht zur Hochzeit fahren wollte. Auch alle Dienstleute waren in ihren besten Kleidern. Über dem Herde stak frisches Birkenlaub, auf dem Tische lag eine schöne Decke, und viele Schüsseln standen darauf.

Als sie gegessen hatten, las Mutter Ingeborg einen Psalm und ein Stück aus der Bibel vor. Dann wendete sie sich an Gudmund, dankte ihm, weil er ihr ein guter Sohn gewesen war, wünschte ihm Glück für sein zukünftiges Leben und gab ihm ihren Segen. Mutter Ingeborg wußte ihre Worte gut zu setzen, und Gudmund war sehr gerührt. Immer wieder traten ihm die Tränen in die Augen, aber es gelang ihm doch, das Weinen zu unterdrücken. Auch der Vater sprach ein paar Worte. »Es wird schwer für deine Eltern sein, dich zu verlieren,« sagte er, und Gudmund war wieder nahe daran, in Schluchzen auszubrechen. Auch alle Dienstleute traten vor, schüttelten ihm die Hand und dankten ihm für die Zeit, die nun zu Ende war. Beständig hingen Gudmund die Tränen in den Wimpern. Er räusperte sich und machte ein paar Versuche, zu sprechen, doch brachte er kaum ein Wort über die Lippen.

Der Vater sollte ihn in das Haus der Braut begleiten und der Hochzeit beiwohnen. Er ging in den Hof, spannte das Pferd ein und kam dann wieder, um zu sagen, daß es Zeit sei, sich auf den Weg zu machen. Als Gudmund sich in den Wagen setzte, merkte er, daß alles so spiegelblank war, wie er es selbst immer gern gehabt hatte. Zugleich sah er auch, wie fein der Hof herausgeputzt war; der Zufahrtsweg war frisch beschottert; alte Holzhaufen und andres Gerümpel, das Zeit seines Lebens dort gelegen, waren fortgeschafft. Zu beiden Seiten der Eingangstür standen ein paar abgehauene Birken als Triumphpforte, an der Wetterfahne hing ein großer Blumenkranz, und aus allen Fensterluken guckten lichtgrüne Birkenreiser. Wieder war Gudmund nahe daran, in Tränen auszubrechen. Er drückte dem Vater, der eben das Pferd in Gang setzen wollte, heftig die Hand. Es war, als wollte er ihn von der Fahrt abhalten. »Willst du etwas?« sagte der Vater. — »Ach nein,« sagte Gudmund »Es ist wohl am besten, wenn wir uns auf den Weg machen.«

Bevor sie weit vom Hofe waren, mußte Gudmund noch einmal Abschied nehmen. Es war Helga vom Moorhof, die an der Stelle stand und wartete, wo der Waldpfad von ihrem

Heim her auf den Weg mündete. Der Vater, der kutschierte, hielt an, sowie er Helga erblickte. »Ich hab auf euch gewartet, weil ich Gudmund Glück wünschen möchte,« sagte Helga. Gudmund beugte sich aus dem Wagen und schüttelte Helga die Hand. Er glaubte zu sehen, daß sie abgemagert war, ihre Augen waren rot gerändert. Sie lag wohl nachts und weinte und sehnte sich nach Närlunda. Aber jetzt trachtete sie, fröhlich auszusehen, und lächelte ihm zu. Er war wieder sehr gerührt, konnte aber nichts sagen. Der Vater, der ja in dem Rufe stand, daß er nicht sprach, ehe die Not am höchsten war, fiel ein: »Ich glaube, über diesen Glückwunsch freut sich Gudmund mehr als über irgend einen andern.« — »Ja, das ist sicher,« sagte Gudmund. Sie schüttelten sich noch einmal die Hand, und dann fuhr der Vater weiter. Gudmund beugte sich aus dem Wagen und sah Helga nach. Als sie von ein paar Bäumen verdeckt wurde, riß er plötzlich den Fußsack fort und erhob sich, als wolle er aus dem Wagen springen. — »Willst du Helga noch etwas sagen?« fragte der Vater. — »Nein, ach nein,« antwortete Gudmund und setzte sich wieder zurecht.

Sie fuhren noch eine kleine Strecke. Der Vater fuhr sehr gemächlich. Es war, als mache es ihm Freude, so mit seinem Sohne neben sich zu fahren. Er machte keinerlei Anstalten, rasch ans Ziel zu kommen.

Plötzlich ließ Gudmund den Kopf auf die Schulter des Vaters sinken und brach in heftiges Schluchzen aus. »Was ist dir?« fragte Erland und zog die Zügel so plötzlich an, daß das Pferd mit einem Ruck stehen blieb. — »Ja, alle sind so gut gegen mich, und ich verdien es nicht.« — »Du hast doch nichts Böses getan?« — »Doch, Vater, das habe ich.« — »Das wollen wir doch nicht glauben.« — »Ja, ich hab einen Menschen erschlagen.«

Der Vater holte tief Atem. Es klang beinahe wie ein Seufzer

der Erleichterung; Gudmund hob erstaunt den Kopf und sah ihn an. Der Vater ließ das Pferd wieder in Trab fallen, dann sagte er still: »Ich bin froh, daß du es selbst gesagt hast.« — »Wußtet Ihr es denn schon, Vater?« — »Ich sah schon Samstag abend, daß irgend etwas nicht in Ordnung war. Und dann fand ich dein Messer im Morast.« — »Ach so, Ihr habt das Messer gefunden!« — »Ich hab es gefunden, und ich sah, daß die eine Klinge abgebrochen war.«

»Ja, Vater, ich weiß, daß die Klinge abgebrochen ist. Aber ich kann mir doch nicht denken, daß ich es getan haben soll.« — »Es ist wohl im Rausch geschehen.« — »Ich weiß nichts, ich kann mich an nichts erinnern. Ich sehe es an meinen Kleidern, daß ich bei einer Rauferei war, und ich weiß, daß die Messerklinge fort ist.« — »Ich verstehe, daß du es verschweigen wolltest,« sagte der Vater. — »Ich dachte, die andern waren gewiß ebenso sinnlos betrunken wie ich und können sich an nichts erinnern. Es liegt vielleicht sonst kein Beweis gegen mich vor als das Messer, und darum hab ich es fortgeworfen.« — »Ich kann mir denken, daß du dir die Sache so zurechtgelegt hast.« — »Ihr versteht, Vater: ich weiß nicht, wer der Tote ist; ich hab ihn vielleicht nie im Leben gesehen. Ich kann mich nicht erinnern, daß ich es getan habe. Und da sagte ich mir, ich brauchte doch nicht für etwas zu leiden, was ich nicht mit Willen getan habe. Aber bald sah ich ein, daß es eine Tollheit war, das Messer in den Sumpf zu werfen. Er trocknet doch im Sommer aus, und da kann es ein jeder finden. Darum wollte ich es gestern Nacht und heute Nacht suchen.« — »Hast du gar nicht daran gedacht, zu gestehen?« — »Nein, gestern dachte ich nur, wie ich es geheimhalten könnte, und ich versuchte zu tanzen und vergnügt zu sein, damit mir niemand etwas anmerkte.« — »War es deine Absicht, vor den Traualtar zu treten, ohne zu gestehen? Das ist eine große Verantwortung. Sahst du nicht ein, daß du Hildur und ihre Familie mit in dein Elend ziehst, wenn man dich entdeckt?« — »Ich dachte, daß ich sie am besten verschonte, wenn ich nichts sagte.«

Sie fuhren im Galopp den Weg entlang. Der Vater schien es jetzt sehr eilig zu haben, ans Ziel zu kommen. Die ganze Zeit sprach er zu dem Sohne. Er hatte ihm vorher in seinem ganzen Leben nicht so viele Worte gesagt.

»Ich wüßte gerne, wodurch du andrer Meinung geworden bist,« sagte er. — »Weil Helga kam und mir Glück wünschte. Da brach etwas Hartes in mir. Ich war so gerührt über sie. Ich war auch heute morgen über Mutter und über Euch gerührt, und ich wollte sprechen und sagen, daß ich eure Liebe nicht verdiene, aber das Harte war damals noch in mir und leistete Widerstand. Aber als Helga kam, da war es aus und geschehen. Ich meinte, sie müßte mir eigentlich böse sein, weil ich doch schuld daran bin, daß sie von daheim fort mußte.«

»Nun, denke ich, wirst du mit mir einig sein, daß wir dies gleich den Amtmann wissen lassen müssen,« sagte der Vater. — »Ja,« antwortete Gudmund mit leiser Stimme. »Ja gewiß,« fügte er gleich darauf lauter und fester hinzu, »ich will Hildur nicht in mein Unglück hineinziehen. Sie würde es mir nie verzeihen.« — »Die Älvåkraleute halten ihre Ehre hoch, sie wie andre,« sagte der Vater, »und das magst du wissen, Gudmund: als ich heute morgen von daheim fortfuhr, da sagte ich mir, ich muß es dem Amtmann erzählen, wie es um dich steht, wenn du dich nicht entschließest, es selbst zu tun. Wie hätte ich schweigend zusehen und Hildur einen heiraten lassen können, dem jede Stunde eine Anklage wegen Mordes droht.«

Er klatschte mit der Peitsche und fuhr in immer rasenderem Galopp. »Das wird das Schwerste für dich sein,« sagte er. »Wir müssen es so einrichten, daß es bald überstanden ist. Ich denke, der Amtmann und seine Familie werden es recht von dir finden, daß du dich selbst angibst, und sie werden freundlich gegen dich sein.«

Gudmund antwortete nichts. Er sah immer gequälter aus, je mehr sie sich Älvåkra näherten. Der Vater sprach weiter, um ihm Mut zu machen.

»Ich habe einmal eine ähnliche Geschichte gehört,« sagte er. »Ein Bräutigam hatte einen Kameraden auf der Jagd erschossen. Es war nicht seine Absicht gewesen, und man hatte nicht entdeckt, daß er es war, der den tödlichen Schuß abgefeuert hatte. Aber ein paar Tage später sollte er heiraten; und als er in das Hochzeitshaus kam, da ging er zur Braut und sagte: >Aus der Hochzeit kann nichts werden. Ich will dich nicht in das Elend hineinziehen, das mich erwartet.< Aber sie stand schon fertig geschmückt da, in Krone und Schleier, und sie nahm ihn bei der Hand und führte ihn in den Saal, wo die Gäste versammelt waren und alles für die Trauung bereit war. Und sie erzählte allen mit lauter Stimme, was ihr der Bräutigam eben gesagt hatte. >Dies erzähle ich, damit alle wissen, daß du nicht falsch gegen mich gewesen bist«, sagte sie dann und wendete sich an den Bräutigam. >Aber jetzt will ich mich gleich mit dir trauen lassen. Denn du bleibst der, der du bist, wenn du auch ins Unglück gekommen bist; und was dich auch erwartet, das will ich gemeinsam mit dir tragen.«

Als der Vater mit seiner Erzählung zu Ende war, waren sie gerade bei der langen Gasse angelangt, die nach Älvåkra führte. Gudmund sagte mit einem wehmütigen Lächeln zu ihm: »So wird es uns nicht ergehen.« — »Wer weiß,« antwortete der Vater und richtete sich im Wagen auf. Er sah den Sohn an und mußte wieder staunen, wie schön der an diesem Tage war. »Es sollte mich nicht wundern, wenn ihm etwas Großes und Unerwartetes widerführe,« dachte er.

Es sollte eine Kirchenhochzeit sein, und eine Menge Leute hatten sich schon bei den Brauteltern versammelt, um im Hochzeitszuge mitzufahren. Auch viele Verwandte des Amtmanns waren von weit und breit gekommen. Sie saßen in ihrem besten Staat auf dem Flur, bereit zur Fahrt in die Kirche. Wagen und Kutschen standen im Hof, und man hörte, wie die Pferde im Stalle stampften, während sie gestriegelt wurden. Der Dorfspielmann saß allein auf der Treppe der Scheuer und stimmte die Fiedel. An einem Fenster im oberen Stockwerk stand die Braut fertig angekleidet und hielt Ausschau, um den Bräutigam zu sehen, bevor der sie erspäht hätte.

Erland und Gudmund stiegen aus dem Wagen und sagten sogleich, daß sie mit Hildur und ihren Eltern allein sprechen müßten. Bald standen sie alle in einem kleinen Zimmer, wo der Amtmann sein Schreibpult hatte.

»Ich denke, Herr Amtmann, Sie haben in den Zeitungen von jener Schlägerei in der Stadt gelesen, bei der ein Mensch ermordet wurde, in der Nacht vom Freitag auf Samstag,« sagte Gudmund so rasch, als leiere er eine Lektion herunter. — »Ja freilich habe ich davon gelesen,« sagte der Amtmann. — »Ich war nämlich in jener Nacht in der Stadt,« fuhr Gudmund fort.

Jetzt kam keine Antwort. — Es wurde totenstill. Gudmund war es, als ob alle ihn mit einem solchen Entsetzen anstarrten, daß er nicht weitersprechen konnte. Aber der Vater kam ihm zu Hilfe. — »Gudmund war von ein paar Freunden eingeladen. — Er hat in jener Nacht wohl zu viel getrunken, denn als er heimkam, wußte er gar nicht, was mit ihm geschehen war. Aber man merkte es ihm an, daß er bei einer Rauferei gewesen war, denn seine Kleider waren zerrissen.« Gudmund sah, wie das Entsetzen, das die andern empfanden, mit jedem Worte zunahm, aber er selbst wurde ruhiger. Ein Gefühl des Trotzes erwachte in ihm, und er ergriff wieder das Wort: »Als nun am Samstag abend die Zeitung kam und ich von der Schlägerei las und von der Messerklinge, die in der Hirnschale des Mannes stecken geblieben war, da zog ich mein Messer hervor und sah, daß eine Klinge fehlte.« — »Das sind schlimme Neuigkeiten, die du da bringst, Gudmund,« sagte der Amtmann. »Es wäre richtiger gewesen, wenn du uns das gestern gesagt hättest.« — Gudmund schwieg, und da kam ihm der Vater wieder zu Hilfe. — »Es war nicht so leicht für Gudmund. Die Versuchung, das Ganze zu verschweigen, war sehr groß. Er verliert sehr viel durch dieses Geständnis.« — »Ja, wir müssen noch froh sein, daß er jetzt gesprochen hat, so daß wir nicht in das Elend hineingezogen werden,« sagte der Amtmann bitter.

Gudmund hielt seine Augen die ganze Zeit auf Hildur gerichtet. Sie trug Krone und Schleier; und nun sah er, wie sie die Hand hob und eine der großen Nadeln herauszog, die die Krone festhielten. Sie schien dies ganz unbewußt getan zu haben. Als sie merkte, daß Gudmunds Blicke auf ihr ruhten, steckte sie die Nadel wieder hinein.

»Es ist ja noch gar nicht bewiesen, daß Gudmund der Schuldige ist,« sagte der Vater, »aber ich begreife: Ihr wollt, daß die Hochzeit aufgeschoben wird, bis wir alles aufgeklärt haben.« — »Es hat wohl wenig Zweck, von Aufschub zu sprechen,« sagte der Amtmann. »Ich denke, Gudmund ist seiner Sache recht sicher, und wir könnten uns wohl darüber einigen, daß es zwischen ihm und Hildur ein für allemal aus ist.«

Gudmund antwortete nicht gleich. Er ging zu seiner Braut hinüber und streckte die Hand aus. Sie saß ganz regungslos da und schien ihn nicht zu sehen. »Willst du mir nicht Lebewohl sagen, Hildur?« Jetzt sah sie auf, und ihre großen Augen blitzten ihn kalt an. — »Hast du mit dieser Hand das Messer geführt?« fragte sie. Gudmund antwortete ihr keine Silbe, sondern wendete sich an den Amtmann. — »Ja, jetzt bin ich meiner Sache sicher,« sagte er. »Es hat gar keinen Zweck, die Hochzeit aufzuschieben.«

Damit war die Unterredung beendet, und Gudmund und Erland gingen ihrer Wege. Sie hatten durch mehrere Stuben und Kammern zu gehen, ehe sie hinauskamen, und überall sahen sie Vorbereitungen zur Hochzeit. Die Tür nach der Küche stand offen, und sie sahen, wie eine Menge Menschen in eiliger Geschäftigkeit durcheinanderliefen. Der Duft von Braten und Backwerk drang heraus, der ganze Herd war voll kleiner und großer Töpfe, die Kupferkasserollen, die sonst die Wände schmückten, waren heruntergenommen und im Gebrauch. »Ach, daß sie alle diese Zurüstungen für meine Hochzeit machen!« dachte Gudmund, als er vorüberging.

Er bekam Einblick in den ganzen Reichtum dieses alten Bauernhofes, wie er so durch das Haus wanderte. Er sah den Eßsaal, wo große Tische mit langen Reihen von Silberbechern und Kannen gedeckt waren. Er kam durch die Kleiderkammer, wo auf dem Boden große Truhen standen und an den Wänden Kleider in unendlicher Reihe hingen. Als er dann in den Hof hinaustrat, sah er eine Menge alte und neue Wagen, prächtige Pferde wurden aus dem Stall geführt und schöne Wagendecken in die Kutschen gelegt. Er sah über ein paar Höfe, die von Scheunen, Ställen, Schuppen, Vorratskammern und noch vielen andern Gebäuden umgeben waren. »Das alles hätte mein sein können,« dachte er, als er sich in den Wagen setzte.

Mit einem Male kam bittere Reue über ihn. Er wäre am liebsten aus dem Wagen gesprungen und hineingelaufen, um ihnen zu sagen, es sei alles nicht wahr, was er erzählt hätte. Er hätte ja nur mit ihnen spaßen und sie erschrecken wollen. Es war doch unerhört töricht von ihm gewesen, zu bekennen. Was nützte es, daß er gestanden hatte? Dadurch wurde die Sache für keinen Menschen besser. Der Tote war ja tot. Nein, dieses Geständnis hatte nichts andres zur Folge, als daß auch er ins Verderben gestürzt wurde.

In den letzten Wochen hatte er diese Heirat nicht mehr so eifrig gewünscht; aber jetzt, da er darauf verzichten mußte, fühlte er erst, was sie wert war. Es bedeutete viel, Hildur Erikstochter und alles, was an ihr hing, zu verlieren. Was hatte es zu sagen, daß sie eigenwillig und selbstherrlich war! Sie war doch die erste von allen in der Umgegend, und durch sie wäre er zu großer Macht und Ehre gekommen.

Er trauerte jetzt nicht nur um Hildur und ihr Hab und Gut, sondern auch um kleinere Dinge. In diesem Augenblick wäre er zur Kirche gefahren, und alle, die ihn gesehen, hätten ihn beneidet. Und heute hätte er zu oberst an der Hochzeitstafel gesessen. Heute wäre er mitten in Tanz und Fröhlichkeit gewesen. Es war sein großer Glückstag, der ihm nun entging.

Erland drehte den Kopf ein Mal ums andre dem Sohne zu und sah ihn an. Er war jetzt nicht so schön und verklärt, wie er am Morgen gewesen war, sondern saß stumpf und schwerfällig da mit erloschenem Blick. Der Vater hätte wohl gerne gewußt, ob der Sohn sein Geständnis bereue, und er wollte ihn danach fragen, hielt es aber doch für richtiger, zu schweigen.

»Wohin wollen wir jetzt fahren?« fragte Gudmund nach einer Weile. — »Wäre es nicht das beste, gleich zu Gericht zu gehen?« — »Du mußt zuerst nach Hause, damit du ruhen und dich ausschlafen kannst,« sagte der Vater. »Du hast in den letzten Nächten wohl nicht viel Schlaf gefunden.« —

»Mutter wird erschrecken, wenn sie uns sieht.« — »Sie wird nicht so erstaunt sein,« sagte der Vater, »sie weiß ebenso viel wie ich. Sie wird sich freuen, daß du gestanden hast.« — »Ich glaube, Mutter und ihr alle miteinander daheim seid froh, mich ins Gefängnis zu bringen,« sagte Gudmund bitter. — »Wir wissen, daß du viel verlierst, weil du recht gehandelt hast,« sagte der Vater, »wir können nicht anders: wir müssen uns freuen, daß du dich selbst überwunden hast.«

Gudmund glaubte es nicht ertragen zu können, nach Hause zu fahren und allen den Leuten zuzuhören, die ihn rühmen würden, weil er seine Zukunft vernichtet hatte. Er suchte einen Vorwand, um niemand treffen zu müssen, bevor er sich mehr Ruhe erkämpft hätte. Nun fuhren sie an der Stelle vorüber, wo der Pfad zum Moorhof abbog. »Wollt Ihr hier halten, Vater? Ich denke, ich gehe zu Helga hinauf und spreche mit ihr.« —

Der Vater hielt bereitwillig das Pferd an. »Komm nur, sobald du kannst, nach Hause, damit du dich ausruhst,« sagte er.

Gudmund schlug den Weg in den Wald ein und war bald zwischen den Bäumen verschwunden. Er dachte nicht daran, Helga aufzusuchen. Er war nur froh, allein zu sein, so daß er sich keinen Zwang aufzuerlegen brauchte. Er fühlte eine unvernünftige Wut gegen alles, er stieß Steine fort, die ihm im Wege lagen, und blieb zuweilen stehen, um einen großen Ast abzubrechen, nur weil ein Blatt sein Gesicht gestreift hatte. Er schlug den Weg zum Moorhof ein, ging aber an der Hütte vorbei und kletterte den Berg hinauf. Hier wurde es ihm bald schwer, weiter zu kommen. Er hatte den Pfad verlassen; und um den nächsten Gipfel zu erreichen, mußte er über ein breites Flußbett voll kantiger Felsblöcke gehen. Es war eine gefährliche Wanderung über die scharfen Felskanten, und er konnte sich Arme und Beine brechen, wenn er einen Fehltritt machte. Das wußte er sehr wohl, aber er ging doch weiter, als mache es ihm Freude, sich einer Gefahr auszusetzen. »Und wenn ich mich zuschanden falle, so findet mich hier oben niemand,« dachte er. »Aber was tut das? Ich kann ebensogut hier liegen und sterben wie jahrelang hinter Gefängnismauern sitzen.«

Doch alles ging gut ab, und ein paar Minuten später stand er auf der Höhe. Über den Berg war einmal ein Waldbrand hingegangen. Die oberste Spitze war noch kahl, und von dort hatte man eine meilenweite Aussicht. Er sah Täler und Seen, dunkle Wälder und fruchtbare Äcker, Kirchen und Herrenhöfe, kleine Bauernhütten und große Dörfer. Weit in der Ferne lag die Stadt, in einen weißen Schleier von Sonnenrauch gehüllt, aus dem ein paar funkelnde Türme aufragten. Durch die Täler schlängelten sich Wege, und ein Eisenbahnzug rollte am Waldessaume vorbei. Es war ein ganzes Reich, was er da sah.

Er warf sich zu Boden, hielt aber den Blick noch immer auf die weite Fernsicht geheftet. Es war etwas Stolzes und Großes in dieser Landschaft vor ihm, und er empfand sich selbst und seine Sorgen als klein und unbedeutend.

Ihm kam eine Erinnerung aus seiner Kindheit. Wenn er damals gelesen hatte, daß der Versucher Jesus auf einen hohen Berg geführt und ihm alle Herrlichkeit der Welt gezeigt hätte, so war er immer der Meinung gewesen, die beiden müßten hier oben auf dem Gipfel gestanden haben ... Und er sprach die alten Worte vor sich hin: Dies alles will ich dir geben, wenn du niederfällst und mich anbetest.

Da kam es ihm plötzlich vor, als sei ihm selbst in diesen letzten Tagen eine solche Versuchung entgegengetreten. Wahrlich, hatte ihn nicht der Versucher auf einen hohen

Berg geführt und ihm alle Herrlichkeit der Macht und des Reichtums gezeigt? »Verschweige nur das Böse, das du getan hast,« sagte er, »und ich will dir dies alles geben.« Wie Gudmund daran dachte, kam ein klein wenig Befriedigung über ihn. »Ich habe ja nein geantwortet,« sagte er; und plötzlich begriff er, worum es sich für ihn gehandelt hatte. Wenn er geschwiegen hätte, wäre er dann nicht all sein Lebtag verurteilt gewesen, den Versucher anzubeten? Ein scheuer, mutloser Mann wäre er geworden, ein Sklave von Hab und Gut. Die Furcht vor der Entdeckung hätte stets auf ihm gelastet. Nie mehr hätte er sich als ein freier Mann fühlen können.

Eine große Ruhe kam über Gudmund. Er wurde ganz glücklich, weil er einsah, daß er recht gehandelt hatte. Wenn er an die vergangenen Tage zurückdachte, schien es ihm, daß er in einer großen Dunkelheit getappt hätte. Es war wunderbar, daß er sich zuletzt doch zurechtgefunden hatte. Er fragte sich selbst, wie es zugegangen sei, daß er nicht in die Irre gegangen war. »Ich danke es dem, daß sie daheim alle so gut gegen mich waren,« dachte er, »und die beste Hilfe war doch, daß Helga kam und mir Glück wünschte.«

Er blieb noch eine Weile oben auf dem Gipfel liegen, aber bald sagte er sich, er müsse zu Vater und Mutter heimgehen und ihnen sagen, daß er den Frieden mit sich selbst gefunden hätte. Als er nun aufstand, um zu gehen, bemerkte er, daß ein Stück weiter unten Helga auf einem Felsenvorsprung saß.

Sie hatte dort nicht die große weite Aussicht — nur ein kleines Stückchen des Tales war für sie sichtbar. Es war die Gegend, wo Närlunda lag, und sie sah vermutlich ein Stück des Hofes. Als Gudmund sie erblickte, fühlte er, wie sein Herz, das den ganzen Tag mühsam und ängstlich gearbeitet hatte, leicht und fröhlich zu klopfen begann, und zu gleicher Zeit durchzuckte ihn ein so starkes Glücksgefühl, daß er stehen blieb und über sich selbst staunte.

»Was ist mir denn? Was ist das? Was ist das?« dachte er, während das Blut durch seinen Körper strömte und das Glück ihn mit solcher Macht packte, daß er es beinahe schmerzhaft empfand. Endlich sagte er mit erstaunter Stimme zu sich selbst: »Aber ich hab ja sie lieb! Nein, daß ich das bisher gar nicht wußte!«

Es packte ihn mit der Stärke eines befreiten Wasserfalls. Er war die ganze Zeit, solange er sie kannte, gebunden gewesen. Alles, was ihn zu ihr hinzog, hatte er zurückgedrängt. Jetzt erst war er frei von dem Gedanken, eine andre zu heiraten, hatte er die Freiheit, sie zu lieben.

»Helga!« rief er und begann zugleich den Abhang zu ihr hinunterzuklettern. Sie wendete sich mit einem erschrockenen Aufschrei um. »Hab keine Angst! Ich bin es nur.« — »Aber bist du denn nicht in der Kirche und wirst getraut?« — »Ach nein, aus der Hochzeit wird nichts. Sie will mich nicht haben, Helga.«

Helga richtete sich auf. Sie preßte die Hand aufs Herz und schloß die Augen. Sie dachte in diesem Augenblick wohl, daß es nicht Gudmund sei, der da kam. Ihre Augen und Ohren müßten hier im Walde verhext worden sein. Aber schön und herrlich war es doch, daß er sich zeigte, wenn auch nur als Traumerscheinung; und sie schloß die Augen und blieb regungslos stehen, um das Trugbild noch ein paar Augenblicke festzuhalten.

Aber Gudmund war wild und toll von der großen Liebe, die in ihm aufgelodert war. Sobald er zu Helga heruntergekommen war, schlang er die Arme um sie und küßte sie, und sie ließ es geschehen; denn sie war ganz betäubt und benommen vor Überraschung. Es war ja zu wunderbar, daß er, der gerade jetzt in der Kirche stehen sollte, zur Seite seiner Braut, wirklich hierher in den Wald gekommen war. Dieser Geist oder Doppelgänger von ihm, der zu ihr gekommen war, mochte sie immerhin küssen.

Aber in dem Augenblick, da Gudmund Helga küßte, wachte sie auf und stieß ihn von sich. Und nun begann sie ihn mit Fragen zu überschütten. Ob er es wirklich selbst sei? Was er im Walde zu tun hätte? Ob ein Unglück geschehen? Warum man die Hochzeit aufgeschoben hätte? Ob Hildur krank sei? Ob den Pfarrer in der Kirche der Schlag gerührt hätte?

Gudmund wollte mit ihr von nichts anderm auf der Welt sprechen als von seiner Liebe; aber sie zwang ihn, zu erzählen, wie alles zugegangen war. Während er sprach, saß sie still da und hörte mit tiefer Andacht zu.

Sie unterbrach ihn nicht, bis er von der abgebrochnen Klinge erzählte. Da fuhr sie auf und fragte, ob es sein gewöhnliches Messer sei, das er gehabt hätte, als sie noch auf Närlunda diente.

»Ja, gerade das war es,« sagte er. — »Wieviel Klingen waren denn abgebrochen?« fragte sie. — »Nicht mehr als eine.«

In Helgas Kopf begann es zu arbeiten. Sie saß mit gerunzelter Stirn da und suchte sich an etwas zu erinnern. Wie war es doch? Ja gewiß. Sie entsann sich deutlich, daß sie sich dieses Messer an dem Tage, bevor sie fortging, von ihm ausgeliehen hatte, um Holz zu spalten; dabei hatte sie es zerbrochen, aber sie war nicht dazu gekommen, es ihm zu sagen. Er war ihr damals immer ausgewichen und hatte nicht mit ihr sprechen wollen. Und nun hatte er das Messer wohl seitdem in der Tasche gehabt und gar nicht bemerkt, daß es zerbrochen war.

Sie hob den Kopf und wollte ihm dies eben sagen; doch er erzählte weiter von seinem Besuch heute morgen im Hochzeitshaus, und sie wollte ihn zu Ende kommen lassen. Als sie hörte, wie er von Hildur geschieden war, erschien ihr dies als ein so furchtbares Unglück, daß sie ihn mit Vorwürfen überhäufte. »Das ist deine eigne Schuld,« sagte sie. »Da kommt ihr, du und dein Vater, angefahren und erschreckt sie zu Tode mit der furchtbaren Botschaft. So hätte sie nicht geantwortet, wenn sie bei Sinnen gewesen wäre. Ich will dir eines sagen: ich glaube, sie bereut es schon in diesem Augenblick.« — »Meinethalben mag sie bereuen, soviel sie will,« sagte Gudmund. »Ich weiß jetzt, daß sie eine ist, die immer nur an sich selbst denkt. Ich bin froh, daß ich sie los bin.«

Helga preßte die Lippen aufeinander, damit ihr das große Geheimnis nicht entschlüpfe. Sie hatte viel zu denken. Es handelte sich nicht nur darum, Gudmund von dem Morde reinzuwaschen. Es herrschte ja auch Feindschaft zwischen Gudmund und seiner Braut. Könnte sie nicht versuchen, die beiden mit Hilfe dessen, was sie wußte, zu versöhnen?

Wieder saß sie stumm da und grübelte, bis Gudmund davon zu sprechen begann, daß er seinen Sinn jetzt ihr zugewandt hätte.

Aber das erschien ihr als das größte Unglück, das ihm an diesem Tage widerfahren war. Schlimm war es schon, daß die vorteilhafte Heirat zu scheitern drohte, noch schlimmer aber, daß er um eine wie sie werben wollte. »Nein, so etwas darfst du mir nicht sagen,« rief sie und sprang plötzlich auf. — »Warum soll ich es dir nicht sagen?« fragte Gudmund und erblaßte. »Ist es mit dir vielleicht gerade so wie mit Hildur? Hast du Angst vor mir?« — »Nein, nicht deshalb.« Sie wollte ihm erklären, daß er in sein eigenes Verderben renne, aber er hörte ihr gar nicht zu. — »Ich habe gehört, daß es früher einmal Frauen gab, die den Männern zur Seite standen, wenn sie in Not kamen; aber heute trifft man solche Frauen nicht mehr.« Helga erzitterte. Sie hätte die Arme um seinen Hals schlingen wollen, aber sie verhielt sich still. Heute mußte sie vernünftig sein. — »Es ist ja wahr, ich hätte dich nicht an demselben Tage, wo ich ins Gefängnis soll, bitten dürfen, mein Weib zu werden. Aber der Gedanke, daß du auf mich warten würdest, bis ich wieder frei wäre, hätte mich all das Schwere mit leichtem Mut erdulden lassen.« — »Ich bin es nicht, die auf dich warten soll, Gudmund.« — »Alle Menschen werden mich jetzt als einen Missetäter betrachten, als einen, der sich besäuft und mordet. Ach wenn es nur eine gäbe, die mich mit Liebe ansehen könnte! Das würde mich besser aufrechterhalten als alles andre.« — »Du weißt, daß ich nie etwas andres als Gutes von dir denken werde, Gudmund.«

Helga war sehr still. Gudmunds Bitten wurden fast zu viel für sie. Sie wußte gar nicht, wie sie ihm entkommen sollte. Aber Gudmund verstand nichts, sondern begann zu glauben, daß er sich geirrt habe. Sie könnte nicht dasselbe für ihn empfinden wie er für sie. Er kam ganz dicht an sie heran und sah sie an, als wollte er mitten durch sie hindurchsehen. »Sitzest du nicht gerade auf diesem Felsen hier, um nach Närlunda hinunterzusehen?« — »Ja, das tu ich.« — »Sehnst du dich nicht Tag und Nacht hin?« — »Ja. Aber ich sehne mich nicht nach einem Menschen.« — »Und mich magst du gar nicht?« — »O ja, aber ich will dich nicht heiraten.« — »Wen hast du denn gern?« — Helga schwieg. — »Per Martensson?« — »Ja, ihm hab ich gesagt, daß ich ihn gern habe,« sagte sie und war ganz zermartert.

Gudmund blieb ein Weilchen stehen und sah sie mit ergrimmtem Gesicht an. »Dann also lebewohl! Jetzt gehen wir getrennte Wege, du und ich,« sagte er, und damit machte er einen gewaltigen Sprung von dem Stein zum nächsten Felsabsatz und verschwand unter den Bäumen.

6

Kaum war Gudmund verschwunden, als Helga auf einem andern Wege den Berg hinuntereilte. Sie lief am Moorhof vorbei, ohne stehen zu bleiben und eilte dann, so rasch sie konnte, über die Waldhügel hinunter auf den Weg. Im ersten Bauernhof, den sie erreichte, bat sie die Inwohner, ihr Pferd und Fuhrwerk zu leihen, damit sie nach Älvåkra fahren könnte. Sie sagte, es gälte das Leben, daß sie hinkäme, und versprach, dafür zu zahlen. Die Dorfleute waren schon heimgekommen und hatten von der unterbliebenen Hochzeit erzählt. Alle waren sehr bewegt und mitleidig, und man wollte Helga die Hilfe nicht verweigern, da sie eine wichtige Botschaft für die Leute auf Älvåkra zu haben schien.

In Älvåkra saß Hildur Erikstochter in einer kleinen Kammer im oberen Stockwerk, wo sie ihr Brautkleid abgelegt hatte. Die Mutter und ein paar andre Bäuerinnen waren um sie. Hildur weinte nicht, aber sie war ungewöhnlich still und blaß; es sah aus, als würde sie jeden Augenblick krank hinsinken. Die Frauen sprachen die ganze Zeit von Gudmund. Alle tadelten ihn und schienen es als ein Glück für Hildur anzusehen, daß sie von ihm befreit war. Einige meinten, Gudmund habe wenig Rücksicht auf die Schwiegereltern gezeigt. Er hätte ihnen schon am Pfingsttage sagen müssen, wie es um ihn stand. Andre sagten, wem ein so großes Glück bevorstünde, der müßte besser auf sich achten. Und einige beglückwünschten Hildur, daß sie dem Schicksal entging, einen zu heiraten, der sich so sinnlos betrinken konnte, daß er nicht mehr wußte, was er tat.

Mitten unter diesen Reden schien Hildur ungeduldig zu werden; sie stand auf, um das Zimmer zu verlassen. Sowie sie zur Tür hinaus war, kam ihre beste Freundin, ein junges Bauernmädchen, und flüsterte ihr zu: »Unten ist jemand, der mit dir sprechen will.« — »Ist es Gudmund?« fragte Hildur, und ein Strahl des Lebens leuchtete in ihren Augen auf. — »Nein, aber, ich glaube, eine Botschaft von ihm. Sie will, was sie auszurichten hat, keinem als nur dir selbst sagen.« Nun hatte Hildur den ganzen Tag dagesessen und gedacht, daß jemand kommen müsse, der diesem Elend ein Ende machte. Sie konnte es gar nicht begreifen, daß ein so schreckliches Unglück sie treffen sollte. Sie meinte, es müsse etwas geschehen, das es ihr möglich machte, Krone und Kranz wieder aufzusetzen, mit dem Hochzeitszug zur Kirche zu fahren und getraut zu werden. Als sie nun von einer Botschaft Gudmunds hörte, wurde sie ganz eifrig und lief eilends zu Helga hinaus, die vor der Küchentür stand und auf sie wartete.

Hildur wunderte sich wohl, daß Gudmund Helga zu ihr

schickte, aber sie dachte, er hätte vielleicht heute am Feiertag keine andre Botin gefunden, und begrüßte sie freundlich.

Sie winkte Helga, ihr in die Milchkammer zu folgen, die drüben auf der andern Längsseite des Hofes lag. »Ich weiß keinen andern Ort, wo wir allein sprechen können,« sagte sie. »Wir haben noch das ganze Haus voll Leute.«

Sobald sie drinnen waren, trat Helga dicht an Hildur heran und sah ihr ins Gesicht. »Bevor ich etwas sage, muß ich erst wissen, ob du Gudmund lieb hast, Hildur.« Hildur zuckte vor Empörung zusammen. Es war ihr eine Qual, mit Helga auch nur ein einziges Wort wechseln zu müssen, und sie hatte wahrlich keine Lust, sie zu ihrer Vertrauten zu machen. Aber nun war die Not am höchsten, und so zwang sie sich, zu antworten: »Warum, glaubst du, hätte ich ihn sonst heiraten wollen?« — »Ich meine, ob du ihn noch lieb hast, Hildur?« — Hildur wurde wie zu Stein, aber unter dem forschenden Blick der andern konnte sie nicht lügen. — »Vielleicht habe ich ihn noch nie so lieb gehabt wie heute,« sagte sie, jedoch so leise, daß man glauben konnte, es täte ihr weh, die Worte auszusprechen.

»Dann komm gleich mit mir,« sagte Helga. »Ich habe drunten auf der Straße einen Wagen stehen. Du brauchst dich nur fertig zu machen, dann können wir gleich nach Närlunda fahren.« — »Wozu soll es gut sein, daß ich hinfahre?« fragte Hildur. — »Du mußt hinfahren und sagen, daß du Gudmund angehören willst, Hildur, was er auch getan haben mag, und daß du treu auf ihn warten wirst, während er im Gefängnis sitzt.« — »Warum soll ich das sagen?« — »Damit alles zwischen euch wieder gut wird.« — »Aber das ist ja unmöglich. Ich will doch keinen heiraten, der im Gefängnis gesessen hat.«

Helga prallte ein paar Schritte zurück, so als wäre sie an

eine Mauer gestoßen. Aber sie faßte rasch wieder Mut. Sie konnte ja begreifen, daß, wer mächtig und reich war wie Hildur, so denken mußte. »Ich wäre nicht hierher gekommen und hätte dich nicht gebeten, nach Närlunda zu fahren, wenn ich nicht wüßte, daß Gudmund unschuldig ist,« sagte sie. Jetzt war es Hildur, die einen Schritt von Helga forttrat. — »Weißt du das, oder ist es nur etwas, was du glaubst?« — »Es wäre besser, wenn wir uns gleich in den Wagen setzten, dann könnte ich es dir unterwegs erzählen, Hildur.« — »Nein, erst mußt du mir alles sagen. Ich muß wissen, was ich tue.« Helga war so voll brennenden Eifers, daß sie kaum stillstehen konnte, aber sie mußte sich doch bequemen, Hildur zu erzählen, woher sie wüßte, daß nicht Gudmund der Täter sei. »Hast du das Gudmund nicht gleich gesagt?« — »Nein, ich sage es jetzt dir, Hildur. Kein andrer weiß es.« — »Und warum kommst du mit dieser Nachricht zu mir?« — »Damit es zwischen euch wieder gut werde. Auch er wird wohl bald erfahren, daß er nichts Böses getan hat, aber ich will, daß du wie von selbst zu ihm kommst, Hildur, und es gut machst.« — »Ich soll nicht sagen, daß ich von seiner Schuldlosigkeit weiß?« — »Du sollst ganz von selbst kommen, Hildur, und ihm nie verraten, daß ich mit dir gesprochen habe. Sonst verzeiht er dir nie, was du ihm heute morgen gesagt hast.«

Hildur hörte schweigend zu. Es lag etwas in diesen Worten, was ihr noch nie im Leben begegnet war, und sie war bemüht, es sich klarzumachen. »Weißt du, daß ich es war, die verlangte, daß du aus Närlunda fortkommst?« — »Ich weiß wohl, daß es nicht die Leute auf Närlunda waren, die mich forthaben wollten.« — »Ich kann gar nicht verstehen, daß du heute zu mir kommst und mir helfen willst.« — »Wenn du jetzt nur mitkommst, Hildur, so kann alles gut werden!« Aber Hildur sah Helga an, noch immer in dieselben Grübeleien versunken. — »Vielleicht hat

Gudmund dich lieb,« warf sie hin. Aber nun riß Helga die Geduld. — »Was hätte er denn an mir!« sagte sie heftig, »du weißt doch, Hildur, daß ich nichts andres bin als eine arme Häuslerdirne, und das ist noch nicht einmal das Allerschlimmste.«

Die beiden jungen Mädchen schlichen sich unbemerkt aus dem Haus und saßen bald im Wagen. Helga kutschierte, und sie schonte das Pferd nicht, sondern ließ es rasch traben. Sie waren beide stumm. Hildur saß da und sah Helga an. Es war, als könnte sie sich nicht genug über sie wundern, und als dächte sie mehr an sie als an irgend etwas andres.

Als sie in die Nähe des Hofes kamen, übergab Helga Hildur die Zügel. »Jetzt sollst du allein hinfahren, Hildur, und mit Gudmund sprechen. Ich komme in einer Weile nach und erzähle die Geschichte mit dem Messer. Aber du darfst Gudmund kein Wort davon sagen, Hildur, daß ich dich geholt habe.«

Gudmund saß in der Wohnstube auf Närlunda neben Mutter Ingeborg und sprach mit ihr. Der Vater saß etwas abseits und rauchte. Er sah zufrieden aus und sagte kein Wort. Man merkte, er war der Meinung, jetzt gehe alles, wie es sollte, so daß er nicht einzugreifen brauchte.

»Ich wüßte wohl gerne, Mutter, was Ihr gesagt haben würdet, wenn Ihr Helga als Schwiegertochter bekommen hättet,« sagte Gudmund. Mutter Ingeborg hob den Kopf und antwortete mit fester Stimme: »Ich werde jede Schwiegertochter mit Freuden aufnehmen, wenn ich nur weiß, daß sie dich so lieb hat, wie eine Frau ihren Mann lieb haben soll.«

Kaum war dies gesagt, als sie Hildur Erikstochter in den

Hof einfahren sahen. Sie kam gleich darauf ins Haus und war ganz anders als sonst. Sie trat nicht in ihrer gewohnten zuversichtlichen Art in das Zimmer, sondern es sah fast aus, als wolle sie unten an der Tür stehen bleiben wie ein armes Bettelmädchen.

Sie kam jedoch heran und gab Mutter Ingeborg und Erland die Hand. Dann wendete sie sich an Gudmund. »Mit dir will ich ein paar Worte sprechen.« Gudmund stand auf, und sie gingen in die Kammer. Er stellte Hildur einen Stuhl hin, aber sie setzte sich nicht. Sie war ganz rot vor Verlegenheit, und die Worte kamen langsam und scheu über ihre Lippen: »Ich war wohl — — ja, es war vielleicht zu hart, was ich heute morgen sagte.« — »Ach, wir haben dich damit so plötzlich überfallen,« sagte Gudmund. Sie wurde noch röter und beschämter. »Ich hätte es mir besser überlegen sollen. Wir könnten — es sollte doch — — « — »Es ist schon am besten, wie es ist, Hildur. Darüber ist nichts mehr zu reden; aber es ist schön, daß du gekommen bist.«

Sie schlug die Hände vors Gesicht, holte sehr tief Atem, daß es klang wie ein Schluchzen, hob dann aber den Kopf wieder. »Nein,« sagte sie. »Es geht nicht. Ich will nicht, daß du mich für besser hältst, als ich bin. Jemand kam zu mir und sagte, daß du unschuldig bist, und riet mir, hierher zu eilen und alles wieder gutzumachen. Und ich sollte nicht sagen, daß ich schon weiß, daß du unschuldig bist. Denn dann würdest du nicht so viel daran finden, daß ich komme. Jetzt sage ich dir: ich wünschte, ich wäre selbst auf den Gedanken gekommen. Doch so war es nicht. Aber ich habe mich den ganzen Tag nach dir gesehnt und gewünscht, daß es wieder gut zwischen uns werden könnte. Und wie es auch kommen mag: eins will ich dir sagen, ich freue mich, daß du unschuldig bist.«

»Wer hat dir denn diesen Rat gegeben, Hildur?« fragte Gudmund. — »Das darf ich nicht sagen.« — »Ich wundere mich, daß es jemand weiß. Vater kommt eben jetzt vom Bürgermeister. Er hat in die Stadt telegraphiert. Und es ist die Antwort gekommen, daß der wahre Täter schon gefunden ist.«

Als Gudmund dies sagte, fühlte Hildur, wie die Beine unter ihr zitterten, und sie setzte sich rasch nieder. Es wurde ihr ganz angst, weil Gudmund so ruhig und freundlich war, und sie begann zu verstehen, daß er ganz außerhalb ihrer Macht war. »Ich sehe schon, du kannst es nicht vergessen, Gudmund, wie ich heute vormittag gewesen bin.« — »O doch, das kann ich dir schon verzeihen, Hildur,« sagte er in demselben ruhigen Ton. »Davon wollen wir nie mehr sprechen.«

Sie erzitterte, schlug die Augen nieder und saß da, als wartete sie auf etwas. »Es ist nur ein großes Glück, Hildur,« sagte er und kam heran und ergriff ihre Hand, »daß es zwischen uns aus ist. Denn heute ist es mir klar geworden, daß ich eine andre lieb habe. Ich glaube, ich hatte sie schon lange lieb, aber ich weiß es erst seit heute.« — »Wer ist die, die du lieb hast, Gudmund,« kam es tonlos von Hildurs Lippen. — »Das kommt ja auf eins heraus. Ich werde sie nicht heiraten, denn sie hat mich nicht lieb. Aber eine andre kann ich nicht nehmen.«

Hildur hob den Kopf. Es war nicht leicht, zu sagen, was in ihr vorging. Aber sie fühlte in diesem Augenblick, daß sie, die Großbauerntochter, mit all ihrem Reiz und allem ihrem Hab und Gut nichts für Gudmund bedeutete. Und sie war stolz und wollte nicht von ihm scheiden, ohne ihm zu zeigen, daß sie ihren Wert in sich hatte, abgesehen von allem Äußerlichen.

»Ich will, Gudmund, daß du mir sagst, ob es Helga vom Moorhof ist, die du gern hast.«

Gudmund stand schweigend da. »Denn wenn es Helga ist, dann weiß ich, daß sie dich lieb hat. Sie kam zu mir und lehrte mich, was ich tun sollte, damit es zwischen uns wieder gut würde. Sie wußte, daß du unschuldig bist, aber sie sagte es nicht dir, sondern ließ es mich zuerst wissen.« — Gudmund sah ihr fest in die Augen. »Findest du darin ein Zeichen, daß sie eine große Liebe für mich hat?« — »Dessen kannst du sicher sein, Gudmund. Das kann ich bezeugen. Niemand in der Welt kann dich lieber haben als sie.« Er ging hastig durch das Zimmer. Dann blieb er vor Hildur stehen. »Aber du? Warum sagst du mir das?« — »Ich will Helga an Edelmut nicht nachstehen.« — »Ach, Hildur, Hildur!« sagte er, legte die Hand auf die Schultern und schüttelte sie, um seiner Rührung Luft zu machen. »Du weißt nicht, nein, du weißt nicht, wie gut ich dir in diesem Augenblick bin. Du weißt nicht, wie glücklich du mich gemacht hast — — —«

*   *
          *

Helga saß am Wegrand und wartete. Sie saß da, das Kinn in die Hand gestützt und sah zu Boden. Sie sah Gudmund und Hildur vor sich und dachte, wie glücklich sie jetzt sein müßten.

Während sie so dasaß, kam ein Knecht aus Närlunda vorüber. Als er sie sah, blieb er stehen. »Du hast doch von Gudmund gehört, Helga?« — Ja, das hatte sie. — »Die ganze Geschichte ist ja gar nicht wahr. Der richtige Täter ist schon verhaftet.« — »Ich wußte, daß es nicht wahr sein konnte,« sagte Helga.

Dann ging der Mann, aber Helga blieb am Wegrand sitzen

wie zuvor. Ja so, drüben wußten sie es schon. Sie brauchte gar nicht nach Närlunda zu gehen, um es zu erzählen.

Sie fühlte sich so wunderlich ausgeschlossen. Vorhin erst war sie so eifrig gewesen. Sie hatte gar nicht an sich selbst gedacht, nur daran, daß Gudmunds und Hildurs Hochzeit zustande kommen müsse. Aber jetzt erst stand es ihr vor Augen, wie einsam sie war. Und es war schwer, für die, die man lieb hatte, nichts sein zu dürfen. Jetzt brauchte Gudmund sie nicht, und ihr eigenes Kind hatte ihre Mutter zu dem ihren gemacht. Sie gönnte ihr kaum, daß sie es ansah.

Sie dachte daran, daß sie aufstehen und nach Hause gehen müsse. Aber die Hügel erschienen ihr so steil und schwer zu ersteigen. Sie wußte gar nicht, wie sie hinaufkommen solle.

Da kam ein Wagen aus Närlunda. Hildur und Gudmund saßen darin. Jetzt führen sie wohl nach Älvåkra, um zu sagen, daß sie sich ausgesöhnt hätten. Und morgen fände dann die Hochzeit statt.

Als sie Helga erblickten, hielten sie an. Gudmund gab Hildur die Zügel und sprang heraus. Hildur nickte Helga zu und fuhr weiter.

Gudmund blieb auf dem Wege vor Helga stehen. »Ich bin froh, daß du hier sitzest, Helga,« sagte er. »Ich glaubte, ich müßte nach dem Moorhof hinaufgehen, um dich zu treffen.«

Er sagte dies heftig, beinahe hart, und dabei hielt er ihre Hand fest umklammert, und sie sah es seinen Augen an, daß er jetzt wußte, wie es um sie stand. Jetzt konnte sie ihm nicht mehr entfliehen.

Gottesfriede

Es war einmal ein alter Bauernhof, und es war ein Weihnachtsabend mit grauem Himmel, wie vor einem großen Schneefall, und mit scharfem Nordwind. Am Nachmittag war es, gerade um die Zeit, wo alle Leute es eilig hatten, ihre Arbeit zu Ende zu bringen, damit sie dann in der Badehütte baden konnten. Dort drinnen feuerte man so heftig ein, daß die Flammen zum Schornstein hinausschlugen und eine Menge Funken und Rußflocken mit dem Winde flogen und auf die schneebedeckten Schindeldächer niederfielen.

Wie die Flamme so aus dem Schornstein der Badehütte aufstieg und sich gleich einer Feuersäule über den Bauernhof erhob, begannen alle zu spüren, daß Weihnachten vor der Tür stand. Die Magd, die im Hausflur lag und scheuerte, fing leise zu singen an obgleich das Scheuerwasser in dem Kübel neben ihr zu Eis gefror, die Knechte, die im Schuppen standen und das Weihnachtsholz hackten, begannen zwei Scheite auf einmal zu spalten und schwangen die Axt so lustig, als wäre die Arbeit nur ein Spiel.

Aus dem Speicher kam eine alte Frau mit einem großen Haufen runder Bierwürzenbrote auf dem Arm. Sie ging langsam über den Hof in das große rotgestrichne Wohnhaus und trat vorsichtig in die Wohnstube, wo sie die Brote auf die lange Bank niederlegte. Dann breitete sie ein Tuch auf den Tisch und legte das Brot in Häufchen, in jedes ein großes und ein kleines. Sie war eine seltsam häßliche alte Frau, mit rötlichem Haar, schweren, schlaffen Augenlidern und einem eignen so strammen Zug um Mund und Kinn, als wären die Halssehnen zu kurz. Aber nun am Weihnachtsabend war eine solche Freude und ein solcher Friede über ihr, daß man gar nicht sehen konnte, wie häßlich sie war.

Einen Menschen aber gab es auf dem Hof, der nicht vergnügt war, und das war das Mädchen, welches die Birkenruten band, die beim Baden benützt werden sollten. Sie saß am Herd, einen ganzen Arm voll feiner Birkenreiser vor sich auf dem Boden, und band; doch hatte sie keine haltbaren Gerten, um die Zweige zusammenzubinden. Die Wohnstube hatte ein breites, niedriges Fenster mit kleinen Scheiben, und durch diese fiel der Schein aus der Badehütte ins Zimmer, spielte auf dem Fußboden und vergoldete das Birkenreisig. Aber je lustiger das Feuer brannte, desto unglücklicher wurde das Mädchen. Sie wußte, daß die Rutenbüschel auseinanderfallen müßten, sobald man sie nur anrührte, und daß sie darum Spott und Schmach erleiden würde, zum mindesten so lange, bis ein neues Weihnachtsfeuer in diesem Schornstein flammte.

Wie sie so dasaß und sich unglücklich fühlte, trat der Mann in die Stube, vor dem sie die allergrößte Angst hatte. Es war der Hausvater Ingmar Ingmarson in eigner Person. Sicherlich war er in der Badehütte gewesen, um sich zu vergewissern, daß der Ofen heiß genug würde; und nun wollte er sehen, wie es mit den Rutenbüscheln stünde. Er war alt, Ingmar Ingmarson, und er hielt auf alles, was alt war. Und gerade weil die Leute es jetzt aufzugeben begannen, in der Badehütte zu baden und sich mit Birkenreisern peitschen zu lassen, legte er großes Gewicht darauf, daß es auf seinem Hof geschehe, und ordentlich geschehe.

Ingmar Ingmarson trug einen alten Schafpelz und Lederhosen und Pechdrahtstiefel. Er war schmutzig und unbarbiert und kam in seiner bedächtigen Art so leise herein, daß man ihn ebensogut für einen Bettler hätte halten können. Er zeigte ungefähr dieselben Züge und dieselbe Häßlichkeit wie die Frau; sie waren miteinander verwandt, und sie hatte von altersher gelernt, eine heilige Ehrfurcht vor jedem zu haben, der dieses Aussehen hatte. Denn es bedeutete viel, dem alten Geschlecht der Ingmarsöhne anzugehören, das allezeit das vornehmste in der Gegend gewesen war; aber das Höchste, was ein Mensch sein konnte, war Ingmar Ingmarson selbst, der Reichste, der Klügste und der Mächtigste im ganzen Kirchspiel.

Ingmar Ingmarson kam auf das Mädchen zu, bückte sich, nahm eines der fertigen Rutenbüschel und schwang es durch die Luft. Sogleich flogen die Ruten auseinander; eine landete auf dem Weihnachtstisch und eine andre im Himmelbett.

»Hei, min Deern,« sagte der alte Ingmar und lachte, »glaubst du, daß man solche Ruten brauchen kann, wenn man bei den Ingmarsöhnen badet? Oder hast du solche heillose Angst um deine Haut?«

Da der Hausvater es nicht übel aufnahm, faßte das Mädchen Mut und sagte, sie wolle schon Rutenbüschel binden, die hielten, wenn man ihr nur Gerten zum Binden gäbe.

»Dann muß man dir wohl Gerten schaffen, min Deern,« sagte der alte Ingmar; denn er war in rechter Weihnachtsstimmung.

Er ging aus der Wohnstube, kletterte über die Magd mit dem Scheuereimer hinweg und blieb auf der Türschwelle stehen, sich nach jemand umzusehen, den er in den Birkenhain um Gerten schicken könnte. Die Knechte waren noch bei dem Weihnachtsholz, der Sohn kam mit dem Weihnachtsstroh aus der Tenne, die beiden Schwiegersöhne schleppten eben die Arbeitswagen in die Schuppen, damit der Hof feiertäglich aussähe. Keiner von ihnen hatte Zeit, sich aus dem Hause zu entfernen.

Da beschloß der Alte ganz gelassen, sich selbst auf den Weg zu machen. Er ging schräg über den Hof, als wolle er in den Stall, sah sich um, sich zu vergewissern, daß niemand auf ihn acht gäbe, und schlüpfte dann hinter die Stallwand, wo ein halbwegs gebahnter Weg in den Wald hinauf führte. Der Alte hielt es nicht für nötig, jemand zu sagen, wohin er ging, denn sonst hätte es vielleicht dem Sohn oder einem der Eidame einfallen können, ihn abzuhalten. Und alte Leute wollen nun einmal am liebsten ihren eignen Willen haben.

Er schlug den Weg über die Felder durch das kleine Tannenwäldchen ein und kam zu dem Birkenhain. Hier bog er vom Wege ab und watete in den Schnee hinauf, um ein paar einjährige Birkenschößlinge zu finden.

Um diese Zeit hatte der Wind endlich erreicht, woran er den ganzen Tag gearbeitet hatte: er hatte den Schnee aus den Wolken losgerissen, und jetzt kam er den Wald heraufgefegt, mit einer langen Schleppe von Schneeflocken hinter sich.

Ingmar Ingmarson bückte sich eben, um einen Zweig abzuschneiden, als der Wind, ganz mit Schnee beladen, heransauste. In dem Augenblick, als der alte Mann sich aufrichtete, pustete der Wind los und blies ihm einen Haufen Flocken ins Gesicht. Er bekam die Augen voll

Schnee, und der Wind wirbelte so heftig rings um ihn, daß er sich ein paarmal herumdrehen mußte.

Das ganze Unglück kam wohl daher, daß Ingmar Ingmarson alt geworden war. In seinen Jugendtagen hätte ihn ein Schneesturm wohl kaum schwindelig gemacht, aber jetzt drehte sich alles im Kreise, als wenn er sich in einer Weihnachtspolka herumgeschwungen hätte. Und als er heimwärts gehen wollte, ging er gerade nach der verkehrten Richtung. Er ging geradewegs in den großen Tannenwald hinein, der hinter dem Birkenhain anfing, anstatt zu den Feldern hinunter.

Die Dunkelheit brach schnell herein, und unter den jungen Bäumen am Waldessaum trieb das Schneegestöber sein Spiel weiter. Der Alte sah wohl, daß er zwischen Tannen ging, aber er merkte nicht, daß er fehl gegangen war; denn auch auf der Seite des Birkenwaldes, die dem Hofe zugekehrt war, wuchsen Tannen. Aber nun kam er so tief in den Wald hinein, daß es ganz ruhig und still wurde; von dem Sturm war nichts mehr zu spüren, und die Bäume wurden hoch und großstämmig. Da sah er, daß er in die Irre gegangen war, und wollte umkehren.

Er war ganz traumselig und erregt davon, daß er sich hatte verirren können; und wie er so mitten in dem weglosen Wald stand, war er nicht klar genug im Kopfe, um zu wissen, wohin er gehen müßte. Er schlug zuerst eine Richtung ein und dann wieder eine andre. Endlich kam es ihm in den Sinn, in seinen eignen Fußstapfen zurückzugehen, dann aber brach die Dunkelheit herein, und er konnte die Fußstapfen nicht mehr finden. Und höher und höher wurden die Bäume um ihn. Er mochte gehen, wie er wollte, — er merkte schon, daß er sich weiter und weiter vom Waldsaum entfernte.

Es war rein wie verhext und verzaubert: den ganzen Abend mußte er hier im Walde herumlaufen und kam gewiß zu spät zum Baden.

Er drehte die Mütze um und knüpfte sein Strumpfband anders, aber es blieb ihm ebenso wirr im Kopfe wie zuvor, und es wurde ganz dunkel, und er fing an zu glauben, daß er die Nacht über im Walde bleiben müßte.

Er lehnte sich an einen Tannenbaum und stand still, um seine Gedanken zu sammeln. Mit diesem Walde war er doch so wohl vertraut. Er war hier so viel umhergegangen, daß er fast jeden Baum kannte. Als Knabe war er hier umhergelaufen und hatte die Schafe gehütet, war er auf Schleichwegen gegangen und hatte den Waldvögeln Fallen gestellt. In seiner Jugend hatte er mitgeholfen, den Wald zu fällen. Er hatte ihn abgeholzt daliegen und er hatte ihn aufs neue wachsen sehen.

Endlich kam es ihm vor, als ob er wieder wüßte, wo er war, und er glaubte, wenn er nur so und so ginge, müßte er auf den rechten Weg kommen. Aber wie er auch ging, — er kam nur tiefer und tiefer in das Waldesdickicht.

Einmal fühlte er festen, glatten Boden unter dem Fuß, und da sagte er sich, daß er nun endlich auf einen Weg gekommen wäre. Den versuchte er nun weiterzugehen, denn ein Weg mußte doch irgendwohin führen. Aber nun lief der Weg in eine Waldwiese aus, und da hatte das Schneegestöber freien Spielraum, da gab es keinen Pfad mehr, — nur Schneehaufen und Schneegruben. Da sank dem Alten der Mut, und er fühlte sich als ein armer Wicht, der draußen in der Wildnis sterben müßte.

Er begann es müde zu werden, sich durch den Schnee zu schleppen; und ein Mal ums andere setzte er sich auf einen

Stein, um auszuruhen. Aber sobald er sich setzte, wurde er schläfrig, und er wußte, daß er erfrieren mußte, wenn er einschlummerte. Darum versuchte er zu gehen und zu gehen, — das war ja das Einzige, was ihn retten konnte.

Aber wie er so ging, konnte er der Lust nicht widerstehen, zu rasten. Er dachte, wenn er nur ruhen dürfte, fragte er gar nicht viel danach, ob es ihn das Leben koste.

Es bereitete ihm ein solches Wohlgefühl, stillzusitzen, daß der Todesgedanke ihn gar nicht beängstigte. Er empfand sogar eine Art Freude, wenn er daran dachte, daß lange Personalien über ihn in der Kirche verlesen werden würden, wenn er tot wäre. Er erinnerte sich, wie schön der alte Propst über seinen Vater gesprochen hatte; und sicherlich würde auch über ihn etwas Schönes gesagt werden. Es würde gesagt werden, daß er den ältesten Bauernhof im Tale gehabt hätte, und es würde von der Ehre gesprochen werden, die darin läge, einem so ansehnlichen Geschlecht zu entstammen. Und auch von der Verantwortung würde die Rede sein.

Ja, ja. Verantwortung war bei der Sache, das hatte er immer gewußt. Man mußte bis zum äußersten ausharren, wenn man einer von den Ingmarsöhnen war.

Und plötzlich durchzuckte es ihn blitzartig, daß es nicht rühmlich für ihn wäre, erfroren im wilden Walde gefunden zu werden. Das wollte er nicht in seinem Nachruf haben. Und so stand er wieder auf und begann zu wandern. Doch da hatte er so lange stillgesessen, daß ganze Schneemengen sich aus seinem Pelze wälzten, als er sich zu rühren begann. Und nach einem Weilchen saß er wieder da und träumte.

Jetzt kamen die Todesgedanken noch lockender zu ihm. Er

dachte das ganze Begräbnis durch und alle die Ehren, die seinem toten Leib erwiesen werden würden. Er sah den großen Gastmahltisch im Festsaal des oberen Stockwerkes gedeckt, den Propst und die Pröpstin auf dem Hochsitz, den Richter mit der weißen Krause über der schmalen Brust, die Majorin in schwarzer Seide, die dicke Goldkette viele Male um den Hals geschlungen. Er sah alle Gastzimmer weiß bezogen, weiße Laken vor den Fenstern. Weiß auf allen Möbeln. Tannenreisig auf dem Weg vom Hausflur bis hinab zur Kirche. Und ein Backen und Schlachten und Brauen zwei Wochen vor dem Begräbnis. Zwanzig Klafter Holz in vierzehn Tagen verheizt.

Die Leiche auf einer Bahre im innern Zimmer, Kohlendunst in den frischgeheizten Stuben. Gesang an der Leiche, wenn der Sargdeckel zugeschraubt wird, Silberplatten auf dem Sarge. Der Hof voll Gäste. Das ganze Dorf in Bewegung, um das »Mitgebrachte« zu bereiten, alle Kirchenhüte gebürstet, der ganze Herbstbranntwein beim Leichenschmaus ausgetrunken, alle Wege voll von Menschen wie an einem Markttag.

Wieder fuhr der Alte auf. Er hatte sie beim Leichenschmaus von sich sprechen hören. »Aber wie konnte er denn in dieser Weise erfrieren?« fragte der Amtsrichter. »Was hatte er denn überhaupt oben im Hochwald zu tun?« Und da antwortete der Kapitän, das habe wohl das Weihnachtsbier und der Branntwein gemacht.

Und dies weckte ihn aufs neue. Die Ingmarsöhne waren nüchterne Leute. Es sollte nicht von ihm heißen, er wäre in seiner letzten Stunde nicht bei Sinnen gewesen. Er begann wieder zu gehen und zu gehen. Aber er war so müde, daß er kaum auf den Füßen stehen konnte. Er war jetzt ganz hoch oben im Walde, das merkte er; denn es war ein unwegsamer

Boden voll von großen Felsblöcken, wie sie weiter unten nicht zu finden waren. Er blieb mit dem Fuß zwischen ein paar Steinen hängen, so daß er sich kaum losmachen konnte; und nun stand er da und jammerte laut. Jetzt war es um ihn geschehen.

Und plötzlich fiel er zu Boden in einen großen Reisighaufen. Er fiel ganz weich auf Schnee und Reisig, so daß ihm kein Leid geschah; aber jetzt konnte er nicht mehr aufstehen. Er wollte nichts andres mehr auf dieser Welt als schlafen. Er schob das Reisig ein bißchen beiseite und kroch hinein, als wäre es ein Fell. Aber wie er so den Körper unter die Zweige schob, spürte er, daß dort drinnen im Haufen etwas lag, was warm und weich war. »Hier liegt gewiß ein Bär und schläft,« dachte er.

Er fühlte, wie das Tier sich rührte, und hörte, wie es rings um sich witterte. Er lag ganz still. Er dachte, seinethalben könne der Bär ihn schon auffressen. Er vermochte kein Glied zu regen, um ihm zu entkommen.

Aber der Bär schien ihm, der in einer solchen Unwetternacht unter seinem Dach Schutz suchte, nichts zuleide tun zu wollen. Er schob sich etwas tiefer in seine Höhle, als wolle er dem Gast Platz machen, und gleich darauf schlief er mit gleichmäßigen, sausenden Atemzügen.

*　　　*

*

Unterdessen hatten sie unten auf dem alten Ingmarshof nicht viel Weihnachtsfreude gehabt. Den ganzen heiligen Abend hatten sie Ingmar Ingmarson gesucht.

Zuerst waren sie im ganzen Wohnhaus und in allen Wirtschaftsgebäuden umhergegangen. Sie hatten vom Boden bis zum Keller gesucht, dann waren sie in die

Nachbarhöfe gegangen und hatten dort nach Ingmar Ingmarson gefragt.

Als sie ihn nirgends fanden, hatten Söhne und Schwiegersöhne sich auf die Felder und Äcker hinaus begeben. Die Fackeln, die den Kirchenwanderern auf dem Weg zur Weihnachtsmette hätten leuchten sollen, wurden nun angezündet und in dem rasenden Schneegestöber auf allen Wegen und Stegen umhergetragen. Aber der Wind hatte alle Spuren verweht, und sein Heulen übertönte den Laut der Stimmen, wenn sie zu rufen und zu schreien versuchten. Bis weit über Mitternacht waren sie draußen, aber endlich sahen sie ein, daß sie bis zum Tagesanbruch warten müßten, wenn sie den Verschwundenen finden wollten.

Kaum dämmerte das Morgenrot, so waren alle Leute im Ingmarshof wieder auf den Beinen, und die Männer standen im Hofe, bereit, in den Wald hinauszuziehen. Aber ehe sie sich noch aufgemacht hatten, kam die alte Hausmutter und rief sie in die Wohnstube. Sie hieß sie, sich auf die langen Bänke in der Stube setzen, und sie selbst setzte sich an den Weihnachtstisch, mit der Bibel vor sich, und begann zu lesen. Und als sie nach ihren schwachen Kräften gesucht hatte, was in einer solchen Stunde angemessen wäre, da hatte sie die Geschichte von dem Manne gefunden, der von Jerusalem gen Jericho ging und unter die Mörder fiel.

Sie las langsam und singend von dem armen Manne, dem der barmherzige Samariter zu Hilfe kam. Söhne und Schwiegersöhne, Töchter und Enkeltöchter saßen ringsumher auf den Bänken. Sie alle glichen ihr und einander: groß und schwerfällig, mit häßlichen, altklugen Gesichtern, denn alle waren sie von dem alten Stamm der Ingmarsöhne. Alle hatten sie rötliches Haar, eine sommersprossige Haut und lichtblaue Augen mit weißen

Wimpern. Im übrigen konnten sie verschieden genug voneinander sein, aber alle hatten sie einen strengen Zug um den Mund, schläfrige Augen und ungelenke Bewegungen, als fiele ihnen alles schwer. Aber jedem von ihnen konnte man doch ansehen, daß sie zu den ersten in der Gegend gehörten und selbst wußten, daß sie vornehmer waren als die andern.

Alle Ingmarsöhne und Ingmartöchter seufzten bei dem Bibellesen tief. Sie fragten sich, ob wohl ein Samariter den Hausvater gefunden und sich seiner erbarmt hätte. Denn für alle Ingmarsöhne war es, als verlören sie etwas von ihrer eignen Seele, wenn jemand, der zum Stamme gehörte, von einem Unglück getroffen wurde.

Die alte Frau las und las und kam zu der Frage: »Welcher dünkt dich, der unter diesen dreien der nächste sei gewesen, dem, der unter die Mörder gefallen?«

Aber ehe sie noch die Antwort lesen konnte, ging die Tür auf, und der alte Ingmar trat in die Stube.

»Mutter, Vater ist da,« sagte eine der Töchter, und es wurde nicht mehr gelesen, daß des Mannes Nächster der gewesen war, der Barmherzigkeit an ihm getan hatte.

*   *
*

Etwas später am Tage saß die Hausmutter wieder auf demselben Platz und las in ihrer Bibel. Sie war allein. Die Frauen waren zur Kirche gegangen, und die Männer waren auf der Bärenjagd im Hochwalde. Sowie Ingmar Ingmarson gegessen und getrunken hatte, hatte er die Söhne mitgenommen und war in den Wald auf die Bärenjagd gegangen. Denn es ist nun einmal so, daß es eines Mannes Pflicht ist, den Bären zu fällen, wo und wann er ihm auch begegnet. Es geht nicht an, einen Bären zu schonen; denn früher oder später findet er doch Geschmack am Fleische und verschont dann weder Mensch noch Tier.

Aber seit sie auf die Jagd gegangen waren, war eine große Angst über die alte Hausmutter gekommen, und sie hatte zu lesen begonnen. Jetzt machte sie sich daran, was an diesem Tage in der Kirche gepredigt wurde, aber sie kam nicht weiter als bis zu dem Wort: »Friede auf Erden und den Menschen ein Wohlgefallen.« Sie blieb sitzen und starrte mit ihren erlöschenden Blicken diese Worte an, und von Zeit zu Zeit stieß sie einen tiefen Seufzer aus. Sie las nicht weiter, sondern wiederholte nur ein Mal ums andre mit langsamer schleppender Stimme: »Friede auf Erden und den Menschen ein Wohlgefallen.«

Da kam der älteste Sohn in die Stube, als sie sich gerade aufs neue durch diese Worte schleppte.

»Mutter,« sagte er sehr leise.

Sie hörte ihn, schlug aber die Augen nicht vom Buche auf, als sie fragte: »Bist du nicht mit im Walde?«

»Doch,« sagte er noch leiser. »Ich bin dort gewesen.«

»Komm hierher zum Tisch,« sagte sie, »so daß ich dich sehen kann.«

Er kam näher, aber als ihr Blick auf ihn fiel sah sie, daß er zitterte. Er mußte sich auf die Tischkante stützen, um die Hände still halten zu können.

»Habt Ihr den Bären erlegt?« fragte sie wieder.

Jetzt konnte er nicht mehr antworten; er schüttelte nur den Kopf.

Die Alte stand auf und tat, was sie nicht getan hatte, seit der Sohn ein Kind gewesen war. Sie ging auf ihn zu, legte liebkosend die Hand auf seinen Arm, streichelte ihm die Wange und zog ihn auf die Bank. Dann setzte sie sich neben ihn und hielt seine Hand in der ihren. »Sag mir jetzt, was geschehen ist, mein Junge.«

Der Bursche erkannte die Liebkosung wieder, die ihn in den Jahren der Kindheit getröstet hatte, wenn er unglücklich und hilflos war; und das rührte ihn so tief, daß er zu weinen anfing. »Ich kann mir denken, daß es etwas mit Vater ist,« sagte sie.

»Ja, aber es ist noch schlimmer,« schluchzte der Sohn.

»Noch schlimmer?«

Der Bursche weinte immer heftiger; er wußte nicht, wie er Macht über seine Stimme bekommen sollte. Endlich hob er die grobe Hand mit den breiten Fingern und wies auf die Stelle, die sie eben gelesen hatte: »Friede auf Erden.«

»Hat es etwas damit zu tun?« fragte sie.

»Ja,« antwortete er.

»Mit dem Weihnachtsfrieden?«

»Ja.«

»Ihr wolltet heute morgen eine böse Tat tun.«

»Ja.«

»Und Gott hat uns gestraft?«

»Gott hat uns gestraft.«

Endlich erfuhr sie, wie es zugegangen war. Sie hatten die Bärenhöhle gesucht, und als sie so nahe waren, daß sie den Reisighaufen sehen konnten, waren sie stehen geblieben, um die Gewehre in Ordnung zu bringen. Aber ehe sie noch fertig waren, kam der Bär aus der Höhle gestürzt, gerade auf sie zu. Er sah weder nach rechts, noch nach links, er kam gerade auf den alten Ingmar Ingmarson zu und versetzte ihm einen Schlag auf den Kopf, der ihn zu Boden streckte, als wäre er vom Blitz getroffen. Aber niemand sonst fiel der Bär an, sondern stürzte an ihnen vorbei in den Wald hinein.

Am Nachmittag fuhren Ingmar Ingmarsons Frau und Sohn in den Pfarrhof und meldeten den Todesfall an. Der Sohn führte das Wort. Die alte Hausmutter saß dabei und hörte zu, mit einem Gesicht, das regungslos war wie ein Steinbild.

Der Pfarrer saß in seinem Lehnstuhl am Schreibtisch. Er hatte seine Bücher hervorgenommen und den Todesfall aufgezeichnet. Er tat das ein wenig langsam: er wollte Zeit haben, darüber nachzudenken, was er der Witwe und dem Sohne sagen solle; denn dies war doch ein ungewöhnlicher Fall. Der Sohn hatte ganz offen erzählt, wie alles sich zugetragen hatte; doch der Pfarrer wollte gern wissen, wie sie selbst die Sache auffaßten. Es waren sehr eigentümliche Menschen, die Leute vom Ingmarhofe.

Als nun der Pfarrer das Buch zuschlug, sagte der Sohn: »Wir wollten Euch auch sagen, Herr Pfarrer, daß wir keine Personalien über Vater verlesen haben wollen.«

Der Pfarrer schob die Augengläser auf die Stirn und sah scharf forschend zu der alten Frau hinüber. Sie saß ebenso regungslos da wie zuvor. Sie zerknüllte nur das Taschentuch, das sie zwischen den Händen hielt.

»Wir werden ihn an einem Werktag begraben,« fuhr der Sohn fort.

»So, so, so, so,« sagte der Pfarrer. Es schwindelte ihm förmlich. Der alte Ingmar Ingmarson sollte unter die Erde kommen, ohne daß jemand darum wüßte. Die Dorfbewohner sollten nicht auf dem Hügel stehen und sehen, mit welchem Staat er zu Grabe getragen würde.

»Wir werden keinen Leichenschmaus halten. Wir haben es den Nachbarn mitgeteilt, damit sie kein >Mitgebrachtes< bereiten.«

»So, so, so, so,« sagte der Pfarrer abermals. Er konnte nichts andres über die Lippen bringen. Er wußte wohl, was es für solche Leute bedeutete, vom Leichenschmaus abzustehen. Er hatte gesehen, wie sehr es Witwen und Vaterlose tröstete, einen stattlichen Leichenschmaus abzuhalten.

»Und es wird auch kein Trauerzug sein, nur ich und meine Brüder gehen mit.«

Der Pfarrer sah gleichsam Antwort heischend zu der Alten hinüber. Konnte sie dem wirklich zustimmen? Er fragte sich, ob der Sohn auch ihren Willen aussprächе. Sie saß ja da und ließ sich alles dessen berauben, was ihr kostbarer sein mußte als Silber und Gold.

»Wir wollen kein Glockengeläute haben und keine Silberplatten auf dem Sarge. Das wollen wir so, Mutter und ich. Aber wir sagen es Euch, Herr Pfarrer, um zu hören, ob Ihr es als ein Unrecht gegen Vater anseht.«

Nun ergriff auch die Frau das Wort. »Ja, wir wollen wissen, ob Ihr meint, Herr Pfarrer, daß es ein Unrecht gegen Vater sein kann.«

Der Pfarrer schwieg noch immer, und da fuhr die Frau eifrig fort: »Laßt Euch sagen, Herr Pfarrer: hätte mein Mann sich gegen den König oder den Vogt vergangen, und hätte ich ihn vom Galgen herunterschneiden müssen, er würde doch ein ehrliches Begräbnis bekommen haben, wie sein Vater vor ihm, denn die Ingmarsöhne fürchten niemand, und sie brauchen keinem aus dem Wege zu gehen. Aber um die Weihnachtszeit hat Gott Friede gesetzt zwischen Tieren und Menschen, und das arme Tier hielt Gottes Gebot, aber wir brachen es, und darum sind wir jetzt unter Gottes Strafgericht. Und es steht uns nicht an, in Prunk und Staat einherzugehen.«

Der Pfarrer stand auf und ging zu der Alten hin. »Es ist ganz recht, was Ihr sagt,« antwortete er, »und Ihr sollt Euern eignen Willen haben.« Und unwillkürlich fügte er hinzu, vielleicht mehr für sich selbst: »Die Ingmare sind doch großangelegte Menschen.«

Bei diesen Worten richtete sich die Alte ein wenig empor. Und der Pfarrer sah sie für einen Augenblick als das Sinnbild des ganzen Stammes. Er begriff, was Jahrhundert um Jahrhundert diesen schwerflüssigen und wortkargen Menschen die Macht gegeben hatte, die Führer eines ganzen Kirchspiels zu sein.

»Es kommt den Ingmarsöhnen zu, dem Volke ein gutes Beispiel zu geben,« sagte sie. »Es ist an uns, zu zeigen, daß wir demütig sind vor Gott.«

Der Luftballon

Vater und die Knaben sitzen an einem regnerischen Oktoberabend in einem Kupee dritter Klasse, auf der Fahrt nach Stockholm. Vater ist auf seiner Bank allein. Die Knaben sitzen ihm gegenüber, eng aneinander geschmiegt, und lesen einen Roman von Jules Verne, der den Titel führt: Sechs Wochen im Luftballon. Das Buch ist sehr abgegriffen. Die Knaben können es fast auswendig und haben endlose Diskussionen darüber geführt, aber sie lesen es immer wieder mit demselben Vergnügen, sie haben alles vergessen, um den kühnen Luftschiffern quer über Afrika zu folgen, und sie erheben nur selten den Blick vom Buche, um die schwedischen Landschaften zu betrachten, die sie durchfahren.

Die Knaben sehen einander sehr ähnlich. Sie sind von gleicher Größe, gleich gekleidet — in graue Überröcke und blaue Schulmützen —, sie haben alle beide große träumerische Augen und kleine Stumpfnasen. Sie sind immer gut Freund, gehen immer miteinander, kümmern sich nicht um andre Kinder und sprechen immer von Erfindungen und Entdeckungsfahrten. Der Begabung nach sind sie recht verschieden geartet. Lennart, der ältere, der dreizehn Jahre zählt, kommt in der Schule schwer vorwärts, und er kann kaum in irgendeinem Gegenstande mit seiner Klasse Schritt halten. Dafür ist er aber sehr geschickt und unternehmungslustig. Er will Erfinder werden und beschäftigt sich beständig damit, eine Flugmaschine zu konstruieren. Hugo ist ein Jahr jünger als Lennart, aber er begreift leichter und ist schon in derselben Klasse wie der Bruder. Auch er interessiert sich nicht besonders für das Lernen, hingegen ist er ein großer Sportsmann: Skiläufer, Radfahrer und Eisläufer. Wenn er erwachsen ist, will er auf Entdeckungsreisen gehen. Sobald Lennarts Flugmaschine fertig ist, wird Hugo damit ausfliegen, um zu entdecken, was von der Welt noch zu entdecken übrig ist.

Vater ist ein großgewachsener Mann mit eingesunkner Brust, fahlem Gesicht und schmalen, schönen Händen. Er ist nachlässig gekleidet. Seine Hemdbrust ist zerknittert, der Rockaufhänger guckt am Halse hervor, die Weste ist schief geknöpft, und die Strümpfe sind herabgerutscht. Er trägt das Haar so lang, daß es auf den Rockkragen hängt, dies jedoch nicht aus Nachlässigkeit, sondern aus Geschmack und Gewohnheit.

Vater stammt aus einem alten Spielmannsgeschlecht, weit her aus dem Bauernland, und er hat als sein besondres Erbteil zwei starke Anlagen mitbekommen. Die eine Anlage ist eine große musikalische Begabung, und sie trat als Erstes zutage. Er besuchte die Akademie in Stockholm, studierte dann ein paar Jahre im Ausland und machte in diesen Studienjahren so glänzende Fortschritte, daß er selbst und seine Lehrer erwarteten, es würde ein großer, weltberühmter Violinspieler aus ihm werden. Er hätte sicherlich Talent genug gehabt, dieses Ziel zu erreichen, aber es fehlte ihm an Kraft und Ausdauer. Er konnte sich draußen in der Welt keine Stellung erkämpfen, sondern kam gar bald heim und nahm einen Organistenposten in einer Provinzstadt an. Anfangs schämte er sich wohl, daß er allen den in ihn gesetzten Erwartungen nicht entsprochen hatte; aber er empfand es auch angenehm, einen sichern Lebensunterhalt zu haben und nicht mehr die Barmherzigkeit fremder Leute in Anspruch nehmen zu müssen.

Kurz nachdem er die Stelle bekommen hatte, heiratete er; und einige Jahre lang war er mit seinem Lose ganz zufrieden. Er hatte ein schönes kleines Heim, eine frohe und glückliche Frau und zwei kleine Jungen, und er war der Liebling der ganzen Stadt, überall gesucht und gefeiert. Aber dann war eine Zeit gekommen, wo dies alles ihn nicht mehr zu befriedigen schien. Er sehnte sich danach, noch einmal in die Welt hinauszuziehen und sein Glück zu versuchen, doch fühlte er sich verpflichtet, daheim zu bleiben, weil er nun Weib und Kind hatte.

Vor allem war es die Frau, die ihn überredet hatte, von dieser Reise abzustehen. Sie glaubte, daß es ihm nicht besser glücken werde als das erste Mal. Sie meinte, sie seien so glücklich, daß er nichts andres zu erstreben brauche. Damit beging sie sicher einen Fehler, aber sie mußte ihn auch schwer genug büßen; denn von der Zeit an kam der zweite Familienzug bei dem Manne zum Vorschein. Da er seine Sehnsucht nach Ruhm und Erfolg nicht stillen konnte, suchte er sich mit dem Trinken zu trösten.

Und es ging ihm nun so, wie es den Menschen aus seiner Familie zu gehen pflegte: er trank ohne Besinnung und ohne Maß und kam binnen kurzem ganz herunter. Er wurde allmählich ein ganz andrer Mensch als zuvor. Er war nicht mehr liebenswürdig und einnehmend, sondern böse und hart. Und das größte Unglück war, daß er einen furchtbaren Haß gegen seine Frau faßte und sie in jeder möglichen Weise quälte, wenn er betrunken war — und auch sonst.

Die Knaben hatten also kein gutes Heim gehabt, und ihre Kindheit wäre sehr unglücklich gewesen, hätten sie sich nicht eine kleine Welt für sich selbst geschaffen, voll von Maschinenmodellen, Entdeckungsplänen und Abenteuerbüchern. Die einzige, die zuweilen einen Blick in diese Welt werfen durfte, war Mutter. Vater hatte nicht einmal eine Ahnung, daß sie existierte; und auch jetzt vermag er mit den Knaben über nichts zu sprechen, was sie interessiert. Er stört sie ein Mal ums andre, wenn er fragt, ob es nicht schön wäre, Stockholm kennen zu lernen, und ob sie sich nicht freuten, mit Vater zu reisen, und dergleichen mehr. Sie antworten sehr kurz, um sich augenblicklich wieder in das Buch zu vertiefen. Vater jedoch fragt weiter. Er glaubt, daß die Knaben von seiner Liebenswürdigkeit sehr entzückt sein müßten und nur zu schüchtern wären, es zu zeigen.

»Die haben zu lange an Mutters Schürzenband gehangen,« denkt er. »Sie sind ängstlich und zimperlich geworden. Das wird jetzt anders werden, wenn sie in meine Hand kommen.«

Aber Vater täuscht sich. Daß die Knaben ihm so kurze Antworten geben, kommt nicht von der Schüchternheit, sondern bedeutet nur, daß sie wohlerzogen sind und ihn nicht verletzen wollen. Wenn es nicht so wäre, würden sie ganz anders antworten. »Warum sollten wir es schön finden, mit Vater zu reisen?« würden sie dann sagen. »Vater glaubt freilich, etwas ganz Besondres zu sein, aber wir sehen ja, daß er nur ein verkommner Schwächling ist. Und warum sollten wir uns darauf freuen, Stockholm kennen zu lernen? Wir wissen sehr gut, daß Vater uns nicht mitgenommen hat, um uns eine Freude zu machen, sondern nur, um Mutter zu kränken.«

Es wäre klüger, wenn Vater die Knaben lesen ließe, ohne sie zu stören. Sie sind niedergeschlagen und ängstlich, und es reizt sie, daß er so guter Laune ist. »Nur weil er weiß, daß Mutter daheim sitzt und weint, ist er heute so vergnügt,« flüstern sie einander zu.

Vaters Fragen bringen es schließlich dahin, daß die Knaben nicht mehr lesen, obgleich sie noch immer über das Buch gebeugt dasitzen. Anstatt dessen beginnen ihre Gedanken mit großer Bitterkeit um alles zu kreisen, was sie um Vaters willen haben leiden müssen.

Sie erinnern sich, wie sich Vater einmal am hellichten Tage betrunken hatte und über die Straße getorkelt kam, von einer Menge Schuljungen verfolgt, die ihn aussspotteten. Sie rufen sich zurück, wie die andern Jungen sie gehänselt und ihnen Spitznamen gegeben haben, weil sie einen Vater hatten, der trank.

Sie haben sich für Vater schämen müssen, sie mußten seinetwegen in beständiger Angst leben; und sowie sie irgendeinen Spaß hatten, ist er dazwischen gekommen und hat ihnen das Vergnügen verdorben. Es ist kein kleines Sündenregister, das sie da aufstellen. Die Knaben sind sehr sanftmütig und geduldig, aber sie fühlen einen Groll in sich aufsteigen, der stärker und stärker wird.

Er hätte doch begreifen müssen, daß sie ihm die große Enttäuschung nicht verzeihen konnten, die er ihnen gestern bereitet hatte. Das war doch das Ärgste, was er ihnen noch angetan hatte.

Die Sache war nämlich die, daß die Mutter der Knaben sich im vorigen Frühling entschlossen hatte, sich von deren Vater zu trennen. Mehrere Jahre lang hatte der Mann sie auf jede erdenkliche Art verfolgt und gepeinigt, doch sie hatte sich nicht von ihm trennen wollen, sondern war bei ihm geblieben, damit er nicht völlig verkomme. Aber jetzt endlich wollte sie es um der Knaben willen tun. Sie hatte beobachtet, daß der Vater sie unglücklich machte; und sie meinte, sie müsse sie diesem Elend entziehen und ihnen ein gutes, friedliches Heim schaffen.

Als das Frühlingssemester zu Ende war, hatte sie die Knaben aufs Land zu ihren Eltern geschickt und war selbst ins Ausland gereist, um so aufs einfachste die Scheidung zu erlangen. Es war ihr freilich nicht recht gewesen, daß es dadurch den Anschein gewann, als ob die Ehe durch ihr Verschulden gelöst würde; aber dem hatte sie sich unterwerfen müssen. Noch weniger zufrieden war sie damit, daß die Knaben vom Gerichte dem Vater zugesprochen wurden, weil sie eine entlaufne Ehefrau wäre. Sie tröstete sich freilich damit, daß er unmöglich die Absicht haben könnte, die Kinder zu behalten; aber sie hatte doch keine rechte Ruhe mehr.

Sobald die Scheidung durchgeführt war, war sie zurückgekommen und hatte eine Wohnung gemietet, in der sie mit den Knaben leben wollte. Erst vor zwei Tagen hatte sie alles fertig gehabt, so daß die Knaben zu ihr übersiedeln konnten. Es war der glücklichste Tag, den die Kinder noch erlebt hatten. Die ganze Wohnung bestand aus einem großen Zimmer und einer großen Küche, aber alles war neu und fein, und Mutter hatte es so außerordentlich behaglich eingerichtet. Das Zimmer sollte Mutter und ihnen tagsüber als Arbeitsraum dienen, und nachts sollten die Knaben da schlafen. Die Küche war sehr niedlich und hell. Da würden sie essen. Und in einem kleinen Verschlag hinter der Küche hatte Mutter ihr Bett.

Mutter hatte ihnen gesagt, daß sie sehr arm sein würden. Sie hatte eine Stelle als Gesanglehrerin an der Mädchenschule bekommen; aber dies war auch alles: davon mußten sie leben. Sie waren nicht in der Lage, sich ein Dienstmädchen zu halten, sondern mußten sich allein behelfen. Die Knaben waren über das Ganze in hellstem Entzücken; vor allem darüber, daß sie mit angreifen durften. Sie erboten sich, Holz und Wasser zu tragen. Sie wollten die

Schuhe putzen und die Betten machen. Es war ein rechter Spaß, sich das alles auszudenken.

Eine Kammer war da, wo Lennart alle seine Maschinen aufheben konnte. Er selbst sollte den Schlüssel dazu haben, und kein andrer als Hugo und er sollten sie je betreten dürfen.

Aber nur einen einzigen Tag durften die Knaben bei Mutter glücklich sein. Dann hatte ihnen Vater die Freude verdorben, wie er es stets getan hatte, solange sie sich zurückerinnern konnten. Mutter hatte ihnen erzählt, sie habe gehört, daß Vater eine Erbschaft von einigen tausend Kronen gemacht hätte; er habe seine Stellung gekündigt und wolle nun nach Stockholm ziehen. Mutter und sie hatten sich sehr darüber gefreut, daß er die Stadt verließ, so daß sie ihm nicht mehr auf der Straße zu begegnen brauchten. Aber dann war einer von Vaters Freunden mit der Botschaft zu Mutter gekommen, daß Vater die Knaben nach Stockholm mitnehmen wolle.

Mutter hatte geweint und gefleht, ihre Knaben behalten zu dürfen, aber Vaters Abgesandter hatte geantwortet, daß Vater fest entschlossen sei, die Knaben in seine Obhut zu nehmen. Wenn sie nicht gutwillig kämen, würde er sie durch die Polizei holen lassen. Er sagte, Mutter solle doch das Scheidungsurteil durchlesen, da stünde es ja deutlich, daß die Knaben dem Vater gehörten. Und das wußte Mutter ja auch. Das ließ sich nicht leugnen.

Vaters Freund hatte viele schöne Dinge gesagt: Vater liebe seine Jungen und wolle sie deshalb für sich haben ... Aber die Knaben wußten, daß Vater sie einzig und allein fortschleppte, um Mutter zu quälen. Er hatte sich das ausgedacht, damit Mutter an der Trennung von ihm keine Freude hätte. Sie sollte in beständiger Unruhe um die

Knaben leben. Das Ganze war nur Rache und Bosheit.

Aber Vater hatte seinen Willen durchgesetzt, und hier waren sie nun auf dem Wege nach Stockholm. Und ihnen gegenüber saß Vater und freute sich, daß er Mutter unglücklich gemacht hatte. Mit jedem Augenblick, der verging, wurde ihnen der Gedanke, daß sie bei Vater bleiben und mit ihm leben müßten, immer widerwärtiger. Waren sie denn völlig in seiner Gewalt? Gab es keine Rettung?

Vater hat sich in seine Ecke zurückgelehnt, und nach einem Weilchen schlummert er ein. Sogleich beginnen die Knaben sehr lebhaft miteinander zu flüstern. Es wird ihnen nicht schwer, einen Entschluß zu fassen. Den ganzen Tag haben sie, jeder für sich, nur daran gedacht, durchzubrennen.

Sie verabreden, sich auf die Plattform zu schleichen und aus dem Zuge zu springen, wenn er gerade durch einen großen Wald führe. Dann würden sie sich an einem versteckten Plätzchen im Wald eine Hütte bauen und dort allein leben, ohne sich irgendeinem Menschen zu zeigen.

Während die Knaben diese Pläne schmieden, bleibt der Zug an einer Station stehen, und eine Bäuerin, die ein kleines Kind an der Hand führt, steigt in das Kupee. Sie ist schwarz gekleidet, trägt ein Kopftuch und sieht gut und freundlich aus. Sie zieht dem Kleinen das Überröckchen aus, das vom Regen naß geworden ist, und wickelt ihn in einen Schal. Dann zieht sie ihm die Schuhe ab, trocknet die kalten Füßchen, sucht aus einem Bündel Strümpfe und Schuhe hervor und legt sie ihm an. Schließlich steckt sie ihm ein Bonbon zu und legt ihn auf die Bank, den Kopf auf ihrem Schoße, damit er einschlafe.

Bald wirft der eine, bald der andre Knabe einen Blick auf

die Bäuerin, die sich mit ihrem Kinde beschäftigt. Diese Blicke werden immer häufiger, und plötzlich haben die Knaben, beide zugleich, Tränen in den Augen. Nun sehen sie nicht mehr auf, sondern halten die Augen hartnäckig niedergeschlagen.

Es ist, als wäre zugleich mit der Bäuerin noch jemand anders, der für alle, außer für die Knaben, unsichtbar und unmerkbar ist, in den Wagen gekommen. Und dieser andre ist — Mutter. Die Knaben haben das Gefühl, daß sie gekommen sei und sich zwischen sie gesetzt und ihre Hände ergriffen habe, wie sie es noch gestern abend tat, als es sich entschied, daß sie reisen müßten; und sie spricht ebenso zu ihnen wie damals: »Ihr müßt mir versprechen, daß ihr Vater meinetwegen nicht gram sein werdet. Vater hat es mir nie verzeihen können, daß ich ihn gehindert habe, fortzureisen. Er meint, daß es meine Schuld sei, wenn nichts aus ihm geworden ist, und wenn er trinkt. Er kann mich nie genug strafen. Aber ihr dürft ihm deshalb nicht böse sein. Da ihr jetzt mit Vater leben sollt, müßt ihr mir versprechen, gut gegen ihn zu sein. Ihr dürft ihn nicht reizen, ihr müßt auf ihn achten, so gut ihr könnt. Das müßt ihr mir versprechen; sonst weiß ich gar nicht, wie ich euch ziehen lassen soll.«

Und die Knaben hatten es versprochen.

»Ihr dürft euch nicht von Vater fortschleichen! Versprecht mir das!« hatte Mutter gesagt.

Das hatten sie auch versprochen.

Die Knaben sind zuverlässig, und in demselben Augenblick, wo sie daran denken, daß sie Mutter dieses Versprechen gegeben haben, lassen sie alle Fluchtgedanken fahren. Vater schläft noch immer, aber sie bleiben geduldig auf ihren Plätzen sitzen. Mit verdoppeltem Eifer fangen sie wieder zu lesen an, und ihr Freund, der gute Jules Verne, führt sie bald aus ihren Sorgen in die Wunderwelt Afrikas.

*   *
*

Weit draußen in der Södervorstadt hatte Vater zwei Zimmer zu ebner Erde gemietet, mit der Aussicht in einen engen Hof. Die Wohnung ist schon lange in Gebrauch, sie ist von einer Familie auf die andre übergegangen, ohne je instand gesetzt zu werden. Die Tapeten haben eine Unmenge Risse und Flecken, die Decken sind verrußt, ein paar Fensterscheiben sind zerbrochen, und der Küchenboden ist so ausgetreten, daß er ganz holperig geworden ist. Ein paar Dienstmänner haben die Möbel vom Bahnhof geholt, sie in die Zimmer getragen und sie da kunterbunt stehen lassen. Vater und Knaben sind jetzt dabei, auszupacken. Vater steht mit hocherhobner Axt da, um eine Kiste zu öffnen. Die Knaben packen aus einer andern Kiste Glas und Porzellan und stellen es in den Wandschrank. Sie sind geschickt und arbeiten eifrig, aber Vater hört nicht auf, sie zur Vorsicht zu mahnen, und verbietet ihnen, mehr als ein Glas oder einen Teller auf einmal zu tragen. Inzwischen geht es mit Vaters eigner Arbeit nicht recht vorwärts. Seine Hände sind zitterig und kraftlos, und er ist schon ganz schweißbedeckt, ohne den Deckel von der Kiste losbekommen zu können. Er legt die Axt nieder, geht um die Kiste herum und fragt sich, ob sie vielleicht verkehrt stehe. Da nimmt einer der Knaben die Axt und fängt an, sie anzustemmen, doch Vater stößt ihn fort. Lennart werde doch nicht glauben, daß er den Deckel aufbringen könne, wenn Vater selbst es nicht zustande bringe? »Nur ein geübter Arbeiter kann diese Kiste öffnen,« sagt Vater und nimmt Hut und Rock, um den Hausknecht zu holen.

Kaum ist Vater zur Türe hinaus, als ihm etwas einfällt. Er begreift plötzlich, warum er keine Kraft in den Händen hat. Es ist noch früh am Vormittag, und er hat nichts zu sich genommen, was das Blut in Umlauf bringt. Wenn er in ein Café ginge und einen Kognak tränke, dann würde er seine Kraft wiederfinden und könnte sich ohne fremde Unterstützung behelfen. Das ist viel besser, als den Hausknecht zu holen.

Vater geht also auf die Straße, um ein Café zu suchen. Als er in die kleine Hofwohnung zurückkehrt, ist es acht Uhr abends.

In Vaters Jugend, als er noch auf die Akademie ging, hatte er in der Södervorstadt gewohnt. Er war damals Mitglied eines Doppelquartetts gewesen, das hauptsächlich aus Kontoristen und kleinen Kaufleuten bestand und in einem Keller in der Nähe von Mosebacke seine Zusammenkünfte abzuhalten pflegte. Vater hatte nun Lust bekommen, nachzusehen, ob dieser kleine Keller noch existiere. Er war wirklich noch da, und Vater hatte das Glück gehabt, ein paar von den alten Freunden zu treffen, die da saßen und frühstückten. Sie hatten ihn mit größter Freude begrüßt, ihn zum Frühstück eingeladen und seine Ankunft in Stockholm auf die herzlichste Weise gefeiert. Als die Mahlzeit schließlich beendet war, hatte Vater heimgehen wollen, um seine Möbel auszupacken; doch die Freunde hatten ihn überredet, zu bleiben und mit ihnen zu Mittag zu essen. Und dies hatte sich so lange hinausgezogen, daß Vater nicht vor acht Uhr nach Hause gekommen war. Und es hatte ihn keine geringe Überwindung gekostet, sich zu so früher Stunde von der lustigen Gesellschaft loszureißen.

Als Vater heimkommt, sitzen die Knaben in der Dunkelheit, denn sie haben kein Zündholz. Vater hat ein Zündholzschächtelchen in der Tasche, und als er ein kleines

Kerzenstümpfchen angezündet hat, das glücklicherweise mitgekommen ist, sieht er, daß die Knaben erhitzt und verstaubt sind, aber munter und vergnügt und augenscheinlich sehr zufrieden mit ihrem Tag.

In den Stübchen stehen die Möbel geordnet, die Kisten sind fortgeräumt, Stroh und Papierschnitzel fortgekehrt. Hugo macht gerade im ersten Zimmer die Betten für die Knaben. Das zweite Zimmer soll Vaters Schlafstube sein, und da steht sein Bett, mit so viel Sorgfalt gemacht, wie er sichs nur wünschen kann.

Jetzt geht mit Vater ein eigentümlicher Umschwung vor. Als er heimkam, war er mit sich selbst unzufrieden gewesen, weil er sich von der Arbeit davongemacht und die Knaben ohne Speise und Trank zurückgelassen hatte. Aber jetzt, wo er sieht, daß sie guter Laune sind, und daß ihnen nichts abzugehen scheint, bereut er es, daß er ihrethalben seine Freunde verlassen hat; er wird reizbar und streitsüchtig.

Er sieht wohl, daß die Knaben stolz auf alle die Arbeit sind, die sie geleistet haben, und daß sie erwarten, von ihm gelobt zu werden; aber dazu ist er gar nicht geneigt. Er fragt vielmehr, wer dagewesen sei und ihnen geholfen habe, und bittet sie, sich gefälligst zu merken, daß man in Stockholm nichts geschenkt bekomme und der Hausknecht für alles, was er täte, bezahlt werden müsse. Die Knaben antworten, daß sie keine Hilfe in Anspruch genommen, sondern alles allein gemacht hätten, aber er hört nicht auf, zu zanken. Es sei unrecht von ihnen gewesen, die große Kiste zu öffnen. Sie hätten sich dabei etwas zuleide tun können. Er hätte ihnen doch verboten, sie zu öffnen. Sie hätten jetzt ihm zu gehorchen. Er sei für sie verantwortlich.

Er nimmt die Kerze, geht in die Küche und leuchtet in die Schränke. Der kleine Vorrat an Glas und Porzellan ist in guter Ordnung auf den Brettern aufgestellt.

Er prüft alles haargenau, um Anlaß zu weiterm Tadel zu finden.

Plötzlich erblickt Vater ein paar Überreste des Abendbrots der Knaben und beginnt sogleich zu zanken, weil sie Huhn gegessen haben. Woher sie sich das verschafft hätten? Ob sie wie die Prinzen zu leben gedächten? Ob sie sein Geld hinauswürfen, um Hühner zu essen?

Dann fällt ihm ein, daß er ihnen ja kein Geld zurückgelassen hat. Er fragt, ob sie das Huhn gestohlen hätten, und gerät ganz außer sich.

Er spricht und ermahnt, zankt und tost, aber jetzt bekommt er von den Knaben keine Antwort. Sie wollen ihm nicht sagen, woher sie das Huhn haben, sondern lassen ihn austoben. Und er hält ganze Reden, ganze Predigten, er erschöpft seine letzten Kräfte. Schließlich bittet und bettelt er.

»Ich beschwöre euch, sagt mir die Wahrheit! Ich will euch alles verzeihen, was ihr auch begangen haben mögt, wenn ihr mir nur die Wahrheit sagt.«

Jetzt können es die Knaben nicht länger aushalten. Vater hört einen prustenden Laut. Sie werfen die Decken ab und setzen sich auf, und er merkt, daß sie vor unterdrücktem Lachen ganz rot im Gesicht sind. Und während sie jetzt ungezügelt herauslachen, sagt Lennart, von beständigem Kichern unterbrochen: »Mutter hat uns doch ein Hühnchen in den Eßkorb gelegt, den sie uns auf die Reise mitgegeben hat.«

Vater richtet sich auf, sieht die Knaben an, will sprechen, findet aber keine passenden Worte. Er richtet sich noch majestätischer empor, sieht sie mit tiefster Verachtung an und geht ohne weiteres auf sein Zimmer.

*   *
*

Vater hat jetzt herausgebracht, wie geschickt die Knaben sind, und er benützt dies, um ein Dienstmädchen zu ersparen. Morgens schickt er Lennart in die Küche und läßt ihn Kaffee kochen, während Hugo den Frühstücktisch deckt und Brot vom Bäcker holt. Nach dem Frühstück setzt Vater sich auf einen Stuhl und sieht zu, wie die Knaben die Betten machen, die Zimmer kehren und die Öfen heizen. Er gibt unaufhörlich Befehle und kommandiert sie von einer Arbeit zur andern, nur um seine Macht zu zeigen. Wenn das Morgenaufräumen vorüber ist, geht er aus und bleibt den ganzen Vormittag weg. Das Mittagessen läßt er aus einer benachbarten Kochschule holen. Dann läßt Vater die Knaben für den Abend allein und verlangt von ihnen nichts andres, als daß sein Bett gemacht sei, wenn er heimkommt.

Die Knaben sind so fast den ganzen Tag allein und können sich beschäftigen, womit sie wollen.

Eine ihrer wichtigsten Arbeiten besteht darin, an Mutter zu schreiben. Sie bekommen von ihr jeden Tag einen Brief, und sie schickt ihnen Papier und Marken, damit sie ihr antworten können.

Mutters Briefe enthalten hauptsächlich Ermahnungen, artig gegen Vater zu sein. Sie schreibt immer, wie liebenswert Vater gewesen sei, als sie ihn kennen lernte, und sie erzählt ihnen, wie hochstrebend und arbeitsam er im Anfang seiner Laufbahn gewesen sei. Sie sollten zärtlich und liebevoll gegen ihn sein. Sie dürften nie vergessen, wie unglücklich er wäre.

»Wenn Ihr so recht gut gegen Vater seid, dann hat er vielleicht Mitleid mit Euch und läßt Euch wieder nach Hause zu mir kommen,« schreibt Mutter.

Mutter erzählt, daß sie beim Pfarrer und beim Bürgermeister gewesen sei, um zu fragen, ob es nicht möglich wäre, die Knaben wieder zu bekommen. Aber alle beide hätten ihr gesagt, daß es keinen Ausweg gebe. Die Knaben müßten bei ihrem Vater bleiben. Mutter wolle gern nach Stockholm übersiedeln, um ihre Jungen wenigstens ab und zu sehen zu können, aber alle Menschen rieten ihr, sich zu gedulden und noch zu warten. Sie glaubten, daß Vater die Knaben bald satt bekommen und sie wieder heimschicken werde. Mutter wisse nicht recht, was sie tun solle. Einerseits finde sie es schrecklich, daß ihre Knaben in Stockholm ohne irgend jemand lebten, der sich ihrer annehme; und andrerseits wisse sie: wenn sie ihr Heim verließe und ihre Anstellung aufgäbe, könnte sie sie nicht bei sich aufnehmen und versorgen, falls sie frei würden. Aber zu Weihnachten werde Mutter auf jeden Fall nach Stockholm kommen und nach ihnen sehen.

Die Knaben schreiben und erzählen, was sie den ganzen Tag tun, Stunde für Stunde. Sie lassen Mutter wissen, daß sie Vater das Essen holen und ihm das Bett machen. Sie begreift, daß sie sich bemühen, ihr zuliebe gut gegen ihn zu sein, aber sie merkt, daß sie ihn nicht besser leiden können als früher.

Ihre kleinen Jungen scheinen immer einsam zu sein. Sie wohnen in einer großen Stadt, wo es von Menschen wimmelt, aber niemand fragt nach ihnen, niemand beachtet sie. Und vielleicht ist es noch am besten so. Wer weiß, in was sie hineingeraten könnten, wenn sie irgendwelche Bekanntschaften machten!

Sie bitten sie immer, sich ihrethalben keine Sorgen zu machen. Sie würden sich schon durchschlagen. Sie erzählen, daß sie sich die Strümpfe stopfen und die Knöpfe annähen. Sie deuten auch an, daß Lennart mit seiner Erfindung sehr weit gekommen sei, und sagen, daß alles gut sein werde, sowie die fertig wäre.

Aber Mutter lebt in beständiger Angst. Tag und Nacht sind ihre Gedanken bei den Knaben. Tag und Nacht betet sie zu Gott, er möge über ihre kleinen Söhne wachen, die einsam in einer großen Stadt leben, ohne irgend jemand, der ihre Augen gegen die Lockungen der Verderbnis schützt und ihre jungen Herzen vor der Lust zum Bösen bewahrt.

* *

*

Vater und die Knaben sitzen eines Vormittags in der Oper. Einer von Vaters früheren Kollegen, der der Hofkapelle angehört, hat ihn eingeladen, der Probe zu einem Symphoniekonzert beizuwohnen, und Vater hat die Knaben mitgenommen. Als das Orchester einsetzt und das Haus von den Tonwellen erfüllt wird, gerät Vater in so heftige Bewegung, daß er sich nicht beherrschen kann, sondern zu weinen anfängt. Er schluchzt, schneuzt sich geräuschvoll und stöhnt ein Mal um das andre auf. Er legt sich gar keinen Zwang mehr an, sondern wird so laut, daß die Spielenden gestört werden. Ein Diener kommt und winkt ihm ab, darauf nimmt Vater die Knaben bei der Hand und schleicht sich ohne ein Wort des Widerspruchs hinaus, und den ganzen Heimweg hören seine Tränen nicht auf zu fließen.

Vater hat die Hände der Knaben in den seinen behalten und geht mit einem Jungen an jeder Seite einher. Ganz plötzlich fangen auch die Knaben zu weinen an. Sie verstehen nun zum ersten Male, wie Vater seine Kunst geliebt hat. Es war entsetzlich für ihn gewesen, versoffen und verkommen dazusitzen und andre spielen zu hören. Es war ein Jammer, daß er nicht das geworden war, was er hätte werden sollen. Es war für Vater so, wie es für Lennart wäre, wenn er seine Flugmaschine nie fertigbrächte, oder für Hugo, wenn er keine Entdeckungsreise machen dürfte. Zu denken, daß sie einmal als untaugliche Greise dasitzen und sich zu Häupten prächtige Luftschiffe dahinbrausen sehen sollten, die sie weder erfunden hätten noch lenken dürften!

*   *
*

Die Jungen sitzen eines Vormittags daheim und haben ihre Bücher vor sich. Vater hat eine Notenrolle unter den Arm genommen und ist ausgegangen. Er hat etwas davon gemurmelt, daß er eine Musiklektion zu geben hätte, aber die Knaben haben sich keinen Augenblick einreden lassen, daß dies die Wahrheit sei.

Vater ist schlechter Laune, wie er so über die Straße geht. Er hat den Blick bemerkt, den die Knaben wechselten, als er sagte, daß er zu einer Musiklektion ginge. »Sie werfen sich zum Richter auf über ihren Vater,« denkt er.

»Ich bin zu nachsichtig gegen sie. Ich hätte jedem eine Ohrfeige geben sollen. Sicherlich hetzt ihre Mutter sie gegen mich auf.«

»Wie wäre es, wenn ich mich ein wenig nach den Herrchen umsähe?« fährt er fort. »Es könnte gewiß nichts schaden, sich zu überzeugen, wie sie ihren Studien obliegen.«

Er kehrt um, geht rasch durch den Hof, öffnet ganz leise die Türe und steht in dem Zimmer der Knaben, ohne daß einer von ihnen ihn hätte kommen hören. Und richtig: die Knaben fahren mit ganz roten Köpfen auf, und Lennart reißt ängstlich ein Bündel Papiere an sich, das er in die Schreibtischlade wirft.

Als die Knaben ein paar Tage in Stockholm waren, da hatten sie gefragt, in welche Schule sie gehen würden, und Vater hatte geantwortet, mit ihrem Schulbesuch sei es jetzt aus. Er würde versuchen, einen Meister zu finden, der sie in die Lehre nehmen wollte. Dies hatte er jedoch nie ins Werk gesetzt, und die Knaben hatten auch nicht weiter von ihrem Schulbesuch gesprochen. Doch nach kaum einer Woche hing in dem Zimmer der Knaben ein Stundenplan an der Wand. Schulbücher wurden hervorgesucht, und jeden Vormittag saßen die Knaben an einem alten Schreibtisch und machten Aufgaben. Es war offenbar: sie hatten einen Brief von Mutter bekommen, der sie ermahnte, auf eigne Faust zu arbeiten, um nicht alles zu vergessen, was sie gelernt hätten.

Als Vater jetzt so unerwartet zu ihnen hereinkommt, geht er zuerst hin und studiert den Stundenplan. Er zieht seine Uhr heraus und vergleicht. Mittwoch von zehn bis elf: Geographie. Dann kommt er an den Tisch heran. »Hättet ihr in dieser Stunde nicht eigentlich Geographie?« fragt er. — »Ja,« antworten die Knaben, flammend rot im Gesicht. — »Aber wo habt ihr das Geographiebuch und den Atlas?« — Die Knaben werfen einen Blick auf das Bücherbrett und sehen tödlich verlegen aus. »Wir haben noch nicht angefangen,« sagt Lennart. — »So, so,« sagt Vater. »Ihr habt wohl etwas andres vor.« Und er richtet sich ganz vergnügt auf. Er hat jetzt die Oberhand, und die will er behalten, bis er die Knaben gründlich an die Wand gedrückt hat.

Die beiden Knaben schweigen. Seit dem Tage, da sie mit Vater in die Oper gingen, haben sie Mitleid mit ihm, und es hat ihnen nicht soviel Überwindung gekostet wie früher, artig gegen ihn zu sein. Aber natürlich haben sie keinen Augenblick daran gedacht, Vater ins Vertrauen zu ziehen. Er ist in ihrem Ansehen nicht gestiegen, wenn er ihnen auch leid tut.

»Habt ihr einen Brief geschrieben?« fragt Vater mit seiner strengsten Stimme. — »Nein,« rufen die beiden Knaben wie aus einem Munde. — »Was habt ihr denn getan?« — »Wir haben nur geplaudert.« — »Das ist nicht wahr! Ich habe gesehen, wie Lennart etwas in die Schreibtischlade gesteckt hat.« — Jetzt schweigen die beiden Knaben wieder. — »Nehmt es heraus!« ruft Vater, rot vor Zorn. Er glaubt, daß die Söhne an seine Frau geschrieben hätten; und da sie ihm den Brief nicht zeigen wollten, stünde natürlich etwas Häßliches über ihn darin. Die Knaben rühren sich nicht, und Vater hebt die Hand, um nach Lennart zu schlagen, der vor der Schublade sitzt. — »Rühr ihn nicht an!« ruft Hugo. »Wir haben nur über etwas gesprochen, was Lennart sich ausgedacht hat.«

Hugo schiebt Lennart weg, reißt die Lade auf und zieht einen Bogen Papier hervor, der mit Luftschiffen in den wunderlichsten Formen vollgekleckst ist. »Lennart hat sich heute nacht ein neues Segel für sein Luftschiff ausgedacht. Und darüber haben wir gesprochen.«

Vater will ihm nicht glauben. Er beugt sich hinunter, durchsucht die Lade, findet aber nichts andres als Bogen Papier, bedeckt mit Zeichnungen, die Luftballons, Fallschirme, Flugmaschinen und alles andre vorstellen, was zur Luftschiffahrt gehört.

Zum größten Staunen der Knaben schleudert Vater dies alles nicht gleich fort, er lacht auch nicht über ihre Versuche, sondern er betrachtet Blatt für Blatt genau. Vater hat nämlich auch ein wenig Anlage zur Mechanik; und er hat sich einstmals, als sein Hirn noch zu etwas taugte, für solche Dinge interessiert. Bald beginnt er Fragen nach dem Zweck von diesem und jenem zu stellen; und da seine Worte verraten, daß er großen Anteil nimmt und das, was er sieht, versteht, bekämpft Lennart seine Verlegenheit und antwortet ihm zuerst zögernd, doch allmählich mit immer größerer Bereitwilligkeit.

Bald sind Vater und die Knaben in eine tiefsinnige Diskussion über Luftschiffe und Flugmaschinen vertieft. Nachdem sie so recht in Zug gekommen sind, plaudern die Knaben unbefangen und teilen Vater alle ihre Pläne und Träume mit. Und wenn Vater auch begreift, daß die Knaben mit den Luftschiffen, die sie jetzt konstruieren, nicht weit fliegen können, imponiert ihm die ganze Sache doch. Seine kleinen Söhne sprechen von Aluminiummotoren, Aeroplanen und Gleichgewichtslagen wie von den selbstverständlichsten Dingen. Er hat sie für rechte Dummköpfe gehalten, weil sie in der Schule nicht gut vorwärts kamen. Jetzt scheint es ihm mit einem Male, daß sie ein paar kleine Gelehrte seien.

Und hochfliegende Gedanken und Hoffnungen, — das versteht Vater besser als irgend jemand. Er erkennt es wieder: er hat selbst so geträumt und hat durchaus keine Lust, über solche Träume zu lachen.

An diesem Vormittag geht Vater nicht mehr aus, sondern bleibt sitzen und plaudert mit seinen Knaben, bis es Zeit ist, das Mittagessen zu holen und den Tisch zu decken. Und da sind Vater und die Knaben zu ihrer großen Überraschung richtig gute Freunde.

*   *
*

Es ist elf Uhr abends, und Vater taumelt durch die Straßen. Die kleinen Jungen gehen neben ihm. Sie haben ihn im Wirtshaus gesucht und haben sich dicht an die Tür gestellt, ohne ein Wort zu sagen. Vater saß allein an einem Tisch, einen großen dunkeln Toddy vor sich, und hörte einer Damenkapelle zu, die am andern Ende des Zimmers spielte. Nach einem Weilchen war er unwillig aufgestanden und zu den Knaben hingegangen. »Was soll das heißen?« hatte er gefragt. »Warum kommt ihr hierher?« — »Du solltest doch nach Hause kommen, Vater,« sagten die Knaben. »Es ist doch der fünfte Dezember. Du hast ja versprochen — — —«

Da hat sich Vater erinnert, daß Lennart ihm anvertraut hatte, heute sei Hugos Geburtstag, und daß er versprochen hätte, beizeiten nach Hause zu kommen. Aber das hatte er ganz vergessen. Hugo erwartete sich wohl ein Geburtstagsgeschenk von ihm, aber er hatte nicht daran gedacht, eins zu besorgen.

Auf jeden Fall ist er mit den Knaben gegangen, und nun wandert er, unzufrieden mit ihnen und mit sich selbst, die Straße entlang. Als er heimkommt, steht der Geburtstagstisch gedeckt. Die Knaben haben es festlich machen wollen. Lennart hat Kuchen gebacken, die jetzt ein paar Stunden alt sind und wie Lappen aussehen. Sie haben von Mutter ein bißchen Geld bekommen, und dafür haben sie Nüsse, Mandeln und eine Flasche Himbeersaft gekauft.

Alle diese Herrlichkeiten haben sie nicht allein genießen wollen, sondern haben gewartet, daß Vater heimkomme und sie mit ihnen teile. Nachdem sie sich nun mit Vater befreundet haben, können sie ein so großes Fest nicht ohne ihn feiern. Vater versteht das schon. Es schmeichelt ihm, daß sie sich nach ihm gesehnt haben, und in leidlich guter Laune läßt er sich an dem Tisch nieder. Aber halb betrunken, wie er ist, strauchelt er, als er Platz nehmen will, er hält sich an der Tischdecke fest, fällt zu Boden und zieht alle Herrlichkeiten mit. Als er wieder aufsteht, sieht er, wie der Himbeersaft über den Boden strömt und Backwerk und Konfekt zwischen Scherben von Porzellan und Glas verstreut liegen.

Vater wirft einen Blick auf die langen Gesichter der Knaben, läuft zur Türe hinaus und kommt nicht vor dem Morgengrauen heim.

*   *

*

An einem Vormittag im Februar gehen die Knaben mit Schlittschuhen über der Schulter durch die Straße. Sie sind nicht recht dieselben. Sie sind mager und blaß geworden und sehen ungepflegt und nachlässig aus. Ihr Haar ist nicht geschnitten, sie sind nicht ordentlich gewaschen, und Strümpfe und Schuhe zeigen Löcher. Wenn sie miteinander sprechen, brauchen sie eine Menge Gassenjungenausdrücke, und es kommt auch vor, daß ein Fluch über ihre Lippen gleitet.

Es ist ein Umschwung bei den Knaben eingetreten, und dies schreibt sich von dem Abend her, an dem Vater vergaß, heimzukommen und Hugos Geburtstag zu feiern. Es war, als hätte sie bis dahin doch die Hoffnung aufrecht erhalten, daß eine baldige Änderung in ihrem Schicksal eintreten würde. In der ersten Zeit hatten sie darauf gerechnet, daß Vater ihrer bald müde werden und sie wieder heimschicken würde. Dann hatten sie sich eingebildet, Vater würde sie liebgewinnen und um ihretwillen zu trinken aufhören. Ja, sie hatten sich gedacht, daß Mutter und er sich versöhnen könnten, und daß sie alle glücklich sein würden. Aber an jenem Abend wurde es ihnen klar, daß dies alles unmöglich war. Vater konnte nichts andres lieben als das Saufen. Wenn er auch ab und zu einmal gut gegen sie war, so machte er sich doch eigentlich nichts aus ihnen.

Und eine schwere Hoffnungslosigkeit bemächtigte sich der Knaben. Nichts könnte je anders werden. Sie würden nie von Vater loskommen. Sie hatten das Gefühl, als wären sie verurteilt, ihr ganzes Leben lang in einem dunkeln Gefängnis eingeschlossen zu sitzen.

Nicht einmal ihre großen Pläne konnten sie trösten. Festgekettet, wie sie hier saßen, könnten sie die ja nie zur Ausführung bringen. Da sie ja doch nicht einmal etwas lernen durften ...! Sie kannten die Geschichte der großen Männer gut genug, um zu wissen, daß jeder, der etwas Bedeutendes leisten will, vor allem Kenntnisse braucht.

Der härteste Schlag aber war gewesen, daß Mutter zu Weihnachten nicht zu ihnen gekommen war. Zu Anfang des Dezembers war sie auf der Treppe gefallen und hatte sich ein Bein gebrochen, so daß sie während der Weihnachtsferien im Krankenhaus liegen mußte und nicht nach Stockholm reisen konnte. Jetzt war Mutter wohl auf, aber jetzt hatte auch ihre Schule wieder begonnen. Überdies hatte sie kein Geld zur Reise. Alles, was sie zusammengespart hatte, war während ihrer Krankheit draufgegangen.

Die Knaben fühlten sich von der ganzen Welt verlassen. Es war ganz klar, daß es ihnen nie besser gehen würde, wie sehr sie sich auch anstrengten; und darum hatten sie so allmählich aufgehört, sich mit dem zu plagen, was ihnen langweilig schien. Sie konnten ja ebensogut etwas tun, was ihnen Spaß machte.

Manchmal betteten sie ihre Betten tagelang nicht auf, und sie hörten ganz auf, die Zimmer zu kehren. Es kam ja auf eins heraus. Es besuchte sie ja doch niemand, um nachzusehen, wie es ihnen ginge.

Vater kam immer tiefer herunter. Er versuchte manchmal, sich aufzurütteln und die Knaben zur Ordnung anzuhalten, aber das waren nur ohnmächtige Anläufe. Er vergaß seine Befehle ebenso rasch, wie er sie gegeben hatte.

Die Knaben hatten auch angefangen, die Vormittagsarbeit zu vernachlässigen. Niemand hörte ihnen die Aufgaben ab; und da hatte es ja keinen Zweck, daß sie lernten. Es war jetzt seit ein paar Tagen gutes Eis; so machten sie sich lieber Ferien und liefen Schlittschuh, solang es Tag war. Auf dem Eise gab es auch immer eine Menge andre Jungen, und sie hatten mit mehreren Bekanntschaft gemacht, die auch lieber Schlittschuh liefen als daheim saßen und lernten.

Heute nun ist ein so wunderschöner Tag, daß sie unmöglich im Zimmer bleiben können. Es sind nur ein paar Grad Kälte, — stille, hohe Luft und klarer Sonnenschein. Es ist so herrliches Wetter, daß die Schulen Eislaufferien gegeben haben. Die ganze Straße ist voll von Kindern, die daheim waren, um ihre Schlittschuhe zu holen, und jetzt dem Eise zueilen.

Wie die Knaben so unter den andern Kindern einhergehen, sehen sie sehr ernst und schwermütig aus. Kein Lächeln huscht über ihr Gesicht. Ihr Unglück ist so groß, daß sie es keinen Augenblick vergessen können.

Als sie aufs Eis kommen, herrscht dort Leben und Bewegung. Das Ufer ist von einer dichten Menschenmenge umsäumt, weiter draußen schwirren die Schlittschuhläufer durcheinander wie Ameisen, deren Haufen beschädigt worden ist; noch weiter weg sieht man einzelne schwarze Punkte, die in blitzschneller Fahrt dahingleiten.

Die Knaben schnallen die Schlittschuhe an und mischen sich unter die übrigen Läufer. Sie laufen sehr gut; und wie sie so in voller Fahrt über das Eis schießen, bekommen ihre Wangen Farbe und die Augen Glanz, doch nicht eine Minute sehen sie froh und sorglos aus wie andre Kinder.

Auf einmal, als sie gerade eine Wendung zum Ufer machen, erblicken sie etwas sehr Schönes. Ein großer Luftballon kommt aus der Richtung von Stockholm und treibt zur Ostsee hin. Er ist rot und gelb gestreift; und als die Sonne darauf fällt, leuchtet er wie eine Feuerkugel. Die Gondel ist mit einer Menge bunter Fähnchen geschmückt, und da der Ballon nicht sehr hoch fliegt, ist das lebhafte Farbenspiel sehr gut zu sehen.

Als die Knaben den Ballon erblicken, stoßen sie einen Freudenschrei aus. Es ist das erste Mal in ihrem Leben, daß sie einen großen Ballon durch die Luft segeln sehen. Er ist viel schöner, als sie ihn sich vorgestellt haben. Alle die Träume und Pläne, die in so vielen schweren Tagen ihr Trost und ihre Freude waren, tauchen wieder auf, da sie ihn erblicken. Sie bleiben stehen, um zu sehen, wie die Stricke und Leinen befestigt sind, sie bemerken den Anker und die Sandsäcke an der Gondelkante.

Der Ballon streicht mit scharfer Geschwindigkeit über die vereiste Bucht. Alle Schlittschuhläufer, groß und klein durcheinander, stürzen ihm lachend und rufend entgegen, als er sich zeigt, und eilen ihm dann nach. Sie folgen ihm in einer langen geschwungnen Linie, wie ein ungeheures Schlepptau. Und die Luftschiffer vergnügen sich damit, eine Menge Papierchen in verschiednen Farben auszuwerfen, die langsam durch die blaue Luft flattern.

Die Knaben sind die vordersten in der langen Reihe, die dem Ballon nachjagt. Sie eilen voran, den Kopf zurückgeworfen, den Blick nach oben gerichtet. Zum ersten Male, seit sie von ihrer Mutter getrennt sind, strahlen ihre Augen von Glück. Sie sind ganz außer sich vor Entzücken über das Luftschiff und denken an nichts andres, als ihm solange zu folgen wie nur möglich.

Doch der Ballon treibt rasch dahin, und man muß schon ein guter Läufer sein, um nicht zurückzubleiben. Die Schar, die ihm nachjagt, lichtet sich, aber an der Spitze deren, die die Verfolgung fortsetzen, sind die kleinen Knaben. Sie sind so eifrig, daß man auf sie aufmerksam wird. Später sagten die Leute, es sei etwas eignes über ihnen gewesen. Sie lachten nicht, sie riefen nicht, aber es ruhte ein Glanz der Hingerissenheit auf ihren emporgewandten Gesichtern, als sähen sie eine Vision.

Der Ballon wirkt auf die Kleinen auch fast so wie ein himmlischer Wegweiser, der käme, sie auf den rechten Pfad zurückzuführen und sie zu lehren, ihn mit frischem Mut zu gehen. Wie die Knaben ihn erblicken, schwellen ihre Herzen vor Sehnsucht danach, wieder an der großen Erfindung zu arbeiten. Sie sind wieder gewiß, daß es ihnen gelingen wird. Wenn sie nur ausharren, werden sie sich schon zum Siege durchringen. Und der Tag wird kommen, da sie ihr eignes Luftschiff besteigen und in den Raum hinaufschweben werden. Ja, eines Tages werden sie dort oben hoch über den Menschen fliegen. Und ihr Luftschiff wird weit vollkommner sein als dieses, das sie jetzt sehen. Es wird sich lenken und drehen, senken und heben lassen, wird gegen den Wind und ohne Wind gehen. Es wird sie durch Tage und Nächte tragen, wohin sie nur wollen. Sie werden sich auf den höchsten Berggipfeln niederlassen, die ödesten Wüsten durchfahren, die am schwersten zugänglichen Gegenden erforschen. Sie werden alle Herrlichkeit der Welt sehen.

»Wir dürfen es nicht aufgeben, Hugo,« sagt Lennart. »Es wird prächtig sein, wenn wir nur fertig werden.«

Vater und sein Unglück, — das ist etwas, was sie gar nichts mehr angeht. Wer ein so großes Ziel hat wie sie, kann sich wohl nicht von etwas Erbärmlichem hindern lassen.

Je weiter der Ballon kommt, desto größer wird seine Geschwindigkeit. Die Schlittschuhläufer haben nun aufgehört, ihn zu verfolgen. Die einzigen, die die Jagd fortsetzen, sind die kleinen Knaben. Sie eilen so rasch und leicht dahin, als hätten sie Flügel an den Füßen.

Plötzlich entringt sich den Menschen, die auf dem Lande stehen und weit über die Bucht schauen können, ein Schrei des Entsetzens und der Angst. Sie sehen, wie der Ballon, noch immer von den zwei Kindern verfolgt, dem offnen Fahrwasser zugleitet.

»Draußen ist offnes Wasser! Offnes Wasser!« So rufen die Menschen.

Die Schlittschuhläufer unten auf dem Eise hören die Rufe und wenden ihre Blicke der Mündung der Bucht zu. Sie sehen, daß weit draußen ein Streifen Wasser in der Sonne glitzert. Sie sehen auch, daß zwei kleine Knaben gerade auf diesen Streifen zulaufen, den sie nicht bemerken, weil sie die Augen auf den Ballon geheftet haben, ohne sie auch nur einen Moment zur Erde zu wenden.

Man ruft mit aller Macht, man stampft auf das Eis, Schnelläufer eilen dahin, sie aufzuhalten. Aber die Kleinen merken nichts von alledem, wie sie so dem Luftschiff nachjagen. Sie wissen nicht, daß sie die einzigen sind, die es verfolgen: sie hören keine Rufe hinter sich, sie vernehmen nicht das Wogen und Brausen des offnen Wassers vor sich.

Sie sehen nur den Ballon, der sie gleichsam mitzieht. Schon fühlt Lennart, wie sein eignes Luftschiff sich unter ihm erhebt, und Hugo schwebt über den geheimnisvollen Gegenden des Nordpols dahin.

Die Leute auf dem Eise und am Strande sehen, wie rasch sich die Knaben dem offnen Wasser nähern. Ein paar Augenblicke herrscht eine so atemlose Spannung, daß sie weder rufen noch ein Glied rühren können. Es liegt wie eine Verzauberung über den beiden Kindern, die in ihrem wilden Dahinstürmen nichts merken, die dem Tode zueilen, einer strahlenden Himmelserscheinung nach.

Die Luftschiffer oben im Ballon haben nun auch die kleinen Knaben bemerkt. Sie sehen, daß sie in Gefahr sind, sie schreien ihnen zu und machen warnende Gebärden, aber die Knaben verstehen sie nicht. Als sie sehen, daß die Luftschiffer ihnen Zeichen machen, glauben sie, jene wollten sie in die Gondel hinaufnehmen. Sie strecken die Arme zu ihnen empor, überglücklich in der Hoffnung, ihnen durch den strahlenden Raum folgen zu dürfen.

In diesem Augenblick haben die Knaben den Wasserrand erreicht, mit emporgewendeten, freudestrahlenden Gesichtern und aufgehobnen Armen gleiten sie ins Meer und verschwinden ohne einen Hilferuf. Die Schlittschuhläufer, die versucht haben, sie einzuholen, stehen ein paar Sekunden später an der Eiskante, aber die Strömung hat die Körper unter das Eis gezogen, und keine helfende Hand kann sie erreichen.

Der erste im ersten Jahr des zwanzigsten Jahrhunderts

Es war am Neujahrsmorgen des Jahres 1900. Die Uhr zeigte fast die neunte Stunde, aber im Kirchspiel Svartsjö in Wermland war es noch beinah ganz dunkel. Die Sonne war noch nicht über die langgestreckten niedrigen Waldfirste emporgestiegen.

Gerade als die Glocke schlug, öffnete sich die Tür zum Pfarrhofe, und der Pfarrer trat heraus, um in die Kirche zu gehen. Doch als er die Treppe hinuntergegangen war, blieb er stehen, um auf jemand zu warten. Er war ein junger und eifriger Mann; er stand da und stampfte den Schnee wie ein ungeduldiges Pferd.

Endlich zeigte sich seine Frau in der Tür. Sie war erstaunt, daß er sich die Zeit genommen hatte, auf sie zu warten. »Das ist schön, daß du gewartet hast,« sagte sie. — »Nein,« antwortete der Mann und lächelte, »das ist nicht schön. Ich möchte mit dir über etwas sprechen.«

Die Glocken der Svartsjöer Kirchen begannen zu läuten, als er dies sagte. Er trat näher an die Frau heran und fragte sie, ob sie höre, daß gerade jetzt die Glocken in Löfwik am andern Ufer des Sees und dort oben in Bro auch läuteten?

»Es ist etwas Schönes um allen diesen Glockenklang,« sagte der Pfarrer. — »Ja,« sagte sie, »ja, so ist es.« — »Hast du daran gedacht, daß sie heute Nacht in jeder Kirche in ganz Wermland das neue Jahr eingeläutet haben? Die großen Erzschlünde haben es in die dunkle Winternacht hinausgerufen, von den kleinen Kapellchen in Finmarken gerade so wie vom Domkirchenturm in Karlstad.« — »Ja,« sagte sie, »daran hab ich auch gedacht.«

»Aber nicht nur in Wermland ...« sagte der Pfarrer. »In ganz Schweden sind heute Nacht die Kirchenglocken erklungen, ja, auf einem großen Teil der Erde.« — »Ja, das wird schon so sein,« sagte die Pastorin und wußte nicht recht, worauf der Mann hinauswolle.

»Das neue Jahr, das heute Nacht geboren wurde, hat noch kaum etwas andres erlebt als dies Glockengeläute,« fuhr der Pfarrer fort. »Zuerst lag es ein wenig schlaftrunken und verschüchtert oben in den Wolken und wiegte sich und konnte in der tiefen Finsternis gar nicht sehen, woher es gekommen wäre. Da begegnete ihm der Glockenklang, der zu ihm hinaufdrang: stark und volltönig aus den großen Städten, wo die Kirchen einander nahestehen, schwächer und gleichsam rührend eintönig aus den kleinen verstreuten Dorfkirchlein. Ich lag heute morgen da und dachte daran, seit wir von dem Mitternachtsgottesdienste heimkamen. Als wir nach der Kirche heimgingen, da hast du etwas gesagt, was mich nicht schlafen ließ.«

Die Frau wußte sofort, was er meinte. Auf dem Heimwege hatten sie von der alten versperrten und versiegelten Truhe gesprochen, die Magister Eberhard Berggren vor achtzig Jahren in die Svartsjöer Kirche gestellt hatte, mit der Vorschrift, daß sie nicht vor dem Neujahrstag des Jahres neunzehnhundert eröffnet werden dürfe. Die Frau hatte gesagt, sie finde es unrecht, daß sie jetzt hervorgenommen und geöffnet werden solle. Jedermann wußte ja, daß die Truhe nichts andres enthielt als Schriften des Unglaubens und der Gottesleugnung.

Doch der Pfarrer hatte gemeint, wenn das Kirchspiel einmal die Truhe in seine Obhut genommen und versprochen hätte, Magister Eberhards Willen zu erfüllen, so könnte man nicht umhin, sie zu eröffnen. Niemand wüßte ja auch so recht, was eigentlich darin wäre.

»Ich habe gehört, daß der alte Eberhard ein Gottesleugner war,« hatte die Frau geantwortet. — Ja, das hatte der Pastor auch gehört. — »Wär ich du,« beharrte die Pastorin auf ihrer Meinung, »ich würde erwirken, daß die Gemeinde beschlösse, die Truhe stehen zu lassen, wie sie steht.« — »Nein, aber Frau,« fiel da der Pfarrer ein, »willst du mich vielleicht glauben machen, daß dieser alte Ekebykavalier imstande sein könnte, auch nur einen einzigen Menschen in seinem Gottesglauben zu erschüttern?«

Das hatte die Pastorin zugegeben. Sie glaubte nicht, daß die Schriften gefährlich seien, aber sie meinte, es sei häßlich, daß sie durch einen christlichen Geistlichen und seine Gemeinde ans Licht gezogen werden sollten. Es läge etwas Anstößiges darin. Er könnte seinen Pfarrkindern doch wenigstens vorschlagen, die Truhe uneröffnet zu lassen.

»Aber es ist eines toten Mannes Wille,« hatte der Pfarrer geantwortet; und als die Frau sah, daß sie sich nicht einigen konnten, hatte sie geschwiegen.

Als ihr nun der Mann sagte, daß ihre Worte ihn so früh am Morgen geweckt hätten, da wurde sie sehr froh und fragte sogleich, ob er zu ihrer Meinung übergegangen sei.

»Das wird davon abhängen, was ich dich jetzt fragen will.« — »Ja, ich werde dir gewiß nicht meine Zustimmung geben, diese Truhe zu öffnen.« — Der Pfarrer lachte. — »Dessen sollst du nicht so gewiß sein,« sagte er.

»Ich erwachte sehr früh,« fuhr der Pfarrer fort, »und rieb sogleich ein Zündhölzchen an. Die Glocke schlug drei, und das erste, was ich dachte, war, daß heute Nacht das neunzehnte Jahrhundert zu Ende gegangen ist, und daß wir jetzt neunzehnhundert schreiben. Und dabei mußte ich an den Glockenschlag denken, der die Nacht erfüllte, und an das neugeborne Jahr, das da lag und lauschte. Wie ich so im Halbschlummer lag, sah ich deutlich vor mir, daß das alte Jahr irgendwo im fernen Osten auf einem Scheiterhaufen verbrannt worden war, und das neue Jahr war aus der Asche hervorgekrochen und hatte die Flügel ausgebreitet und war ausgezogen, die Welt in Besitz zu nehmen. Jetzt wiegt es sich wohl in dem Glockenklange der Klöster und Kirchen Palästinas, dachte ich. Es braucht die Flügel gar nicht zu bewegen, dachte ich weiter. Es hält sie nur ausgespannt, und dann kommen die Tonwellen und ergreifen es und wiegen es von einem Land zum andern. Ja, es liegt nur da und wiegt und schaukelt sich. In der Dunkelheit weiß es gar nicht, wohin es kommt. Alles, was es vernimmt, ist Glockenklang, und vielleicht noch Kirchengesang, Orgelton und die Schritte derer, die zur Christmette wandern.

»Das neue Jahr wird fühlen, daß es über heiliger Erde schwebt,« dachte ich. Und ich fühlte mich ganz gerührt, wie ich da lag. Jetzt ist es über die Sankt Peterskirche in Rom gewiegt worden, und dann ist es über die Alpen nach Deutschland hinaufgeflattert. Später am Tage wird es bis zu uns heraufschweben.

»Aber während ich so sann, wurde mir ganz weich zumute, und da kamen deine Worte mir wieder in den Sinn. Wenn also das neue Jahr über Wermland und Svartsjö geschwebt käme, dann sollte es hier einen Priester und seine Gemeinde sehen, die eine Truhe mit Schriften des

Unglaubens öffneten. Und es schien mir sehr traurig, daß es so etwas schauen sollte, nach allem dem Schönen, das es bisher erlebt hat. In Rom bei den Katholiken hatte es den Papst die heilige Pforte öffnen und das Jubeltor einweihen sehen, und hier oben im Norden sollte es uns den Riegel eröffnen sehen, der Zweifel und Gottesleugnung einschloß. Das neue Jahr wird eine zu schlechte Meinung von uns bekommen,« sagte ich. »Es geht einfach nicht an, diese Truhe zu öffnen.«

»Siehst du wohl! Ich wußte, daß du zu meiner Partei übergehen würdest,« sagte die Pastorin.

»Es hat nicht viel daran gefehlt,« sagte der Pfarrer; »aber gleich darauf stand es mir wieder vor Augen, wie unmöglich es sei, gegen eines toten Mannes Willen zu handeln. Ja, es war unmöglich, — das eine wie das andre: die Truhe zu öffnen wie sie geschlossen zu lassen. Und ich begann mich zu fragen, ob es denn keinen Ausweg gäbe. Wenn man eine Sache nur lange genug überdenkt, pflegt man schließlich doch herauszufinden, was das Rechte ist. Ich lag da und grübelte stundenlang. Ich dachte alles durch, was ich vom Magister Eberhard Berggren wußte, um Klarheit darüber zu gewinnen, was er in diese Truhe gelegt haben mochte.«

»Hast du es also herausgebracht?«

»Ich glaube wohl, daß ich es herausgebracht habe, aber ich will auch deine Meinung hören.«

»Die kennst du schon,« sagte die Frau eigensinnig.

»Das sollst du nicht so bestimmt sagen,« meinte der Pfarrer. »Du solltest zuerst versuchen, dich in die Sache hineinzudenken. Du solltest versuchen, dich in Magister

Eberhards Gedanken zu versetzen. Das hab ich heute morgen getan. Wenn du nun ein alter Mann wärst, sagte ich zu mir selbst, wenn du Magister Eberhard Berggren wärst, ein alter gelehrter Mann, der nicht an Gott glaubte! Ich versuchte mir einzubilden, daß ich mein ganzes Leben am Schreibtisch verbracht hätte, ohne Unterlaß denkend und schreibend. Ich dachte mir, ich hätte Jahr für Jahr in einer Ecke des Kavalierflügels auf Ekeby gesessen, mit Büchern und Papieren rings um mich, — und Leben und Scherz, Sang und Spiel wären durch die Räume erbraust, aber ich hätte ganz still und stumm hinter einer Mauer von Büchern gesessen und gearbeitet.

»Und dann dachte ich mir weiter, daß ich nach vielen, unendlich vielen und langen Jahren endlich mit meiner Arbeit fertig geworden wäre. Und ich hätte ihr alle meine Lebenskräfte geopfert. Ich wäre alt und müde geworden, und in letzter Zeit hätte ich auch angefangen zu kränkeln. Ich hätte zuweilen brennende Schmerzen in der rechten Seit gespürt, in der Gegend der Leber, obgleich ich mir gar nicht die Zeit genommen hätte, mich darum zu bekümmern. Ja, ich hätte wohl gar nicht daran gedacht, was das Werk mich gekostet hätte: ich wäre nur glücklich gewesen, es vollendet zu haben.

»Ich wäre auch natürlich ganz überzeugt gewesen, daß alles ganz vollkommen sei, daß nichts fehle. Allen andern Philosophen hätte man irgendeine Lücke im Gedankengang nachgewiesen, aber so etwas könnte mir nicht passieren. Ich hätte meine eigne Philosophie gefunden, und die sei ganz ohne Makel. Sie sei sicher und fest vom Grunde bis zur Turmspitze.

»Ja, ich versuchte mich noch weiter in die Sache hineinzudenken,« fuhr der Pfarrer fort. »Wenn ich nun mein Buch fertig hätte, was würde ich damit anfangen? Es wäre ja das allereinfachste, es gleich in die Druckerei zu schicken. Aber wenn ich solch ein alter Mann wäre, würde ich mir die Sache sicherlich überlegen. Ich würde sie mir deshalb überlegen, weil ich sehr wohl wüßte: sobald meine Philosophie bekannt würde, könnte niemand ihr widerstehen. Alle Menschen würden dann auf einmal aufhören, an Gott zu glauben; und die Hoffnung auf ein ewiges Leben würden sie gleichfalls verlieren. Und ich müßte mir doch sagen, daß eine ganze Menge von jenen, die ich gekannt und geliebt, dies als ein großes Unglück empfinden würde. Die Menschen sind schwach, würde ich mir selbst sagen, sie können die Wahrheit nicht ertragen. Und so allmählich würde ich dahin kommen, daß ich den Entschluß faßte, mein Buch zu verwahren und es erst einige Zeit nach meinem Tode an den Tag kommen zu lassen. Wenn ich es bis zum Jahre neunzehnhundert verwahrte, dann müßte wohl ein neues Geschlecht herangewachsen sein, das das Licht der Wahrheit besser ertragen könnte. Ich glaube, es wäre gar nicht unmöglich, daß ich einen solchen Entschluß fassen würde, wenn ich solch ein alter Mann wäre,« sagte der Pfarrer und sah seine Frau an, ihrer Zustimmung gewiß.

»Ach nein,« antwortete sie, »so ganz unmöglich wäre das wohl nicht.«

»Wie ich so in der Dunkelheit dalag, glaubte ich sein Leben ganz zu durchleben,« fuhr der Pfarrer fort. »Wo sollte ich nun fürs erste das Manuskript hinterlegen? In einem der Herrenhöfe könnte ich es nicht aufbewahren. Die sind alle aus Holz; früher oder später könnten sie verbrennen, und dann wäre meine Arbeit verloren. Und wenn ich es in einen Keller legte, dann würde die Feuchtigkeit es ebenso sicher zerstören, wie es nur je das Feuer vermöchte.

»Nein, der einzige sichere Aufbewahrungsort, den ich mir

denken könnte, wäre wohl eine der Kirchen in Bro oder Svartsjö, die aus Stein erbaut sind. Nun muß ich sagen: wenn ich ein solcher alter Heide wäre, dann würde ich wohl eine gewisse Abneigung dagegen empfinden, meine Arbeit in einer Kirche aufzubewahren. Aber ich würde mich schon bald mit dem Gedanken trösten: wenn ich so sicher weiß, daß es keinen Gott gibt, kann ich meine Arbeit schließlich ebenso gut in eine Kirche legen wie in irgendein andres Gebäude.

»Ja, den Tag, an dem ich alles fertig hätte, so daß ich meine große Dokumententruhe in den Schlitten legen und mit ihr nach Svartsjö fahren könnte, würde ich sicherlich als einen großen Festtag ansehen. Denn ich glaube, wenn ich ein so alter umsichtiger Mann wäre, würde ich meine Truhe lieber in Svartsjö verwahren als in Bro, weil der Vikar in Svartsjö ein viel nachgiebigerer Mann war als der Propst in Bro. Ja, wahrhaftig, — wäre ich nicht vergnügt an diesem Wintertage, wenn ich bei guter Schlittenbahn mit einem flinken Pferde von Ekeby fortführe? Wenn ich auch in den letzten Tagen jene innerlichen Schmerzen gespürt hätte, so wüßte ich doch ganz genau, daß sie an einem Tage wie diesem ganz wie fortgeblasen wären. Ich würde nur dasitzen und denken, welche Wirkung es haben müßte, wenn mein Buch einmal in die Welt hinauszöge, und wie berühmt mein Name da auf einmal sein würde. Das ganze Jahr neunzehnhundert würden die Menschen von niemand anders sprechen als von Eberhard Berggren.

»Aber obgleich ich so stolze Gedanken hätte, während ich so über die Straße kutschierte, würde ich doch einen Wandrer bemerken, der mit dem Ränzel auf dem Rücken und einem großen Bügeleisen in der Hand am Wegesrand ginge. Und ich würde zu mir selbst sagen: Sieh da! Da geht der alte lustige Schneider Lilje! Der arme Teufel muß das Ränzel und das Bügeleisen schleppen. Ich will ihn doch fragen, ob er nicht ein Stück in meinem Schlitten fahren will.

»Und nun stelle ich mir dies vor: wenn Schneider Lilje das Bügeleisen und das Ränzel in den Schlitten gelegt und sich selbst auf die Kufen gestellt hätte, würden er und ich bald ins Gespräch kommen.

Schneider Lilje würde fragen, wohin ich denn mit der schönen Truhe wolle, und ich würde es nicht lassen können, ihm zu erzählen, was darin sei. >Sieht er, Lilje,< würde ich wohl sagen, >diese Truhe enthält das große Buch, das ich geschrieben habe, und jetzt fahre ich damit zur Svartsjöer Kirche und verwahre es dort. Wir wollen die Truhe versperren und versiegeln, der Pfarrer und ich; und niemand darf sie vor dem Jahre neunzehnhundert öffnen.«

»Aber nun würde es mir auffallen, daß Lilje die ganze Zeit still bliebe, und er pflegte doch sonst keine Minute lang schweigen zu können, und dies würde mich so verwundern, daß ich schließlich fragen müßte: >Was ist denn in ihn gefahren, Lilje, woran denkt er denn?< Und siehst du, Frau, wenn Lilje dann antwortete, daß er sich überlege, ob er mich um etwas bitten dürfte, dann würde ich ihm gleich die Erlaubnis geben, frei von der Leber weg zu sprechen.

»Wahrscheinlich hätte ich in diesem Augenblicke nicht sehr auf Liljes Geschichte aufgepaßt, aber später würde ich mich doch an jedes Wort davon erinnern können. Ich würde mich erinnern, daß Lilje sagte, er habe vor ein paar Tagen einen Landstreicher getroffen, der sterbend am Wegesrande lag. Dieser Mann habe Lilje gebeten, ein kleines Päckchen, das er ihm reichte, in Verwahrung zu nehmen. Er habe ihm aufgetragen, es irgendwo aufzuheben, wo niemand es finden könnte. Er dürfte es nicht vernichten. Und wenn er so alt würde, daß alle, die jetzt lebten, tot wären, dann dürfte er es öffnen, sonst sollte er es einem andern zur Aufbewahrung anvertrauen. Und Lilje habe es nicht übers Herz gebracht, einem Sterbenden seine letzte Bitte abzuschlagen, und habe das Päckchen entgegengenommen.

»Nun, wenn mir Lilje all dies erzählt hätte, dann würde ich natürlich gesagt haben: >Es ist schon gut, Lilje, ich versteh, wo er hinaus will. Er darf das Päckchen hier in meine Truhe legen.«

»Und ich hätte das Pferd angehalten und die Truhe geöffnet, und wir hätten Liljes Päckchen hineingetan. Ich hätte der Sache so wenig Gewicht beigelegt, daß ich es kaum angeschaut hätte. Aber nachher würde ich es wohl oft vor Augen gesehn haben. Es war ein blaues Kuvert ohne Adresse, ohne ein geschriebnes Wort. Es sah aus, als enthielte es Papiere, aber sonst konnte man in keiner Weise erraten, was für Geheimnisse es bergen mochte.

»Ja,« sagte der Pfarrer, »heute morgen versetzte ich mich in die ganze Sache hinein und fand es ganz natürlich, daß alles so zugegangen wäre, und stellte mir auch vor, daß ich, nachdem Lilje bei einem Kreuzweg aus dem Schlitten gestiegen wäre, wohl gar nicht weiter an ihn gedacht, sondern nur in Gedanken mein Buch noch ein letztes Mal durchgegangen und gefunden hätte, daß alles darin makellos und vollendet sei, und daß kein Wort geändert zu werden brauche.«

»Ja, wenn ich in Eberhard Berggrens Haut gesteckt hätte, wäre ich auch nach der Ankunft in Svartsjö und während die Truhe versperrt und versiegelt wurde, in derselben fröhlichen Laune gewesen. Aber wenn mir dann der Pfarrer in Svartsjö gesagt hätte, dies könne ja jederzeit wieder rückgängig gemacht werden, falls es mich reuen sollte, dann hätte ich vielleicht etwas heftig geantwortet, weil es mich geärgert hätte, daß er glaubte, ich hätte mir nicht genau überlegt, was ich tat. >Nein, Bruder, hier kann keine Reue in Frage kommen,< hätte ich wohl geantwortet. >Aber eines verspreche ich dir, Bruder: wenn dein Gott mich zwingen kann, diese Truhe zu öffnen, dann will ich alles vernichten, was ich gegen ihn geschrieben habe.«

»Und wenn dann der Pfarrer in Svartsjö mich ermahnt hätte, Ihn nicht herauszufordern, der stärker sei als ich, dann hätte ich erwidert, daß ich nur jemand herausforderte, der bloß in der Einbildung der Menschen existierte.

»Glaubst du nicht, daß ich ganz so geantwortet hätte, wenn ich der Magister Eberhard gewesen wäre?« fragte der Pfarrer und sah die Frau noch einmal Zustimmung heischend an.

»Ach ja,« antwortete die Frau und nickte, »das glaube ich schon. Du bist ja schon völlig so wie der alte Eberhard.«

»Ja, darum handelt es sich eben,« sagte der Pfarrer. »Man muß ganz eins mit dem Manne sein, den man beurteilen soll. Sonst kann man nicht zur Klarheit kommen.«

»Und glaubst du nun nicht,« fuhr er fort, »glaubst du, die du mich kennst, nicht, daß ich mich, wenn ich Eberhard Berggren gewesen wäre, in demselben Augenblick, wo ich mich in den Schlitten setzte, um nach Ekeby zurückzufahren, — daß ich mich da nicht tief unglücklich gefühlt hätte? Glaubst du nicht, daß ich eine ganz furchtbare Sehnsucht nach meiner Arbeit empfunden hätte? Obgleich ich mir ja sagen müßte, daß es ein Glück sei, fertig zu sein, wäre ich doch furchtbar niedergeschlagen gewesen. Und glaubst du nicht, daß plötzlich das Alter über mich gekommen wäre, und daß die Krankheit, die ich bis dahin durch meinen Willen hatte unterjochen können, mir jetzt so arg zugesetzt hätte, daß ich mich kaum aufrecht zu erhalten vermochte, bis ich zu Hause anlangte. Nicht wahr, glaubst du nicht auch, daß es so gekommen wäre?«

»Ich kann nicht recht wissen, was ich glauben soll,« sagte die Frau, »aber ich denke schon, daß deine Arbeit dir gefehlt hätte.«

»Ja,« sagte der Pfarrer, »dies alles stellte ich mir heute morgen so vor. Ich wußte, daß ich nicht nur mein Buch vermissen, sondern daß ich auch furchtbar krank werden würde. Das Übel würde mit so furchtbarer Kraft über mich hereinbrechen, weil solch ein alter Mann, wie ich es wäre, jetzt gar nichts mehr hätte, womit er es zurückdrängen könnte, nichts, wofür er leben müßte, und so bliebe mir nichts anderes übrig, als mich hinzulegen und auf den Tod zu warten.

»Du wirst wissen, daß es damals hier im Ort keinen Arzt gab; aber irgendeine weise Frau wäre wohl gerufen worden, und sie hätte die Krankheit erkannt und gesagt, es sei Krebs. Und merkwürdigerweise wäre dies fast als ein Glück angesehen worden; denn damals glaubte man gar nicht, daß diese Krankheit unbedingt zum Tode führen müsse. Es gab nämlich eine alte Familie — Amnérus hieß sie wohl —, und die besaß ein Rezept, das den Krebs heilen konnte. Es wurde als ein großer Schatz betrachtet, streng geheim gehalten und vererbte sich wie ein Majorat in der Familie.

»Und nun kannst du dir wohl denken: Frau, wenn ich ein alter kranker Mann wäre, würde ich den ersten Tag benützen, an dem mir so wohl wäre, daß ich in einem Schlitten sitzen könnte, um zu diesen Leuten mit Namen Amnérus zu fahren, die das Rezept besäßen und Heilung für die furchtbaren Qualen hätten.

»Nun denke ich mir also, siehst du, Frau, daß ich bei der Familie Amnérus angefahren käme. Sie wohnten tief drinnen im Walde. Es gab keine Felder, keinen Garten, sondern der Wald stand bis dicht ans Haus heran. Und die Menschen dort waren klein und lichtscheu und trugen altväterische Kleider und hatten dünne, piepsende Stimmen.

»Ich denke, es würde mir sogleich auffallen, wie erschrocken sie aussähen, da sie mich erblickten. Ich würde zuerst gar nicht begreifen, warum sie davonlaufen zu wollen schienen, wenn ich mein Anliegen vorbrächte. Aber bald würde die Reihe, Angst zu haben, an mir sein. Denn ich würde erfahren, daß der Grund ihres Schreckens der sei, daß sie das Rezept nicht mehr hätten. Ja, was glaubst du, Frau, würde wohl ein armer Kranker fühlen, wenn er hörte, daß dieses Rezept ihnen von einem Knecht gestohlen sei, der in ihrem Dienst gestanden hätte, und sich aus irgendeinem Grunde an ihnen rächen wollte? Was würde ein Todkranker, der Linderung und Besserung erwartet hätte, denken, wenn sie die Geheimlade des Sekretärs herauszögen, wo sie das Rezept zu verwahren pflegten, und ihm zeigten, daß sie leer sei. Ja, sie sei leer; sie hätten keine Macht mehr über die Krankheit.

»Natürlich würde der Kranke sie fragen, ob sie denn die Mischung nicht so gut kennten, daß sie sie ohne Rezept zu bereiten vermöchten. Aber das wäre nicht der Fall. Niemand von ihnen kennte das Heilmittel; denn die Sache wäre so strenge geheimgehalten worden, daß immer nur eine Person sich hätte damit befassen dürfen. Und die unter den Schwestern, die die Bereitung des Heilmittels gekannt hätte, wäre an dem Tage, bevor es gestohlen worden, gestorben. Der Dieb hätte sich gerade diesen Zeitpunkt ausgewählt, sonst hätte er ja keinen Schaden gestiftet. Aber wo der Dieb sich jetzt befände, das wüßten sie nicht. Es wäre ein

versoffener wilder Geselle gewesen, vielleicht wäre er schon
bei irgendeiner Schlägerei ums Leben gekommen. Nur eines
wüßten sie sicher, daß er das Rezept genommen hätte. Denn
ehe er fortgegangen wäre, hätte er den Mägden ein blaues
Kuvert gezeigt und sich gerühmt, daß die Herrschaft ihn
noch vermissen würde.

»Und nun weiß ich ganz gewiß: wenn ich solch ein
kranker Mann gewesen wäre, ich würde, wenn ich dies von
dem blauen Kuvert gehört hätte, kein Wort weiter gefragt
haben, sondern wäre aus dem Zimmer gegangen, hätte mich
in den Wagen gesetzt und wäre davongefahren.

»Ja, nur davongefahren, Frau, um allein zu sein und die
Sache mit mir selbst durchzudenken. Dieses blaue Kuvert,
dieses blaue Kuvert, ich würde natürlich sogleich wissen,
wo es wäre. Und ich hätte doch erst einige wenige Tage
zuvor gesagt: >Wenn dein Gott mich zwingen kann, diese
Truhe zu öffnen, dann — —< Nein, nein, es wäre nicht
zugänglich, dieses Rezept, ohne daß meine ganze
Lebensarbeit vernichtet würde. Aber in dieser Arbeit lebte
Eberhard Berggren in Jugend und Klarheit; was sonst auf
Erden von ihm übrig wäre, das sei nur ein abgelebter Greis.
In früheren Tagen hätte Eberhard Berggren seine Arbeit
höher geschätzt als Freude und Lust und Liebe. Und dann
würde ich wohl die Fäuste ballen und denken — —«

Der Pfarrer trat dicht an seine Frau heran. »Du, die du
mich kennst, — was, glaubst du, hätte ich beschlossen,
wenn ich solch ein alter Mann wäre? Bedenke, daß ich
felsenfest glauben würde, daß mein Buch das beste und
weiseste Buch sei, das je geschrieben wurde, und bedenke,
daß ich glauben würde, daß das Rezept mich unfehlbar
gesund machen könne. Sage, wie glaubst du, daß ich
gehandelt hätte?«

»Ich glaube wohl, du hättest dich dafür entschieden, für dein Buch zu sterben,« sagte die Frau.

»Ja,« sagte der Pfarrer, »ich hätte die Fäuste geballt und gedacht, daß ich dieses Rezept ja gar nicht so notwendig brauchte, — ich könnte ja sterben. Und glaubst du auch, daß ich an meinem Vorsatze festgehalten hätte?«

»Ich weiß nicht,« sagte die Pastorin, »ich kenne dich nicht gut genug. Wenn es sich nur um den Tod gehandelt hätte. Aber nun waren da ja auch die Schmerzen.«

»Ich hätte innerlich gekämpft,« sagte der Pfarrer, »und in den ersten Tagen wäre die Krankheit sogar ein wenig zurückgewichen, weil ich den festen Entschluß gefaßt hätte, sie ihr Schlimmstes tun zu lassen. Aber nach ein paar Wochen hätte sie mich mit erneuter Kraft überfallen, und man hätte mir oben im Kavaliersflügel wieder ein Lager gebettet, und da hätte ich einsam gelegen, den ganzen Tag lang, und hätte mit den Schmerzen gekämpft.

»Und ich glaube wohl, wenn ich solch ein alter, unerschütterlicher Mann gewesen wäre, dann hätte ich zuweilen ganz gegen meinen Willen die Vorstellung gehabt, daß ich gegen Gott kämpfte. Ich hätte den Gedanken von mir gewiesen. Ich hätte gedacht, daß ich nicht mit jemandem kämpfen könne, der gar nicht da wäre. Es sei doch ein bloßer Zufall, würde ich sagen, daß ich Lilje mit dem Rezepte begegnet sei. Es sei durchaus keine lenkende Vorsehung, die ihn mir geschickt hätte. Es gäbe keine Vorsehung, und so könne sie auch nichts schicken.

»Aber einmal ums andre würde mir die Vorstellung kommen, daß ich daläge und mit unserm Herrgotte ränge. Vielleicht würde es mancher als Milde und Gnade betrachten, daß du mich wissen ließest, wo das gestohlene

Rezept zu finden sei. Der Dieb hätte es ja ebensogut vernichten können. Du willst wohl, daß ich es als eine sonderliche Gnade ansehe, daß es in Liljes Hände kam. Aber ich wünsche, es wäre vernichtet worden. Ich sehe es nicht als eine Gnade an, daß ich weiß, wo es zu finden ist. Ich betrachte es — — Ja, und dann würde ich mich wieder erinnern, daß ich in meinem Buch doch ganz unwiderleglich bewiesen hätte, daß es keinen Gott gebe, und würde den Zwist abbrechen.

»Ich denke, es muß eine große Versuchung, eine furchtbare Versuchung für den alten kranken Magister Eberhard gewesen sein: nur ein Wort an den Pfarrer in Svartsjö, und er hätte das Heilmittel in seiner Hand! Glaubst du nicht, daß er um dieser Versuchung willen die Qualen noch tausendmal verschärft empfand? Es handelte sich um einen furchtbaren Preis; aber wer wirklich krank ist, fragt wohl nach nichts anderm als nach der Gesundheit.

»Doch immerhin — wenn ich an seiner Stelle gewesen wäre, ich hätte versucht, auszuharren; hätte versucht, Gott und den Menschen zu zeigen, was Manneskraft vermag.

»Aber am schlimmsten wäre es an dem Tage gewesen, an dem Schneider Lilje auf den Hof gekommen wäre. Da wären die Qualen so furchtbar gewesen, daß ich in jeder Stunde meinen Tod erwartete. Und da wäre mir wohl der Gedanke gekommen, daß ich jemand sagen müßte, was in diesem blauen Kuvert sei. Denn plötzlich hätte mich der Gedanke beängstigt, daß ich ein großes Unrecht gegen meine Mitmenschen beginge, wenn ich nicht sagte, wo dieses unschätzbare Heilmittel zu finden sei. Ich könnte es ja so einrichten, daß es erst nach meinem Tode hervorgenommen würde. Dann hätte nicht ich die Truhe geöffnet, dann könnte ja meine Arbeit unberührt liegen bleiben.

»Ich würde mir wohl denken, daß es am sichersten wäre, das Geheimnis niederzuschreiben, und niemanden vor meinem Tode von dieser Schrift Kenntnis erlangen zu lassen. Aber siehst du, Frau, es wäre wohl für einen Todkranken, dem die geringste Bewegung Qualen verursacht, nicht so leicht, die Feder zu führen.

»Und schließlich hätte ich wohl Lilje hereingerufen und ihm das Geheimnis anvertraut und ihm befohlen, das gestohlne Kuvert den Eigentümern zurückzugeben. Aber zu gleicher Zeit hätte ich ihm streng verboten, es vor meinem Tode aus der Truhe zu nehmen. Erst wenn ich in den Kirchhof gebettet wäre, dürfte er zu dem Pfarrer in Svartsjö gehen und mit ihm sprechen.

»Du kannst sicher sein, sobald ich mit Lilje gesprochen hätte, würde es mich wieder gereut haben. Man könnte sich doch auf einen solchen Kerl nicht verlassen. Es wäre klar, ich hätte jemandem sagen müssen, wo das Rezept zu finden sei. Aber ich hätte es niederschreiben sollen. Ich hätte niemanden vor meinem Tode darum wissen lassen dürfen.

»Und bei alledem hätte ich mit der stummen geheimen Hoffnung dagelegen, daß Lilje mir ungehorsam sein könnte.

»Ein paar Tage später würde ich etwas Eignes, Geheimnisvolles an der Frau bemerken können, die mich pflegte. Ich würde sehen, daß sie eine ganz besonders frohe und feierliche Miene machte, wenn sie mit einem warmen Trunke zu mir hereinkäme. Ich würde erschrecken, und ich würde mir selbst zuflüstern: Hüte dich, trinke nicht! Es kostet dich die Arbeit deines ganzen Lebens!

»Aber trotzdem, siehst du, Frau, würde ich wohl den Kopf vorstrecken und trinken; und mit jedem Tropfen, der über meine Lippen käme, würde ich Linderung fühlen. Ich würde das Glas von mir schieben wollen, wenn es halb geleert wäre, aber ich würde es nicht können. Und wenn ich es geleert hätte, würde ich mich auf einmal ganz gesund fühlen und vor Freude weinen.

»Nun will ich dir sagen, wie es mir weiter ergangen wäre, wenn ich der alte Eberhard gewesen wäre. Am nächsten Tage wären die Schmerzen wiedergekommen, und da hätte ich wieder von diesem Trank getrunken. Da hätten die Schmerzen aufgehört und wären in kleinen Zwischenräumen wieder zum Leben erwacht, aber am dritten Tage wären sie ganz verschwunden gewesen. Und ich würde sehr wohl wissen, was für einen Trank man mir gegeben hätte, ich würde begreifen, daß ich eine Niederlage erlitten hätte, aber ich wäre allzu glücklich, um weiter danach zu fragen.

»Dann würde ich wieder umhergehen und mich ganz gesund fühlen. Aber ich würde mich wohl hüten, jemand zu fragen, woher der Trank gekommen wäre, der mich geheilt hätte. Und ich glaube ganz gewiß nicht, daß mir jemand sagen würde, daß man die Truhe eröffnet und das Rezept herausgenommen hätte. Niemand würde es sagen, aber ich würde es doch wissen. Ich würde nach Svartsjö fahren und mir die Truhe ansehen, und sie würde versperrt und versiegelt in der Kirche stehen, aber ich würde doch wissen, daß sie eröffnet worden wäre. Und dann — —«

»Würdest du dich dann für verpflichtet halten, dein Buch zu vernichten?« fragte die Pastorsfrau.

»Ich glaube wohl, daß ich versuchen würde, Schlupfwinkel und Ausflüchte zu finden, aber ich würde nicht leugnen können, daß ich, wenn ich ein Ehrenmann sein wollte, mein Buch vernichten müßte.«

159

»Und würdest du es auch tun?«

»Ja, was glaubst du? Bedenke jetzt auch recht, was dieses Buch für mich bedeuten würde! Wäre es vernichtet, so wäre auch mein Name und mein Ruhm vernichtet.«

Die Pastorin sah mit einem warmen Blick zu ihrem Mann auf.

»Ja, du hast es vernichtet,« sagte sie, »du hast es vernichtet!«

»Ich danke dir,« sagte der Pastor.

Eine Weile ging er schweigend weiter.

»Nun aber: was denkst du jetzt von der Truhe?« fragte die Frau.

»Ich denke, daß es nicht gefährlich sein kann, sie zu öffnen. Du hast meine Frage jetzt so beantwortet, wie ich es wünschte.«

»Du und Magister Eberhard, ihr seid nicht eine und dieselbe Person,« sagte die Frau.

»Liebes Kind,« sagte der Pfarrer. »Wir wissen ja, daß der alte Eberhard alles, was ich jetzt erzählt habe, durchgemacht hat, und daß man die Truhe öffnen mußte, um das Rezept herauszunehmen, das ihn heilte. Aber wir dürfen nicht glauben, daß Magister Eberhard ein schlechterer Mann gewesen sei als irgendeiner von uns. Es ist, seit ich nun die Sache durchdacht habe, mein fester Glaube, daß er in aller Heimlichkeit die Schrift aus der Truhe genommen hat, und daß das große Buch des Unglaubens längst, längst vernichtet ist.«

»Aber die Truhe steht doch noch mit allen ihren Siegeln

da.«

»Ja, siehst du,« sagte der Pastor lächelnd, »allzuviel darfst du von einem alten Philosophen nicht verlangen. Du kannst nicht von ihm verlangen, daß er alle Menschen wissen lasse, daß er gezwungen war, nachzugeben. Ich glaube wohl, es war das Natürlichste, daß er die Truhe auf alle Fälle stehen ließ, wie sie stand. Er konnte es wohl nicht ertragen, daß alle Bekannten zu ihm kämen und sagten, jetzt müsse er wohl bekehrt sein und an Gott glauben.«

Die Frau grübelte ein wenig nach, und dann sagte sie: »Ja, das werden wir jetzt bald sehen, denn nun willst du sicherlich die Truhe öffnen.«

»Ja, jetzt öffne ich sie mit frohem Mut,« sagte der Pastor.

Und wenn das junge Jahr so um die Mittagszeit des Neujahrtags neunzehnhundert in den Wolken über der Svartsjöer Kirche geschwebt hätte, da hätte es den Pfarrer und die angesehensten Männer des Kirchspiels um eine schöne alte Mosaiktruhe versammelt gesehen. Und als sie feierlich eröffnet wurde, da enthielt sie ein paar Pakete: alte Gerichtsverhandlungen und Zeitungen.

Aber von gottesleugnerischer, himmelstürmender Philosophie, — nicht eine Zeile.

Die Legende von der Christrose

Die Räubermutter, die in der Räuberhöhle oben im Göinger Walde hauste, hatte sich eines Tages auf einen Bettelzug in das Flachland hinunter begeben. Der Räubervater selbst war ein friedloser Mann und durfte den Wald nicht verlassen, sondern mußte sich damit begnügen, den Wegfahrenden aufzulauern, die sich in den Wald wagten; doch zu der Zeit, als der Räubervater und die Räubermutter sich in dem Göinger Wald aufhielten, gab es im nördlichen Schoonen nicht allzuviel Reisende. Wenn es sich also begab, daß der Räubervater ein paar Wochen lang Pech mit seiner Jagd hatte, dann machte sich die Räubermutter auf die Wanderschaft. Sie nahm ihre fünf Kinder mit, und jedes der Kleinen hatte zerfetzte Fellkleider und Holzschuhe und trug auf dem Rücken einen Sack, der gerade so lang war wie es selbst. Wenn die Räubermutter zu einer Haustüre hereinkam, dann wagte niemand, ihr das zu verweigern, was sie verlangte, denn sie bedachte sich keinen Augenblick, in der nächsten Nacht zurückzukehren und das Haus anzuzünden, in dem man sie nicht freundlich aufgenommen hatte. Die Räubermutter und ihre Nachkommenschaft waren ärger als die Wolfsbrut, und gar mancher hatte Lust, ihnen seinen guten Speer nachzuwerfen, aber dies geschah niemals; denn man wußte, daß der Mann dort oben im Walde hauste und sich zu rächen wissen würde, wenn den Kindern oder der Alten etwas zuleide geschähe.

Wie nun die Räubermutter so von Hof zu Hof zog und

bettelte, kam sie eines schönen Tages nach Öved, das zu jener Zeit ein Kloster war. Sie klingelte an der Klosterpforte und verlangte etwas zu essen, und der Türhüter ließ ein kleines Schiebfensterchen herab und reichte ihr sechs runde Brote, eines für sie und eines für jedes Kind.

Aber während die Räubermutter so still vor der Klosterpforte stand, liefen ihre Kinder umher. Und nun kam eines von ihnen heran und zupfte sie am Rocke, zum Zeichen, daß es etwas gefunden hätte, was sie sich ansehen sollte, und die Räubermutter ging auch gleich mit ihm.

Das ganze Kloster war von einer hohen, starken Mauer umgeben, aber der kleine Junge hatte es zustande gebracht, ein kleines Hintertürchen zu finden, das angelehnt stand. Als die Räubermutter hinkam, stieß sie sogleich das Pförtchen auf und trat, ohne erst viel zu fragen, ein, wie es eben bei ihr der Brauch war.

Aber das Kloster Öved wurde zu jener Zeit von Abt Johannes regiert, der ein gar pflanzenkundiger Mann war. Er hatte sich hinter der Klostermauer einen kleinen Lustgarten angelegt, und in diesen drang nun die Räubermutter ein.

Im ersten Augenblick war sie so erstaunt, daß sie regungslos stehen blieb. Es war Hochsommerzeit, und der Garten des Abtes Johannes stand so voll von Blumen, daß es einem blau, und rot und gelb vor den Augen flimmerte, wenn man hineinsah. Aber bald zeigte sich ein vergnügtes Lächeln auf dem Gesicht der Räubermutter, und sie begann einen schmalen Gang hinunterzugehen, der zwischen vielen kleinen Blumenbeeten durchlief.

Im Garten stand der Laienbruder, der Gärtnergehilfe war, und jätete das Unkraut aus. Er war es, der die Tür in der

Mauer halb offen gelassen hatte, um Queckengras und Melde auf den Kehrichthaufen davor werfen zu können. Als er die Räubermutter mit ihren fünf Bälgern hinter sich her in den Lustgarten treten sah, stürzte er ihnen sogleich entgegen und befahl ihnen, sich zu trollen. Aber die alte Bettlerin ging weiter, als sei nichts geschehen. Sie ließ die Blicke hinauf und hinab wandern, sah bald die starren weißen Lilien an, die sich auf einem Beet ausbreiteten, und bald den Efeu, der die Klosterwand hoch emporkletterte, und bekümmerte sich nicht im geringsten um den Laienbruder.

Der Laienbruder dachte, sie hätte ihn nicht verstanden. Da wollte er sie am Arm nehmen, um sie nach dem Ausgang umzudrehen. Aber als die Räubermutter seine Absicht merkte, warf sie ihm einen Blick zu, vor dem er zurückprallte. Sie war unter ihrem Bettelsack mit gebeugtem Rücken gegangen, aber jetzt richtete sie sich zu ihrer vollen Höhe auf. — »Ich bin die Räubermutter aus dem Göinger Wald,« sagte sie, »rühr mich nur an, wenn du es wagst.« Und es sah aus, als ob sie nach diesen Worten ebenso sicher wäre, in Frieden von dannen zu ziehen, als hätte sie verkündet, daß sie die Königin von Dänemark sei.

Aber der Laienbruder wagte es dennoch, sie zu stören, obgleich er jetzt, wo er wußte, wer sie war, recht sanftmütig zu ihr sprach. — »Du mußt wissen, Räubermutter,« sagte er, »daß dies ein Mönchskloster ist, und daß es keiner Frau im Lande verstattet wird, hinter diese Mauer zu kommen. Wenn du nun nicht deiner Wege gehst, dann werden die Mönche mir zürnen, weil ich vergessen habe, das Tor zu schließen, und sie werden mich vielleicht von Kloster und Garten verjagen.«

Doch solche Bitten waren an die Räubermutter verschwendet. Die ging weiter durch die Rosenbeete und guckte sich den Ysop an, der mit lilafarbnen Blüten bedeckt war, und das Kaprifolium, das voll rotgelber Blumentrauben hing.

Da wußte sich der Laienbruder keinen andern Rat, als in das Kloster zu laufen und um Hilfe zu rufen.

Er kam mit zwei handfesten Mönchen zurück, und die Räubermutter sah sogleich, daß es nun Ernst wurde. Sie stellte sich breitbeinig in den Weg und begann mit gellender Stimme herauszuschreien, welche furchtbare Rache sie an dem Kloster nehmen würde, wenn sie nicht im Lustgarten bleiben dürfte, solange sie wollte. Aber die Mönche meinten, daß sie sie nicht zu fürchten brauchten, und sie dachten nur daran, sie zu vertreiben. Da stieß die Räubermutter schrille Schreie aus, stürzte sich auf sie und kratzte und biß, und ebenso machten es alle ihre Sprossen. Die drei Männer merkten bald, daß sie ihnen überlegen war. Es blieb ihnen nichts andres übrig, als in das Kloster zu gehen und Verstärkung zu holen.

Wie sie über den Pfad liefen, der in das Kloster führte, begegneten sie dem Abt Johannes, der herbeigeeilt war, um zu sehen, was für ein Lärm das wäre, den man vom Lustgarten hörte. Da mußten sie gestehen, daß die Räubermutter aus dem Göinger Walde in das Kloster gedrungen war; sie hätten nicht vermocht, sie zu vertreiben, und wollten sich nun Entsatz schaffen.

Aber Abt Johannes tadelte sie, daß sie Gewalt angewendet hätten, und verbot ihnen, um Hilfe zu rufen. Er schickte die beiden Mönche zu ihrer Arbeit zurück, und obgleich er ein alter, gebrechlicher Mann war, nahm er nur den Laienbruder mit in den Garten.

Als Abt Johannes dort anlangte, ging die Räubermutter

165

wie zuvor zwischen den Beeren umher. Und er konnte sich nicht genug über sie wundern. Er war ganz sicher, daß die Räubermutter nie zuvor in ihrem Leben einen Lustgarten erblickt hätte. Aber wie dem auch sein mochte, — sie ging zwischen allen den kleinen Beeten umher, die jedes mit einer andern Art fremder und seltsamer Blumen bepflanzt waren, und betrachtete sie, als wären es alte Bekannte. Es sah aus, als hätte sie schon öfters Immergrün und Salbei und Rosmarin gesehen. Einigen lächelte sie zu, und über andre wieder schüttelte sie den Kopf.

Abt Johannes liebte seinen Garten mehr als alle andern Dinge, die irdisch und vergänglich sind. So wild und grimmig die Räubermutter auch aussah, so konnte er es doch nicht lassen, Gefallen daran zu finden, daß sie mit drei Mönchen gekämpft hatte, um ihn in Ruhe zu betrachten. Er ging auf sie zu und fragte sie freundlich, ob ihr der Garten gefalle.

Die Räubermutter wendete sich heftig gegen Abt Johannes, denn sie war nur auf Hinterhalt und Überfall gefaßt, aber als sie seine weißen Haare und seinen gebeugten Rücken sah, da antwortete sie ganz freundlich: »Als ich ihn zuerst erblickte, da schien es mir, als ob ich nie etwas Schöneres gesehen hätte, aber jetzt merke ich, daß er sich mit einem andern nicht messen kann, den ich kenne.«

Abt Johannes hatte sicherlich eine andre Antwort erwartet. Als er hörte, daß die Räubermutter einen Lustgarten kennte, der schöner wäre, als der seine, bedeckten sich seine runzeligen Wangen mit einer schwachen Röte.

Der Gärtnergehilfe, der daneben stand, begann auch sogleich die Räubermutter zurechtzuweisen.»Dies ist Abt Johannes, Räubermutter,« sagte er, »der selber mit großem

Fleiß und Mühe von fern und nah die Blumen für seinen Garten gesammelt hat. Wir wissen alle, daß es im ganzen schoonischen Land keinen reicheren Lustgarten gibt, und es steht dir, die du das ganze liebe Jahr im wilden Walde hausest, wahrlich übel an, sein Werk meistern zu wollen.«

»Ich will niemand meistern, weder ihn, noch dich,« sagte die Räubermutter, »ich sage nur, wenn ihr den Lustgarten sehen könntet, an den ich denke, dann würdet ihr jegliche Blume, die hier steht, ausraufen und sie als Unkraut fortwerfen.«

Aber der Gärtnergehilfe war kaum weniger stolz auf die Blumen als Abt Johannes selbst, und als er diese Worte hörte, begann er höhnisch zu lachen. — »Ich kann mir wohl denken, daß du nur so schwätzest, Räubermutter, um uns zu reizen,« sagte er, »das wird mir ein schöner Garten sein, den du dir unter Tannen und Wacholderbüschen im Göinger Walde eingerichtet hast! Ich wollte meine Seele verschwören, daß du überhaupt noch nie hinter einer Gartenmauer gewesen bist.«

Die Räubermutter wurde rot vor Ärger, daß man ihr also mißtraute, und sie rief: »Es mag wohl sein, daß ich niemals vor heute hinter einer Gartenmauer gestanden habe, aber ihr Mönche, die ihr heilige Männer seid, solltet wohl wissen, daß der große Göinger Wald sich in jeder Weihnachtsnacht in einen Lustgarten verwandelt, um die Geburtsstunde unseres Herrn und Heilands zu feiern. Wir, die wir im Walde leben, haben dies nun jedes Jahr geschehen sehen, und in diesem Lustgarten habe ich so herrliche Blumen geschaut, daß ich es nicht wagte, die Hand zu erheben, um sie zu brechen.«

Da lachte der Laienbruder noch lauter und stärker: »Es ist gar leicht für dich, dazustehen und mit derlei zu prahlen, was kein Mensch sehen kann. Aber ich kann nicht glauben, es könnte etwas andres als Lüge sein, daß der Wald Christi Geburtsstunde an einer solchen Stelle feiern sollte, wo so unheilige Leute wohnen, wie du und der Räubervater.« — »Und das, was ich sage, ist doch ebenso wahr,« entgegnete die Räubermutter, »wie daß du es nicht wagen würdest, in einer Weihnachtsnacht in den Wald zu kommen, um es zu sehen.« Der Laienbruder wollte ihr von neuem antworten, aber Abt Johannes bedeutete ihm durch ein Zeichen, stillzuschweigen. Denn Abt Johannes hatte schon seit seiner Kindheit erzählen hören, daß der Wald sich in der Weihnachtsnacht in ein Feierkleid hülle. Er hatte sich oft danach gesehnt, es zu sehen, aber es war ihm niemals gelungen. Nun begann er die Räubermutter gar eifrig zu bitten und anzurufen, sie möge ihn um die Weihnachtszeit in die Räuberhöhle kommen lassen. Wenn sie nur eins ihrer Kinder schickte, ihm den Weg zu zeigen, dann wolle er allein hinaufreiten, und er würde sie nie und nimmer verraten, sondern sie im Gegenteil so reich belohnen, wie es nur in seiner Macht stünde.

Die Räubermutter weigerte sich zuerst, denn sie dachte an den Räubervater und an die Gefahr, der sie ihn preisgab, wenn sie Abt Johannes in ihre Höhle kommen ließe; aber dann wurde doch der Wunsch, ihm zu zeigen, daß der Lustgarten, den sie kannte, schöner sei als der seinige, in ihr übermächtig, und sie gab nach.

»Aber mehr als einen Begleiter darfst du nicht mitnehmen,« sagte sie. »Und du darfst uns keinen Hinterhalt und keine Falle stellen, so gewiß du ein heiliger Mann bist.«

Dies versprach Abt Johannes, und damit ging die Räubermutter. Aber Abt Johannes befahl dem Laienbruder, niemand zu verraten, was nun vereinbart worden war. Er fürchtete, daß seine Mönche, wenn sie von seinem Vorhaben etwas erführen, einem alten Mann, wie er es war, nicht gestatten würden, hinauf in die Räuberhöhle zu ziehen.

Auch er selbst wollte den Plan keiner Menschenseele verraten. Aber da begab es sich, daß Erzbischof Absalon aus Lund gereist kam und eine Nacht in Öved verbrachte. Als nun Abt Johannes ihm seinen Garten zeigte, fiel ihm der Besuch der Räubermutter ein; und der Laienbruder, der dort umherging und arbeitete, hörte, wie der Abt dem Bischof vom Räubervater erzählte, der nun so viele Jahre vogelfrei im Walde gehaust hätte, und um einen Freibrief für ihn bat, damit er wieder ein ehrliches Leben unter andern Menschen führen könnte. — »Wie es jetzt geht,« sagte Abt Johannes, »wachsen seine Kinder zu ärgeren Missetätern heran, als er selbst einer ist, und Ihr werdet es dort oben im Walde bald mit einer ganzen Räuberbande zu tun bekommen.«

Doch Erzbischof Absalon erwiderte, daß er den bösen Räuber nicht auf die ehrlichen Leute im Lande loslassen wolle. Es sei für alle am besten, wenn er dort oben in seinem Walde bliebe.

Da wurde Abt Johannes eifrig und begann dem Bischof vom Göinger Wald zu erzählen, der sich jedes Jahr rings um die Räuberhöhle in Weihnachtsschmuck kleide. »Wenn diese Räuber nicht schlimmer sind, als daß Gottes Herrlichkeit sich ihnen zeigen will,« sagte er, »so können sie wohl auch nicht zu schlecht sein, um die Gnade der Menschen zu erfahren.«

Aber der Erzbischof wußte Abt Johannes zu antworten. — »Soviel kann ich dir versprechen, Abt Johannes,« sagte er und lächelte, »an welchem Tage immer du mir eine Blume aus dem Weihnachtsgarten im Göinger Walde schickst, will ich dir einen Freibrief für alle Friedlosen geben, für die du mich bitten magst.«

Der Laienbruder sah, daß Bischof Absalon ebensowenig wie er selbst an die Geschichte der Räubermutter glaubte, aber Abt Johannes merkte nichts davon, sondern dankte Absalon für sein gütiges Versprechen und sagte, die Blume wollte er ihm schon schicken.

* *

*

Abt Johannes setzte seinen Willen durch, und am nächsten Weihnachtsabend saß er nicht daheim in Öved, sondern war auf dem Wege nach Göinge. Einer der wilden Jungen der Räubermutter lief vor ihm her, und zum Geleit hatte er den Knecht, der im Lustgarten mit der Räubermutter gesprochen hatte.

Abt Johannes hatte sich den ganzen Herbst über schon sehr danach gesehnt, diese Fahrt anzutreten, und freute sich nun sehr, daß sie zustande gekommen war. Aber ganz anders stand es mit dem Laienbruder, der ihm folgte. Er hatte Abt Johannes von Herzen lieb und würde es nicht gern einem andern überlassen haben, ihn zu begleiten und über ihn zu wachen, aber er glaubte keineswegs, daß sie einen Weihnachtsgarten zu Gesicht bekommen würden, er dachte nichts andres, als daß das Ganze eine Falle sei, die die Räubermutter mit großer Schlauheit Abt Johannes gelegt hätte, damit er ihrem Mann in die Hände falle.

Während Abt Johannes nordwärts zur Waldgegend ritt, sah er, wie überall Anstalten getroffen wurden, das Weihnachtsfest zu feiern. In jedem Bauerndorf machte man Feuer in der Badehütte, damit sie zum nachmittägigen Bade warm sei. Aus den Vorratskammern wurden große Mengen von Fleisch und Brot in die Hütten getragen, und aus den

170

Tennen kamen die Burschen mit großen Strohgarben, die über den Boden gestreut werden sollten.

Als er an dem kleinen Dorfkirchlein vorüberritt, sah er, wie der Priester und seine Küster vollauf damit beschäftigt waren, sie mit den besten Geweben zu behängen, die sie nur hatten auftreiben können; und als er zu dem Wege kam, der nach dem Kloster Bosjö führte, sah er die Armen des Klosters mit großen Brotlaiben und langen Kerzen daherwandern, die sie an der Klosterpforte bekommen hatten.

Als Abt Johannes alle diese Weihnachtszurüstungen sah, da spornte er zur Eile an. Denn er dachte daran, daß seiner ein größeres Fest harre, als irgendeiner der anderen feiern sollte.

Doch der Knecht jammerte und klagte, als er sah, wie sie sich auch in der kleinsten Hütte anschickten, das Weihnachtsfest zu feiern. Und er wurde immer ängstlicher und bat und beschwor Abt Johannes, umzukehren und sich nicht freiwillig in die Hände der Räuber zu geben.

Aber Abt Johannes ritt weiter, ohne sich um seine Klagen zu kümmern. Er hatte bald das Flachland hinter sich und kam nun hinauf in die einsamen, wilden Wälder. Hier wurde der Weg schlechter. Er war eigentlich nur noch ein steiniger, nadelbestreuter Pfad, und nicht Brücke nicht Steg halfen ihnen über Flüsse und Bäche. Je länger sie ritten, desto kälter wurde es, und tief drinnen im Walde war der Boden mit Schnee bedeckt.

Es war ein langer und beschwerlicher Ritt. Sie schnitten auf steilen und schlüpfrigen Seitenpfaden den Weg ab und zogen über Moor und Sumpf, drangen durch Windbrüche und Dickicht. Gerade als der Tag zur Neige ging, führte der

Räuberjunge sie über eine Waldwiese, die von hohen Bäumen umgeben war, von nackten Laubbäumen und von grünen Nadelbäumen. Hinter der Wiese erhob sich eine Felswand, und in der Felswand sahen sie eine Tür aus rohen Planken. Nun merkte Abt Johannes, daß sie am Ziel waren, und er stieg vom Pferde. Das Kind öffnete ihm die schwere Tür, und er sah in eine ärmliche Berggrotte mit nackten Steinwänden. Die Räubermutter saß an einem Blockfeuer, das mitten auf dem Boden brannte, an den Wänden standen Lagerstätten aus Tannenreisig und Moos, und auf einer von ihnen lag der Räubervater und schlief. — »Kommt herein, ihr dort draußen!« rief die Räubermutter, ohne aufzustehen. »Und nehmt die Pferde mit, damit sie nicht draußen in der Nachtkälte zugrunde gehen!«

Abt Johannes trat nun kühnlich in die Grotte, und der Laienbruder folgte ihm. Da sah es gar ärmlich und dürftig aus, und nichts war geschehen, um das Weihnachtsfest zu feiern. Die Räubermutter hatte weder gebraut, noch gebacken, sie hatte weder gefegt, noch gescheuert. Ihre Kinder lagen auf der Erde rings um einen Kessel, aus dem sie aßen; aber darin war nichts besseres als dünne Wassergrütze.

Doch die Räubermutter war ebenso stolz und selbstbewußt wie nur irgendeine wohlbestallte Bauersfrau. — »Setze dich nun hier ans Feuer, Abt Johannes, und wärme dich,« sagte sie, »und wenn du Wegzehrung mitgebracht hast, so iß, denn was wir hier im Walde kochen, wird dir wohl nicht munden. Und wenn du vom Ritt müde bist, kannst du dich auf eine dieser Lagerstätten ausstrecken und ruhen. Du brauchst keine Angst zu haben, daß du dich verschlafen könntest. Ich sitze hier am Feuer und wache, und ich will dich schon wecken, damit du zu sehen bekommst, wonach du ausgeritten bist.«

Abt Johannes gehorchte der Räubermutter in allen Stücken und nahm seinen Schnappsack hervor. Aber er war nach dem Ritt so müde, daß er kaum zu essen vermochte; und sowie er sich auf dem Lager ausgestreckt hatte, schlummerte er ein.

Dem Laienbruder ward auch eine Ruhestatt angewiesen, aber er wagte nicht, zu schlafen, weil er ein wachsames Auge auf den Räubervater haben wollte, damit dieser nicht etwa aufstünde und Abt Johannes fesselte. Allmählich jedoch erlangte die Müdigkeit auch über ihn solche Gewalt, daß er einschlummerte. Als er erwachte, sah er, daß Abt Johannes sein Lager verlassen hatte und jetzt am Feuer saß und mit der Räubermutter Zwiesprach pflog. Der Räubervater saß daneben. Er war ein hochaufgeschossener magerer Mann und sah schwerfällig und trübsinnig aus. Er kehrte Abt Johannes den Rücken, und es sah aus, als wolle er nicht zeigen, daß er dem Gespräch zuhörte.

Abt Johannes erzählte der Räubermutter von allen den Weihnachtszurüstungen, die er unterwegs gesehen hatte, und er erinnerte sie an die Weihnachtsfeste und die fröhlichen Weihnachtsspiele, die wohl auch sie in ihrer Jugend mitgemacht hätte, als sie noch in Frieden unter den Menschen lebte. — »Es ist ein Jammer, daß eure Kinder nie verkleidet auf der Dorfstraße umhertollen oder im Weihnachtsstroh spielen dürfen,« sagte Abt Johannes. Die Räubermutter hatte ihm zuerst kurz und barsch geantwortet, aber so allmählich wurde sie kleinlauter und lauschte eifrig. Plötzlich wendete sich der Räubervater gegen Abt Johannes und hielt ihm die geballte Faust vor das Gesicht. — »Du elender Mönch, bist du hierhergekommen, um Weib und Kinder von mir fortzulocken? Weißt du nicht, daß ich ein friedloser Mann bin und diesen Wald nicht verlassen darf?« Abt Johannes sah ihm unerschrocken gerade in die Augen. — »Mein Wille ist es, dir einen Freibrief vom Erzbischof zu verschaffen,« sagte er. Kaum hatte er dies gesagt, als der Räubervater und die Räubermutter ein schallendes Gelächter aufschlugen. Sie wußten nur zu wohl, welche Gnade ein Waldräuber vom Bischof Absalon zu erwarten hatte. — »Ja, wenn ich einen Freibrief von Absalon bekomme,« sagte der Räubervater, »dann gelobe ich dir, nie mehr auch nur soviel wie eine Gans zu stehlen.«

Den Gärtnergehilfen verdroß es sehr, daß das Räuberpack sich vermaß, Abt Johannes auszulachen; aber dieser selbst schien es ganz zufrieden zu sein. Der Knecht hatte ihn kaum je friedvoller und milder unter seinen Mönchen auf Öved sitzen sehen, als er ihn jetzt unter den wilden Räuberleuten sah.

Aber plötzlich sprang die Räubermutter auf.

»Du sitzest hier und plauderst, Abt Johannes,« sagte sie, »und wir vergessen ganz, nach dem Wald zu sehen. Jetzt höre ich bis in unsere Höhle, wie die Weihnachtsglocken läuten.«

Kaum war dies gesagt, als alle aufsprangen und hinausliefen; aber im Walde war noch dunkle Nacht und grimmiger Winter. Das einzige, was man vernahm, war ferner Glockenklang, der von einem leisen Südwind hergetragen wurde.

Wie soll dieser Glockenklang den toten Wald wecken können? dachte Abt Johannes. Denn jetzt, wo er mitten im Waldesdunkel stand, schien es ihm viel unmöglicher als früher, daß hier ein Lustgarten erstehen könnte.

Aber als die Glocke ein paar Augenblicke geläutet hatte, zuckte plötzlich ein Lichtstrahl durch den Wald. Gleich darauf wurde es ebenso dunkel wie zuvor, aber dann kam das Licht wieder. Es kämpfte sich wie ein leuchtender Nebel zwischen den dunkeln Bäumen durch. Und soviel vermochte es, daß die Dunkelheit in schwache Morgendämmerung überging.

Da sah Abt Johannes, wie der Schnee vom Boden verschwand, als hätte jemand einen Teppich fortgezogen; und die Erde begann zu grünen. Das Farrnkraut streckte seine Triebe hervor, eingerollt wie Bischofstäbe. Die Erika, die auf der Steinhalde wuchs, und der Porsch, der im Moor wurzelte, kleideten sich rasch in frisches Grün. Die Mooshügelchen schwollen und hoben sich, und die Frühlingsblumen schossen mit schwellenden Knospen auf, die schon einen Schimmer von Farbe hatten.

Abt Johannes klopfte das Herz heftig, als er die ersten Zeichen sah, daß der Wald erwachen wollte. — Soll nun ich alter Mann ein solches Wunder schauen! dachte er. Und die Tränen wollten ihm in die Augen treten.

Nun wurde es wieder so dämmerig, daß er fürchtete, die nächtliche Finsternis könnte aufs neue Macht erlangen. Aber sogleich kam eine neue Lichtwelle hereingebrochen. Die brachte das Murmeln von Bächlein und das Rauschen der eisbefreiten Bergströme mit. Da schlugen die Blätter der Laubbäume so rasch aus, als wären grüne Schmetterlinge herangeflattert und hätten sich auf den Zweigen niedergelassen. Und nicht nur die Bäume und Pflanzen erwachten. Die Kreuzschnäbel begannen über die Zweige zu hüpfen. Die Spechte hämmerten an die Stämme, daß die Holzsplitter nur so flogen. Ein Zug Stare, der das Land hinanflog, ließ sich in einem Tannenwipfel nieder, um zu ruhen. Es waren prächtige Stare. Die Spitze jedes kleinen Federchens leuchtete glänzend rot, und wenn die Vögel sich bewegten, glitzerten sie wie Edelsteine.

Wieder wurde es für ein Weilchen still, aber bald begann es von neuem. Ein starker, warmer Südwind blies und säte über die Waldwiese alle die Samen aus südlichen Ländern, die von Vögeln und Schiffen und Winden in das Land gebracht worden waren und auf seinem kargen Boden nirgend anders blühen konnten; und sie schlugen Wurzel und schossen Triebe in demselben Augenblick, da sie den Boden berührten.

Als die nächste Welle kam, fingen Blaubeeren und Preißelbeeren zu blühen an. Wildgänse und Kraniche riefen hoch oben in der Luft, die Buchfinken bauten ihr Nest, und die Eichhörnchen begannen in den Baumzweigen zu spielen.

Alles ging nun so rasch, daß Abt Johannes gar nicht Zeit hatte, zu überlegen, welches Wunder gerade geschah. Er hatte nur Zeit, Augen und Ohren weit aufzumachen. Die nächste Welle, die herangebraust kam, brachte den Duft frischgepflügter Felder. Aus weiter Ferne hörte man, wie die Hirtinnen die Kühe lockten, und wie die Glöckchen der Lämmer klingelten. Tannen und Fichten bekleideten sich so dicht mit kleinen roten Zapfen, daß die Bäume wie Seide leuchteten. Der Wacholder trug Beeren, die jeden Augenblick die Farbe wechselten. Und die Waldblumen bedeckten den Boden, daß er ganz weiß und blau und gelb war.

Abt Johannes beugte sich zur Erde und brach eine Erdbeerblüte. Und während er sich aufrichtete, reifte die Beere. Die Füchsin kam aus ihrer Höhle mit einer großen Schar von schwarzbeinigen Jungen hinter sich her. Sie ging auf die Räubermutter zu und rieb sich an ihrem Rock, und die Räubermutter beugte sich zu ihr hinunter und lobte ihre Jungen. Der Uhu, der eben seine nächtige Jagd begonnen hatte, kehrte wieder nach Hause zurück, ganz erstaunt über das Licht, suchte seine Schlucht auf und legte sich schlafen. Der Kuckuck rief, und das Kuckucksweibchen umkreiste mit einem Ei im Schnabel die Nester der Singvögel.

Die Kinder der Räubermutter stießen zwitschernde Freudenschreie aus. Sie aßen sich an den Waldbeeren satt, die groß wie Tannenzapfen an den Sträuchern hingen. Eines von ihnen spielte mit einer Schar junger Hasen, ein andres lief mit den jungen Krähen um die Wette, die aus dem Nest gehüpft waren, ehe sie noch flügge waren, das dritte hob die Natter vom Boden und wickelte sie sich um Hals und Arm. Der Räubervater stand draußen auf dem Moor und aß Brombeeren. Als er aufsah, ging ein großes schwarzes Tier neben ihm einher. Da brach der Räubervater einen Weidenzweig und schlug dem Bären auf die Schnauze. — »Bleib du, wo du hingehörst,« sagte er. »Das ist mein Platz.« Da machte der Bär kehrt und trabte nach seiner Seite fort.

Immer wieder kamen neue Wellen von Wärme und Licht, und jetzt brachten sie Entengeschnatter vom Waldmoor her. Gelber Blütenstaub von den Feldern schwebte in der Luft. Schmetterlinge kamen, so groß, daß sie wie fliegende Lilien aussahen. Das Nest der Bienen in einer hohlen Eiche war schon so voll von Honig, daß er am Stamm hinuntertropfte. Jetzt begannen auch die Blumen sich zu entfalten, deren Samen aus fremden Ländern gekommen waren. Die Rosenbüsche kletterten um die Wette mit den Brombeeren die Felswand hinan, und oben auf der Waldwiese sprossen Blumen, so groß wie ein Menschengesicht. Abt Johannes dachte an die Blume, die er für Bischof Absalon pflücken wollte, aber eine Blume wuchs herrlicher heran als die andre, und er wollte die allerschönste wählen.

Welle um Welle kam, und jetzt war die Luft so von Licht durchtränkt, daß sie glitzerte. Und alle Lust und aller Glanz und alles Glück des Sommers lächelte rings um Abt

Johannes. Es war ihm, als könnte die Erde keine größere Freude bringen als die, die ihn über den plötzlichen Anbruch der schönen Jahreszeit erfüllte, und er sagte zu sich selbst: »Jetzt weiß ich nicht, was die nächste Welle, die kommt, noch an Herrlichkeit bringen kann.«

Aber das Licht strömte noch immer zu, und jetzt däuchte es Abt Johannes, daß es etwas aus einer unendlichen Ferne bringe. Er fühlte, wie überirdische Luft ihn umwehte, und er begann zitternd zu erwarten, es würde nun, nachdem die Freude der Erde gekommen war, des Himmels Herrlichkeit anbrechen.

Abt Johannes merkte, wie alles still wurde: die Vögel verstummten, die jungen Füchslein spielten nicht mehr, und die Blumen ließen ab, zu wachsen. Die Seligkeit, die nahte, war von der Art, daß einem das Herz stillstehen wollte; das Auge weinte, ohne daß es darum wußte, die Seele sehnte sich, in die Ewigkeit hinüberzufliegen. Aus weiter, weiter Ferne hörte man leise Harfentöne und überirdischen Gesang. Abt Johannes faltete die Hände und sank in die Knie. Sein Gesicht strahlte von Seligkeit. Nie hatte er erwartet, daß es ihm beschieden sein würde, schon in diesem Leben des Himmels Wonne zu kosten und die Engel Weihnachtslieder singen zu hören.

Aber neben Abt Johannes stand der Gärtnergehilfe, der ihn begleitet hatte. Er sah den Räuberwald voll Grün und Blumen, und er wurde zornig in seinem Herzen, weil er sah, daß er einen solchen Lustgarten nie und nimmer schaffen könnte, wie er sich auch mit Hacke und Spaten mühte. Und er vermochte nicht zu begreifen, warum Gott solche Herrlichkeit an das Räubergesindel verschwende, das seine Gebote mißachtete.

Gar dunkle Gedanken zogen durch seinen Kopf. »Das

kann kein rechtes Wunder sein,« dachte er, »das sich bösen Missetätern zeigt. Das kann nicht von Gott stammen, das ist aus Zauberei entsprungen. Es ist von des Teufels arger List hierher gesandt. Es ist die Macht des bösen Feindes, die uns verhext und uns zwingt, das zu sehen, was nicht ist.«

In der Ferne hörte man Engelsharfen klingen, und Engelgesang ertönte, aber der Laienbruder glaubte, daß es die böse Macht der Unholde sei, die nahe. »Sie wollen uns locken und verführen,« seufzte er, »nie kommen wir mit heiler Haut davon, wir werden betört und dem Abgrund verkauft.«

Jetzt waren die Engelscharen so nahe, daß Abt Johannes ihre Lichtgestalten zwischen den Stämmen des Waldes schimmern sah. Und der Laienbruder sah dasselbe wie er, aber er dachte nur, welche Arglist darin läge, daß die bösen Geister ihre Künste gerade in der Nacht betrieben, in der der Heiland geboren war. Dies geschah ja nur, um die Christen um so sicherer ins Verderben zu stürzen.

Die ganze Zeit über hatten die Vögel Abt Johannes Haupt umschwärmt, und er hatte sie zwischen seine Hände nehmen können. Aber vor dem Laienbruder hatten sich die Tiere gefürchtet: kein Vogel hatte sich auf seine Schulter gesetzt, und keine Schlange spielte zu seinen Füßen. Nun war da eine kleine Waldtaube. Als sie merkte, daß die Engel nahe waren, nahm sie ihren ganzen Mut zusammen und flog dem Laienbruder auf die Schulter und schmiegte das Köpfchen an seine Wange. Da vermeinte er, daß der Zauber ihm nun völlig auf den Leib rücke, ihn in Versuchung zu führen und zu verderben. Er schlug mit der Hand nach der Waldtaube und rief mit lauter Stimme, so daß es durch den Wald hallte:

»Zeuch du zur Hölle, von wannen du kommen bist!«

Gerade da waren die Engel so nahe, daß Abt Johannes den Hauch ihrer mächtigen Fittiche fühlte, und er hatte sich zur Erde geneigt, sie zu grüßen. Aber als die Worte des Laienbruders ertönten, da verstummte urplötzlich ihr Gesang, und die heiligen Gäste wendeten sich zur Flucht. Und ebenso floh das Licht und die milde Wärme in unsäglichem Schreck vor der Kälte und Finsternis in einem Menschenherzen. Die Dunkelheit sank auf die Erde hinab wie eine Decke, die Kälte kam, die Pflanzen auf dem Boden schrumpften zusammen, die Tiere enteilten, das Rauschen der Wasserfälle verstummte, das Laub fiel von den Bäumen, prasselnd wie Regen.

Abt Johannes fühlte, wie sein Herz, das eben vor Seligkeit gezittert hatte, sich jetzt in unsäglichem Schmerz zusammenkrampfte. Niemals kann ich dies überleben, dachte er, daß die Engel des Himmels mir so nahe waren und vertrieben wurden, daß sie mir Weihnachtslieder singen wollten und in die Flucht gejagt wurden.

In demselben Augenblick erinnerte er sich an die Blume, die er Bischof Absalon versprochen hatte, und er beugte sich zur Erde und tastete unter dem Moos und Laub, um noch im letzten Augenblick etwas zu finden. Aber er fühlte, wie die Erde unter seinen Fingern gefror, und wie der weiße Schnee über den Boden geglitten kam.

Da ward sein Herzeleid noch größer. Er konnte sich nicht erheben, sondern mußte auf dem Boden liegen bleiben.

Aber als die Räubersleute und der Laienbruder sich in der tiefen Dunkelheit zur Räuberhöhle zurückgetappt hatten, da vermißten sie Abt Johannes. Sie nahmen glühende Scheite aus dem Feuer und zogen aus, ihn zu suchen, und sie fanden ihn tot auf der Schneedecke liegen.

Und der Laienbruder hub an zu weinen und zu klagen, denn er erkannte, daß er es war, der Abt Johannes getötet hatte, weil er ihm den Freudenbecher entrissen, nach dem er gelechzt hatte.

Aber als Abt Johannes nach Öved hinuntergebracht worden war, sahen die, die sich des Toten annahmen, daß er seine rechte Hand hart um etwas geschlossen hielt, was er in seiner Todesstunde umklammert haben mußte. Und als sie die Hand endlich öffnen konnten, fanden sie, daß, was er mit solcher Stärke festhielt, ein paar weiße Wurzelknollen waren, die er aus Moos und Laub hervorgerissen hatte. Und als der Laienbruder, der Abt Johannes geleitet hatte, diese Wurzeln sah, nahm er sie und pflanzte sie in des Abtes Garten in die Erde.

Er pflegte sie und wartete das ganze Jahr, daß eine Blume daraus erblühe, doch er wartete vergebens den ganzen Frühling und Sommer und Herbst. Als endlich der Winter anbrach und alle Blätter und Blumen tot waren, hörte er auf zu warten. Als aber der Weihnachtsabend kam, da überkam ihn die Erinnerung an Abt Johannes so mächtig, daß er in den Lustgarten hinausging, seiner zu gedenken. Und siehe, wie er nun an der Stelle vorbeikam, wo er die kahlen Wurzelknollen eingepflanzt hatte, da sah er, daß üppige grüne Stengel daraus emporgesproßt waren, die schöne Blumen mit silberweißen Blättern trugen.

Da rief er alle Mönche von Öved zusammen; und als sie sahen, daß diese Pflanze am Weihnachtsabend blühte, wo alle andern Blumen tot waren, da erkannten sie, daß sie wirklich von Abt Johannes aus dem Weihnachtslustgarten im Göinger Wald gepflückt war.

Aber der Laienbruder sagte den Mönchen, da nun ein so großes Wunder geschehen sei, sollten sie einige von den Blumen dem Bischof Absalon schicken.

Als nun der Laienbruder vor Bischof Absalon hintrat, reichte er ihm die Blumen und sagte: »Dies schickt dir Abt Johannes. Es sind die Blumen, die er dir aus dem Weihnachtslustgarten im Göinger Walde zu pflücken versprochen hat.«

Und als Bischof Absalon die Blumen sah, die in dunkler Winternacht der Erde entsprossen waren, und als er die Worte hörte, wurde er so bleich, als wäre er einem Toten begegnet. Eine Weile saß er schweigend da, dann sagte er: »Abt Johannes hat sein Wort gut gehalten; so will auch ich das meine halten.« Und er ließ einen Freibrief für den wilden Räuber ausstellen, der von Jugend an friedlos im Walde gelebt hatte.

Er übergab dem Laienbruder den Brief, und dieser zog damit von dannen, hinauf in den Wald und suchte den Weg zur Räuberhöhle. Als er am Weihnachtstage dort eintrat, da eilte ihm der Räuber mit erhobner Axt entgegen. — »Ich will euch Mönche niederschlagen, so viele euer auch sind!« rief er. »Sicherlich hat sich um euretwillen der Göinger Wald in dieser Nacht nicht in sein Weihnachtskleid gehüllt.«

»Es ist einzig und allein meine Schuld,« sagte der Laienbruder, »und ich will gerne dafür sterben. Aber zuerst muß ich dir eine Botschaft von Abt Johannes bringen.« Und er zog den Brief des Bischofs heraus und verkündete ihm, daß er nicht mehr vogelfrei sei, und zeigte ihm das Siegel Absalons, das an dem Pergamente hing. — »Fortab sollst du mit deinen Kindern im Weihnachtsstroh spielen, und ihr sollt das Christfest unter den Menschen feiern, wie es der Wunsch des Abtes Johannes war,« sagte er.

Da blieb der Räubervater stumm und bleich stehen, aber die Räubermutter sagte in seinem Namen: »Abt Johannes hat sein Wort getreulich gehalten, so wird auch der

Räubervater das seine halten.«

Doch als der Räubervater und die Räubermutter aus der Räuberhöhle fortzogen, da zog der Laienbruder hinein und hauste dort einsam im Walde unter unablässigem Gebet, daß sein hartes Herz ihm verziehen werde.

Und niemand darf ein strenges Wort über einen sagen, der bereut und sich bekehrt hat, wohl aber kann man wünschen, daß seine bösen Worte ungesagt geblieben wären, denn nie mehr hat der Göinger Wald die Geburtsstunde des Heilands gefeiert, und von seiner ganzen Herrlichkeit lebt nur noch die Pflanze, die Abt Johannes dereinst gepflückt hat. Man hat sie Christrose genannt, und jedes Jahr läßt sie ihre weißen Blüten und ihre grünen Stengel um die Weihnachtszeit aus dem Erdreich sprießen, als könnte sie nie und nimmer vergessen, daß sie einmal in dem großen Weihnachtslustgarten erwachsen ist.

Der Wechselbalg

Die Trollin kam durch den Wald geschlichen, ihr Junges hatte sie in einer Rindenbutte, die sie auf dem Rücken trug. Es war groß und häßlich, mit Haaren wie Borsten, nadelscharfen Zähnen und einer Kralle am kleinen Finger; aber die Trollin glaubte natürlich, daß es gar kein schöneres Kind geben könne.

Wie die Trollin so einherging, kam sie zu einer Stelle, wo der Wald sich ein wenig lichtete. Ein Weg lief hier durch, holperig und schlüpfrig von Baumwurzeln, die sich darüber schlangen wie ein geknüpftes Netz. Und über den Weg kamen ein Bauer und sein Weib geritten.

Zuerst wollte die Trollin wieder in den Wald fliehen, damit niemand sie zu Gesicht bekomme, aber plötzlich bemerkte sie, daß die Bäuerin ein Kind auf dem Arme trug, und da wurde sie andern Sinnes. Sie schlich sich näher zum Weg heran und versteckte sich hinter einem Haselstrauch. »Ich will doch sehen, ob das Menschenkind ebenso schön sein kann wie meines,« dachte die Trollin.

Aber in ihrem Eifer streckte sie sich zu weit aus dem Busch vor, und als die Reitenden sich näherten, erblickten die Pferde den großen schwarzen Trollkopf. Sie erschraken, stellten sich auf die Hinterbeine, scheuten und gingen durch. Fast wären der Bauer und sein Weib abgeworfen worden. Sie stießen einen Schrei aus, beugten sich vor, um die Zügel anzureißen, und waren im nächsten Augenblick verschwunden.

Die Trollin grinste vor Wut. Jetzt hatte sie das Menschenkind kaum zu Gesicht bekommen. Aber plötzlich wurde sie wieder seelenvergnügt, denn da lag ja das Kind gerade vor ihr auf der Erde. Es war der Bäuerin aus dem Arm gefallen, als die Pferde durchgingen.

Das Kind lag auf einem Haufen dürrer Blätter und war ganz unversehrt. Es schrie laut vor Schrecken über den Fall; aber als die Trollin sich darüber beugte, schien es so belustigt über den erstaunlichen Anblick, daß es verstummte und lächelte und das Händchen ausstreckte, um sie an ihrem schwarzen Bart zu zupfen.

Aber die Trollin stand ganz verblüfft da und betrachtete das Menschenkind. Sie sah die kleinen Händchen an mit den rosenroten Nägeln, die klaren blauen Äuglein und das kleine Mündchen. Sie befühlte das weiche Haar, strich über die Wangen und wußte sich vor Staunen gar nicht zu fassen, daß ein Kind so rosig und weich und fein sein könnte.

Plötzlich riß die Trollin ihre Rindenbutte vom Rücken, holte ihr eignes Junges heraus und setzte es neben das Menschenkind. Und, als sie nun sah, welcher Unterschied zwischen den beiden war, konnte sie es nicht lassen, vor Wut laut aufzuheulen.

Unterdessen hatten der Bauer und sein Weib ihre Pferde wieder gebändigt, und sie kamen nun zurück, um ihr Kind zu suchen. Als die Trollin sie herankommen hörte, kamen ihr fast die Tränen, denn sie hatte sich noch lange nicht an dem Menschenkind satt gesehen. Sie blieb sitzen, bis die Reitenden fast in Sehweite waren, da faßte sie einen raschen Entschluß. Sie ließ ihr Junges am Wegesrand liegen, aber das

Menschenkind steckte sie in ihre Rindenbutte und lief damit in den Wald.

*   *

*

Kaum war die Trollin in den Wald verschwunden, als der Bauer und seine Frau zum Vorschein kamen.

Es waren prächtige Bauersleute, reich und geachtet und mit einem schönen Hof am Fuße des Waldhügels. Sie waren schon viele Jahre verheiratet, aber sie hatten nur dieses einzige Kindchen. Man kann sich also denken, wie sehr ihnen am Herzen lag, es wieder zu finden.

Die Frau war dem Manne um ein paar Pferdelängen voraus und erblickte zuerst das Kind, das am Wegesrand lag. Es schrie aus Leibeskräften, um die Trollin zurückzurufen, und die Bäuerin hätte schon an dem Geheul merken können, was für ein Kind das war. Aber sie hatte solche Angst ausgestanden, daß der Kleine sich im Fallen erschlagen haben könnte, daß sie bei dem Geschrei nur dachte: Gott sei Dank, daß er am Leben ist. »Da liegt das Kind,« rief sie dem Manne zu und glitt aus dem Sattel und lief auf das Trolljunge zu.

Als der Bauer zur Stelle kam, saß die Frau am Wegesrand und drehte das Kind hin und her und sah aus wie jemand, der seinen Sinnen nicht trauen kann. »Mein Kind hatte doch nicht Zähne wie die Stacheln,« sagte sie, und ihre Stimme drückte immer größeren und größeren Schrecken aus; »mein Kind hatte doch nicht Haare wie Schweinsborsten, mein Kind hatte doch keine Kralle am kleinen Finger.«

Der Bauer konnte nichts andres glauben, als daß sein Weib verrückt geworden sei, und sprang nun auch vom

187

Pferde. »Sieh das Kind an und sag, ob du begreifen kannst, wie es sich so verändert hat,« sagte die Frau und reichte es ihm. Er nahm es aus ihren Händen, aber kaum hatte er einen Blick darauf geworfen, als er dreimal ausspuckte und es von sich schleuderte. »Das ist doch ein Trolljunges,« rief er. »Das ist nicht unser Kind.« Die Frau saß noch immer am Wegesrand. Sie war nicht rasch von Gedanken und konnte nicht erraten, was sich begeben hätte. »Aber was tust du denn mit dem Kinde?« fragte sie. »Ja, merkst du denn nicht, daß das ein Wechselbalg ist?« sagte der Mann. »Die Trolle haben die Gelegenheit benutzt, als unsere Pferde durchgingen. Sie haben unser Kind gestohlen und eines von ihren eignen dafür hingelegt.« — »Aber wo ist denn dann jetzt mein Kind?« fragte die Frau. — »Das ist eben bei den Trollen,« antwortete der Mann.

Nun begriff die Frau endlich das ganze Unglück. Sie erbleichte, und der Mann glaubte, daß sie auf der Stelle ihren Geist aufgeben würde.

»Unser Kind kann ja nicht weit fort sein,« sagte der Mann und versuchte sie zu beschwichtigen, obgleich er selbst nicht viel Hoffnung hatte. »Wir wollen in den Wald gehen und es suchen.« Damit band er die Pferde an einen Baum und begab sich in das Dickicht. Die Frau stand auch auf, um ihm zu folgen, als sie bemerkte, daß das Trolljunge auf dem Boden lag und jeden Augenblick von den Pferden totgetrampelt werden könnte, die über seine Gegenwart unruhig schienen und einmal ums andre wild nach hinten ausschlugen. Sie schauderte bei dem Gedanken, den Wechselbalg anrühren zu müssen, aber sie schob ihn doch so, daß die Pferde ihn nicht zertreten konnten.

»Hier liegt die Schelle, die unser Kind in der Hand hatte, als du es fallen ließest,« rief der Bauer aus dem Wald. »Jetzt weiß ich, daß ich auf der rechten Spur bin.« Die Frau eilte ihm nach, und sie gingen in den Wald und suchten lange und eifrig. Aber sie fanden weder Kind noch Troll; und als die Dämmrung einbrach, mußten sie zu ihren Pferden zurückkehren.

Die Frau weinte und rang die Hände. Der Mann ging mit aufeinandergepreßten Lippen und sagte nicht ein Wort, um sie zu trösten. Er war aus altem gutem Stamm, der erloschen wäre, wenn er nicht einen Sohn bekommen hätte. Er ging jetzt einher und zürnte der Frau, weil sie das Kind hatte zu Boden fallen lassen. Sie hätte es doch vor allem andern festhalten müssen. Aber als er sah, wie betrübt sie war, brachte er es nicht übers Herz, sie zu tadeln.

Der Bauer hatte der Frau in den Sattel geholfen, als ihr der Wechselbalg einfiel. »Was sollen wir aber mit dem Trolljungen anfangen?« rief sie. — »Ja, wo ist denn das hingekommen?« sagte der Mann. — »Es liegt dort unter dem Busch.« — »Da liegt es ja ganz gut,« sagte der Mann und lächelte bitter. — »Wir müssen es aber doch mitnehmen. Wir können es doch nicht hier in der Wildnis lassen.« — »Doch, das können wir sehr gut,« sagte der Bauer und setzte den Fuß in den Steigbügel.

Die Frau fand, daß der Mann eigentlich ganz recht hätte. Sie brauchten sich doch nicht des Trollkindes anzunehmen. So ließ sie das Pferd ein paar Schritte machen. Aber sie war von weicher und warmherziger Gemütsart, und plötzlich war es ihr ganz unmöglich, weiterzureiten. »Nein, es ist ja doch ein Kind,« sagte sie. »Ich kann es nicht hier lassen, den Wölfen zum Fraße. Du mußt mir den Jungen reichen.« — »Das tu ich nicht,« sagte der Mann. »Er liegt ganz gut, wo er liegt.« — »Wenn du ihn mir nicht jetzt bringst, so muß ich heute abend wieder herkommen und ihn holen,« sagte die Frau. — »Mir scheint, es ist nicht genug, daß die Trolle mir meinen Knaben gestohlen haben,« sagte er, »sie haben auch noch meinem Weibe den Kopf verdreht.« Aber dabei hob er doch das Kind auf und reichte es der Frau, denn er hatte eine große Liebe zu ihr und war es gewohnt, ihr in allem zu Willen zu sein.

Am nächsten Tage war das Unglück im ganzen Kirchspiel bekannt, und alle, die alt und klug waren, eilten in die Hütte des Bauern, um gute Ratschläge zu geben. »Wer einen Wechselbalg im Hause hat, muß ihm jeden Tag mit einem derben Stecken Schläge geben,« sagte eine der Alten. »Warum soll man denn so übel mit ihm umgehen?« fragte die Bäuerin. »Freilich ist er häßlich, aber er hat doch nichts Böses getan.« — »Ja, wenn man das Junge schlägt, bis das Blut fließt, dann kommt schließlich die Trollin herangesaust, wirft einem das eigne Kind zu und nimmt ihres mit. Ich weiß viele, die es so gemacht haben, um ihr Kind wieder zu bekommen.« — »Aber diese Kinder sind dann nicht lange am Leben geblieben,« sagte eine der alten Frauen; und die Bäuerin dachte bei sich selbst, daß sie dieses Mittel nicht anwenden könnte. Das wäre ihr unmöglich gewesen.

Gegen Abend, als die Bäuerin mit dem Wechselbalg allein in der Stube war, begann sie sich auf einmal so heftig nach ihrem eignen Kinde zu sehnen, daß sie gar nicht wußte, wo aus noch ein. »Vielleicht sollte ich doch das versuchen, was sie mir geraten haben,« dachte sie, aber sie konnte sich doch nicht entschließen.

In demselben Augenblick kam der Mann mit einem Stock in der Hand in die Stube und fragte nach dem Wechselbalg. Da sah die Frau, daß der Mann den Rat der klugen Frauen befolgen und das Trollkind prügeln wollte, um sein eignes zurückzubekommen. »Es ist gut, daß er es tut,« dachte sie. »Ich bin zu dumm. Ich könnte nie ein unschuldiges Kind schlagen.«

Aber kaum hatte der Mann dem Trollkind einen Hieb versetzt, als die Frau herbeistürzte und ihn am Arm packte. »Nein, schlag nicht, schlag nicht!« bat sie. — »Du willst wohl dein eignes Kind nicht wieder haben?« sagte der Mann und versuchte sich loszumachen. — »Freilich will ich es wieder haben, aber nicht auf diese Art,« sagte die Frau. Der Mann erhob den Arm zu einem neuen Schlag, aber ehe er fiel, hatte sich die Frau auf das Kind geworfen, so daß der Hieb ihren Rücken traf. »Gott schütze mich,« sagte der Mann, »jetzt sehe ich, du willst dich so anstellen, daß unser Kind all sein Lebtag bei den Trollen bleiben muß.« Er blieb stehen und wartete, aber die Frau blieb vor ihm liegen und schützte das Kind. Da warf der Mann den Stock fort und ging unmutig aus der Stube. Er wunderte sich später, daß er seinen Vorsatz nicht seinem Weibe zum Trotz durchgeführt hatte, aber wenn sie da war, bezwang ihn irgend etwas: er konnte ihr nicht zuwiderhandeln.

Ein paar Tage vergingen in Schmerz und Trauer. Was die Bäuerin am meisten quälte und ihren Kummer verdoppelte, war, daß sie für dieses Trollkind zu sorgen hatte. Um seinetwillen hatte sie so bitter zu leiden, daß es ihr fast die Kraft nahm, ihr eignes Kind zu betrauern.

»Ich weiß rein nicht, was ich dem Wechselbalg zu essen geben soll,« sagte sie eines Morgens zu ihrem Mann. »Er will nichts kosten, was ich ihm vorsetze.« — »Das ist nicht zu verwundern,« sagte der Mann. »Du wirst doch schon gehört haben, daß die Trolle nichts anderes essen als Frösche und Mäuse.« — »Aber du kannst doch nicht verlangen, daß ich zum Froschsumpf gehe und ihm dort das Essen hole,« sagte die Frau. — »Nein, ich verlange nichts dergleichen,« antwortete der Bauer. »Ich finde, es wäre am besten, wenn er verhungern würde.«

Die ganze Woche verging, ohne daß die Bäuerin imstande

war, das Trolljunge zu bewegen, irgend etwas zu sich zu nehmen. Es schrie nur, wie es da in seiner Wiege lag, und wurde so elend und mager, daß kaum noch etwas von ihm übrig blieb. Rings um ihn stellte die Bäuerin alles mögliche gute Essen auf, das sie nur bereiten konnte; aber der Wechselbalg fauchte und spuckte nur, wenn sie ihn überreden wollte, etwas von den Leckerbissen zu kosten.

Eines Abends, als das Trollkind so aussah, als sollte es Hungers sterben, kam die Katze mit einer Maus zwischen den Zähnen in die Stube gelaufen. Da riß die Bäuerin der Katze die Maus aus dem Rachen, warf sie dem Kind hin und verließ hastig die Stube, um nicht sehen zu müssen, wie das Trolljunge aß.

Aber als der Bauer merkte, daß die Frau wirklich anfing, Frösche und Spinnen für den Wechselbalg zu sammeln, da begann er einen solchen Abscheu vor ihr zu empfinden, daß er ihn kaum verbergen konnte. Er konnte sich nicht überwinden, ihr ein freundliches Wort zu sagen; und wäre nicht jene wunderliche Macht gewesen, die sie über ihn besaß, so hätte er sie sogleich verlassen.

Auch die Dienstleute begannen der Bäuerin Ungehorsam und Unehrerbietigkeit zu zeigen, ohne daß der Bauer sich darum kümmerte.

Die Frau merkte bald: wenn sie fortführe, den Wechselbalg in Schutz zu nehmen, würde sie es mit ihrem Manne, dem Gesinde und den Nachbarn sehr schwer haben; aber sie war nun einmal so: wenn es jemand gab, den alle andern haßten, mußte sie ihre äußerste Kraft aufbieten, um einen solchen armen Wicht zu schützen. Und je mehr sie um des Wechselbalgs willen litt und sich quälte, desto getreulicher wachte sie darüber, daß ihm nichts Böses widerfahre.

Ein paar Jahre später an einem Vormittag saß die Bäuerin allein in der Stube und nähte Flicken um Flicken auf ein kleines Kinderkleid. »Ach ja,« dachte sie, während sie so nähte, »der hat keine guten Tage, der für ein fremdes Kind sorgen muß.«

Sie nähte und nähte, aber die Löcher waren so groß und so zahlreich, daß ihr die Tränen in die Augen kamen, wenn sie sie ansah. »Aber so viel weiß ich,« dachte sie, »wenn ich meines eignen Sohnes Kittelchen flickte, da wollte ich die Löcher nicht zählen.«

»Ich habe es doch gar zu schwer mit dem Wechselbalg,« dachte die Bäuerin, als sie ein neues Loch entdeckte. »Das Beste wäre schon, wenn ich ihn tief in den Wald führte, so tief, daß er nicht mehr heimfinden könnte, und ihn dort zurückließe.«

»Obgleich ich mir gar nicht so viele Mühe zu geben brauchte, um ihn los zu werden,« fuhr sie nach einem Weilchen fort. »Ich brauchte ihn nur einen Augenblick ohne Aufsicht zu lassen, dann würde er schon im Brunnen ertrinken oder im Herde verbrennen oder vom Hunde gebissen oder von den Pferden gestoßen oder von den Knechten erschlagen werden. Ja, es wäre ein Leichtes, ihn los zu werden, denn ausgelassen und schlimm ist er, und es gibt keinen, der ihn nicht haßte. Ich glaube, wenn ich ihn nicht beständig um mich hätte, würde gleich jemand die Gelegenheit benützen und ihn umbringen.«

Sie ging hin und sah das Kind an, das in einer Ecke der Stube lag und schlief. Es war sehr gewachsen und sah nun noch viel häßlicher aus, als da sie es zum ersten Male erblickt hatte. Es hatte große, wulstige Lippen, die Augenbrauen waren wie zwei steife Bürsten, und die Haut war ganz braun.

»Deine Kleider flicken und über dich wachen, ginge wohl noch an,« dachte sie. »Wenn ich deinetwegen nicht schlimmere Sorgen hätte. Es ist ja fast, als hätte ich den Verstand verloren, daß ich so viel um dich leide, wo du doch nichts andres bist als ein widerwärtiger Troll. Mein Mann verabscheut mich, die Knechte verachten mich, die Mägde höhnen mich, die Katze faucht mich an, der Hund knurrt, wenn er mir begegnet; und an dem allen bist du nur schuld.«

»Aber daß Tiere und Menschen mich hassen, ist noch nicht das Schlimmste,« fuhr sie nachdenklich fort. »Das Schlimmste ist, daß ich mich jedesmal, wenn ich dich ansehe, um so mehr nach meinem eignen Sohn sehne. O, mein liebes Kind, mein allerliebstes Goldkind, wo bist du jetzt? Schläfst du jetzt bei der Trollin auf Moos und Reisig?«

Da ging die Tür auf, und die Frau begab sich wieder zum Tisch und setzte sich zu ihrer Näherei. Es war ihr Mann, der eintrat. Er hatte ein lächelndes Gesicht und sprach mit freundlicherer Stimme als seit langer Zeit.

»Heute ist im Nachbardorf Jahrmarkt,« sagte er. »Wie wär es, wenn wir hingingen?«

»Ach, das wollte ich gar so gerne,« sagte die Frau und wurde sehr froh.

»Nun, dann mach dich rasch fertig,« sagte der Mann. »Wir müssen zu Fuß gehen, denn die Pferde sind bei der Arbeit. Aber wir kommen noch zurecht, wenn wir den Weg über den Hügel nehmen.«

Ein kleines Weilchen später stand die Frau in Feiertagskleidern auf der Schwelle. Das war das Freudigste, was ihr nun schon seit Jahren begegnet war, und sie hatte das Trollkind völlig vergessen. »Aber,« dachte sie ganz plötzlich, »vielleicht will mein Mann mich nur fortlocken, damit einer der Knechte das Trollkind erschlagen kann, während ich nicht daheim bin.« Sogleich ging sie in die Stube und kam mit dem großen Trolljungen auf dem Arm zurück.

»Kannst du den Wechselbalg nicht daheim lassen?« fragte der Mann, aber er lachte dabei und war ganz sanft. — »Nein, ich traue mich nicht, von ihm fortzugehen,« sagte sie. »Ja, das ist deine Sache,« sagte der Bauer, »aber es wird dir schwer werden, solch' einen Bengel den Hügel hinaufzuschleppen.«

Sie begannen nun ihre Wanderung, aber es ging steil aufwärts, man mußte einen hohen Gebirgsgrat erklimmen, ehe man in das benachbarte Dörfchen kam.

Die Frau wurde schließlich so müde, daß sie kaum mehr einen Fuß vor den andern setzen konnte. Einmal ums andre suchte sie den großen Burschen zu überreden, selbst zu gehen, aber er wollte nicht.

Der Mann war die ganze Zeit über vergnügt und so freundlich, wie er noch nie gewesen war, seit sie ihr Kind verloren hatten. »Jetzt mußt du mir aber den Wechselbalg geben,« sagte er, »ich werde ihn ein Weilchen tragen.« — »Ach nein, ich kann schon,« sagte die Frau, »ich will nicht, daß du von diesem Trollzeug Beschwerden hast.« — »Warum sollst du dich allein damit abplagen,« sagte er und nahm den Wechselbalg.

Als der Bauer das Kind nahm, war der Weg gerade am allersteilsten. Er führte ganz schmal und schlüpfrig am Rande eines Abgrundes vorbei, und es war kaum Platz, um den Fuß aufzusetzen. Die Frau ging hinter ihm, und sie bekam plötzlich große Angst, daß dem Mann etwas geschehen könnte, wie er da ging und das Kind trug. »Geh hier vorsichtig,« rief sie. Sie meinte, wenn er so rasch und unachtsam ginge, müßte er stürzen. Gleich darauf glitt er auch wirklich aus und hätte fast das Trolljunge in den Abgrund fallen lassen.

»Nein, wenn das Kind jetzt gefallen wäre, dann wären wir es für alle Zeit los gewesen,« dachte sie. Aber in demselben Augenblicke stand es ihr klar vor Augen, daß es die Absicht des Mannes war, das Kind hier hinunterzuwerfen und dann zu tun, als wäre ein Unglück geschehen. — Ach, ach, dachte sie, ist es so?! Er hat das alles nur so eingerichtet, um das Kind zu beseitigen, ohne daß ich merke, daß er es mit Absicht tut. Ja, wäre es nicht am besten, wenn ich ihm seinen Willen ließe?

Wieder rutschte der Mann auf einem lockern Stein aus, wieder wäre ihm das Kind fast aus dem Arm gefallen. »Gib mir das Kind, du fällst damit,« sagte die Frau. — »Nein,« sagte der Mann, »ich werde schon aufpassen.« — »Du sollst es mir geben,« rief die Frau, »du bist schon zweimal ausgeglitten.«

In demselben Augenblick rutschte der Mann zum drittenmal aus. Er streckte die Arme nach einem Baumast, um sich daran festzuhalten, und das Kind fiel. Die Frau kam dicht hinterdrein, und obgleich sie eben noch gedacht hatte, daß es schön wäre, den Wechselbalg loszuwerden, stürzte sie nun vor, packte einen Zipfel des Kittelchens und zog das Kind daran wieder auf den Weg. Da wendete sich der Mann zu ihr. Sein Gesicht war jetzt häßlich und wie verwandelt. »Als du unser Kind im Walde fallen ließest, warst du nicht so flink,« sagte er zornig.

Die Frau antwortete nichts. Sie saß auf der Erde und

weinte darüber, daß die Freundlichkeit des Mannes nur gespielt gewesen war. »Warum weinst du?« sagte er hart. »Es wäre wohl kein so großes Unglück gewesen, wenn ich den Balg hätte fallen lassen. Komm jetzt, es wird spät.« — »Ich glaube, ich hab keine Lust mehr, auf den Markt zu gehen,« sagte sie. — »Na ja, mir ist die Lust auch vergangen,« sagte er. »Ich will lieber nach Hause,« sagte die Frau. »Ja, warum sollten wir auch hin, wenn es uns keine Freude macht,« sagte der Mann und war einig mit ihr.

Auf dem Heimwege ging der Mann einher und fragte sich, wie lange er es noch mit seinem Weibe aushalten könnte. Wenn er nun von seiner Macht Gebrauch machte und ihren Willen zwänge, dann könnte ja noch alles zwischen ihnen wieder gut werden, meinte er; aber so, wie es jetzt war, wollte er am liebsten von ihr befreit sein. Er war nahe daran, Gewalt gegen sie anzuwenden und das Kind an sich zu reißen, aber gerade da begegnete er dem Blick des Weibes, der so schwermütig und traurig auf ihm ruhte, daß er es nicht vermochte, hart gegen sie zu verfahren. Um ihrer Trauer willen tat er sich Gewalt an, wie er es bisher getan hatte, und alles blieb, wie es gewesen war.

Wieder vergingen ein paar Jahre, und es kam eine Sommernacht, wo im Bauernhof eine Feuersbrunst ausbrach. Als die Leute aufwachten, waren Stube und Kammer voll Rauch, und der ganze Dachboden war ein Feuermeer. Es war gar nicht daran zu denken, zu löschen oder zu retten; man konnte nur hinausstürmen, um nicht zu verbrennen.

Der Bauer ging in den Hof hinaus und stand da und sah das brennende Haus an. »Eins möchte ich wissen, wer mir das angetan hat?« — »Wer? Nun, wer sollte es wohl anders sein als der Wechselbalg?« sagte ein Knecht. »Es war schon lange immer sein Spiel, Scheiterhaufen aus Reisig zu machen und sie anzuzünden.« — »Gestern hat er einen großen Haufen trockne Zweige auf den Dachboden getragen,« sagte die Magd. »Er wollte sie eben anzünden, als ich kam und ihn bemerkte.« — »Gewiß hat er sie gestern Abend in Brand gesteckt,« sagte der Knecht. »Ihr könnt ganz sicher sein, daß er das Unglück verursacht hat.«

»Wenn er nur wenigstens verbrennen wollte,« sagte der Bauer, »dann wollte ich nicht klagen, daß meine alte Hütte durch ihn in Flammen aufgegangen ist.« Wie er das eben sagte, trat die Frau aus dem Hause und schleppte das Kind hinter sich her. Da stürzte der Bauer heran, entriß ihr das Kind, hob es hoch in die Luft und warf es wieder in das Haus zurück. Das Feuer schlug gerade zum Dach und zu den Fenstern heraus, und die Hitze war fürchterlich. Einen Augenblick sah die Frau den Mann an, leichenblaß vor Schrecken, dann kehrte sie um und eilte in das Haus zurück, dem Kinde nach.

»Es macht mir gar nichts, wenn du mit verbrennst,« rief ihr der Bauer nach. Sie kam jedoch wieder heraus und hatte das Kind in den Armen. Ihre Hände waren arg verbrannt, und das Haar war fast abgesengt. Niemand sagte ein Wort zu ihr, als sie herauskam. Sie ging zum Brunnen, löschte ein paar Funken, die an ihrem Rocksaum glühten, und setzte sich dann auf den Boden. Das Trollkind lag auf ihrem Schoß und schlummerte bald ein, doch sie saß hochaufgerichtet und wach da und starrte mit traurigen Augen vor sich hin. Eine ganze Menge Menschen eilten herbei, um zu löschen, aber niemand sprach zu ihr. Es sah aus, als meinten alle, daß sie etwas Häßliches und Unheimliches an sich hätte, das Schrecken und Abscheu errege.

Bei Tagesanbruch, als das Feuer gelöscht war, kam der Bauer auf sie zu. »Ich halte es nicht länger aus, ich kann nicht mit Trollen zusammenleben, obgleich ich dich ungern verlasse. Ich gehe jetzt meiner Wege und komme nie wieder.«

Als die Frau diese Worte hörte und sah, wie der Mann sich gleich darauf abwendete, um seiner Wege zu gehen, da fuhr ein Zucken durch sie, als wollte sie ihm nacheilen, aber das Trollkind lag schwer auf ihrem Schoß. Sie schien nicht Kraft genug zu haben, es abzuschütteln, sondern blieb sitzen.

Aber kaum war der Bauer in den Wald gekommen, als ihm ein kleiner Knirps in vollem Lauf über die Hügel entgegenkam. Er war schön wie ein junges Bäumchen, so schmal und schlank, das Haar war seidenweich, und die Augen leuchteten wie blauer Stahl. »Ach ja, so wäre mein Sohn jetzt, wenn ich ihn hätte behalten dürfen,« dachte der Bauer. »Einen solchen Erben hätte ich gehabt. Das wäre freilich ein ander Ding gewesen als das schwarze Ungetüm, das meine Frau mir ins Haus gebracht hat.«

»Grüß Gott,« sagte der Bauer, »wohin gehst du denn?« — »Grüß Gott,« sagte das Bürschchen und reichte ihm die Hand. »Wenn du erraten kannst, wer ich bin, sollst du erfahren, wohin ich gehe.«

Als der Bauer die Stimme hörte, wurde er ganz blaß.

»Ich kenne diese Stimme,« sagte er. »Wenn mein Sohn nicht bei den Trollen wäre, würde ich sagen, daß du es bist.« — »Ja, jetzt habt Ihr recht geraten, Vater,« sagte das Bürschchen und lachte. »Und weil Ihr recht geraten habt, sollt Ihr auch wissen, daß ich auf dem Wege zur Mutter bin.« — »Du sollst nicht zur Mutter gehen,« sagte der Bauer. »Sie fragt gar nicht nach dir. Sie hat für niemand ein Herz, als für ein großes garstiges Trolljunges.« — »Meint Ihr das, Vater?« sagte der Knabe und sah dem Vater tief in die Augen. »Dann ist es vielleicht besser, wenn ich fürs erste bei

Euch bleibe.«

Der Bauer war so froh über das Kind, daß ihm die Tränen in die Augen kamen. »Ja, bleib du nur bei mir,« sagte er und nahm den Knaben in seine Arme und küßte ihn. Er hatte förmlich Angst, ihn aufs neue zu verlieren, und wagte es nicht, ihn wieder auf den Boden zu stellen, sondern wanderte mit dem Kinde im Arme weiter.

Als er ein paar Schritte gegangen war, begann der Kleine zu plaudern. »Das ist gut, daß Ihr mich nicht so tragt, wie Ihr den Wechselbalg getragen habt,« sagte der Knabe. »Was meinst du damit?« fragte der Bauer. »Ja, die Trollin ging auf der andern Seite der Kluft mit mir, und jedesmal, wenn Ihr mit dem Kinde ausglittet, Vater, glitt sie mit mir aus.« »Ach was, ihr gingt auf der andern Seite der Kluft?« sagte der Bauer und wurde plötzlich ganz nachdenklich. »Nie habe ich solche Angst gehabt,« sagte das Bürschchen. »Als Ihr das Trollkind in die Schlucht warft, wollte mich die Trollin hinterherwerfen. Wäre Mutter nicht so geschwind gewesen und hätte den andern gerettet —«

Der Bauer begann langsamer zu gehen, während er dem Kleinen Fragen stellte. »Du mußt mir doch erzählen, wie es dir bei den Trollen ergangen ist.« »Manchesmal recht schlimm,« sagte der Kleine, »aber wenn Mutter nur gut gegen das Trolljunge war, dann war die Trollin auch gut gegen mich.«

»Pflegte sie dich vielleicht zu schlagen?« fragte der Bauer. »Sie schlug mich nicht öfter, als Ihr das andre Kind schlugt.« — »Was kriegtest du denn zu essen?« fragte der Bauer. »Jedesmal, wenn Mutter dem Wechselbalg Spinnen und Mäuse gab, bekam ich Butterbrot. Aber wenn ihr dem Trolljungen Kuchen und Fleisch vorsetztet, dann setzte mir die Trollin Schlangen und Kröten vor. In der ersten Zeit

wäre ich fast verhungert. Wenn Mutter dann nicht mehr
Barmherzigkeit bewiesen hätte als ihr andern, so hätte ich
wohl ins Gras beißen müssen.«

Als das Kind dies sagte, machte der Bauer Kehrt und ging
rasch in das Tal hinab, seinem Hofe zu. »Ich weiß nicht,
woher das kommt,« sagte er, »aber es ist mir, als spürte ich
einen Brandgeruch, wenn ich dich anrühre, und dein Haar
sieht aus, als ob es vom Feuer versengt wäre.« »Das ist doch
nicht zu verwundern,« sagte das Kind. »Ich wurde doch
heute Nacht ins Feuer geworfen, als Ihr das Trollkind in die
brennende Hütte schleudertet. Und wenn Mutter das
Trolljunge nicht gerettet hätte, so wäre ich wohl auch
verbrannt.«

Der Bauer schien nun solche Eile zu haben, daß er fast
lief, um in sein Heim und zu seinem Weibe
zurückzukommen. Aber plötzlich blieb er stehen. »Jetzt
mußt du mir aber sagen, woher es kommt, daß die Trolle
dich freigegeben haben?« sagte er. — »Als Mutter das
opferte, was ihr mehr ist als das Leben, hatten die Trolle
keine Macht mehr über mich und ließen mich ziehen,« sagte
das Kind. — »Hat sie geopfert, was ihr mehr ist als das
Leben?« fragte der Bauer. »Ja, das hat sie wohl, als sie Euch
ziehen ließ, ohne einen Versuch zu machen, Euch
zurückzuhalten,« sagte das Kind.

Die Frau saß noch immer auf demselben Fleck am
Brunnen. Sie schlief nicht, aber sie schien wie versteinert.
Sie vermochte sich nicht zu rühren; und was rings um sie
vorging, das bemerkte sie ebensowenig, als wenn sie tot
gewesen wäre. Da hörte sie die Stimme ihres Mannes nach
ihr rufen, und ihr Herz begann wieder zu pochen, und das
Leben erwachte in ihr. Sie schlug die Augen auf und sah
sich wie eine Schlaftrunke um. Es war hellichter Tag, die
Sonne schien, und die Vögel sangen, und es schien ihr ganz

unmöglich, daß sie an einem so schönen Morgen noch ihr Unglück zu tragen haben sollte. Aber gleich darauf sah sie die verkohlten Balken, die noch umherlagen, wo einst die Hütte gestanden hatte, und eine Menge Menschen mit geschwärzten Händen und berußtem Gesicht, und da kam es ihr zum Bewußtsein, daß sie zu einem schwereren Unglück erwachte als je zuvor; aber dennoch hatte sie das Gefühl, als ob es nun zu Ende sein müßte. Sie sah sich nach dem Wechselbalg um. Er lag nicht mehr auf ihrem Schoße und war auch nicht in der Nähe zu sehen. Wäre alles wie sonst gewesen, sie wäre aufgesprungen und hätte nach ihm gesucht, aber jetzt empfand sie gar keine Unruhe um ihn. Sie hörte ihren Mann aus weiter Ferne rufen. Er kam aus dem Walde, zum Hofe hinunter, und alle die fremden Menschen, die beim Löschen geholfen hatten, liefen ihm entgegen und umringten ihn, so daß sie ihn nicht sehen konnte. Sie hörte nur, wie er unaufhörlich rief: »Mutter, Mutter! komm doch und sieh, komm und sieh!« Und die Stimme brachte Kunde von einer großen Freude, aber sie blieb dennoch regungslos sitzen. Sie wagte ihm nicht entgegenzugehen. Endlich kam die ganze Menschenschar auf sie zu, und der Mann trennte sich von den andern und kam heran und legte ein schönes Kind in ihre Arme.

»Hier ist unser Sohn, er ist zu uns zurückgekehrt,« sagte der Mann. »Und du — und kein andrer — hast ihn gerettet.«

Der Spielmann

Ein Spielmann geht eines Sonnabends spät nachts mit seiner Fiedel unterm Arme einher. Er ist sehr munter und fröhlich, denn er kommt von einem Feste, wo er mit seinem Spiel alt und jung zum Tanzen verlockt hat.

Wie er nun so geht, denkt er just daran, wie niemand sich stille halten konnte, solange sein Bogen im Gange war. Ein so wilder Tanz hatte durch die Stube gewirbelt, daß es ihm ein paarmal gewesen war, als tanzten Tische und Stühle mit.

— »Ich glaube doch sicherlich, daß sie niemals einen solchen Spielmann wie mich an diesem Orte gehabt haben,« sagte er zu sich selbst.

— »Aber recht schwer habe ich es gehabt, bis ich ein so tüchtiger Kerl wurde,« fährt er fort. »Das war kein Spaß, als ich noch ein Kind war und die Eltern mir befahlen, Schafe und Kühe zu hüten, und ich alles vergaß und nur dasaß und an meiner Geige zupfte. Ja, und nicht einmal eine richtige Geige wollten sie mir daheim geben. Ich hatte nichts andres zum Spielen als eine alte Holzkiste, über die ich Saiten gespannt hatte.«

»Am Tage, wenn ich allein im Walde sein durfte, ging es mir ja ganz gut, aber es war kein Spaß, am Abend heimzukommen, wenn die Herde sich mir verirrt hatte. Da bekam ichs unzählige Male von Vater und Mutter zu hören, daß ich ein Taugenichts sei, und daß nie etwas aus mir werden würde.«

In dem Teil des Waldes, den der Spielmann durchwandert, bahnt sich ein kleiner Bergstrom seinen Weg. Da ist der Boden steinig und hügelig, und dem Strom macht es große Beschwerden, vorwärts zu kommen. Er windet sich hin und her, stürzt sich über kleine Fälle und scheint doch nicht vom Fleck zu kommen. Der Weg hingegen, den der Spielmann wandert, versucht so schnurgerade zu gehen wie nur möglich. Er trifft so immer wieder mit dem sich schlängelnden Bergstrom zusammen und springt jedesmal auf einem kleinen Brücklein hinüber. Der Spielmann muß daher einmal ums andre den Strom überschreiten; und das macht ihm Freude. Es ist ihm so, als hätte er nun im Walde Gesellschaft gefunden.

Er geht durch die helle Sommernacht. Die Sonne ist noch nicht aufgestanden, aber es hat nicht viel zu sagen, daß sie sich ferne hält, denn es herrscht doch auf jeden Fall volles Licht. Aber richtig so wie am Tage ist es doch nicht.

Alles hat eine andre Farbe. Der Himmel ist ganz weiß, die Bäume und die hohen Kräuter im Grase sind glänzend grau. Aber alles ist ebenso deutlich erkennbar wie am Tage, und als der Spielmann auf einer der vielen Brücken stehen bleibt und in den Strom hinabblickt, kann er jedes Bläschen unterscheiden, das durch das Wasser perlt.

»Wenn ich solch einen Strom in der Wildnis sehe, muß ich mich an mein eignes Leben erinnern,« denkt der Spielmann. »Ebenso halsstarrig wie er habe ich mir meine Straße gebahnt, vorbei an allem, was sich mir in den Weg stellte. Da war Vater: er stellte sich mir entgegen wie ein harter Fels. Und da war Mutter: sie suchte mich still zu halten und mich gleichsam zwischen Mooshügelchen einzubetten. Aber ich schlich mich an Vater und Mutter vorbei, und hinaus in die

Welt ging es.«

»Haha, jaja, ich denke, Mutter sitzt daheim und weint noch um mich; aber was kümmert das mich! Sie hätte doch verstehen können, daß aus mir etwas werden mußte, und hätte nicht versuchen sollen, mir entgegen zu sein.«

Ungeduldig reißt er ein paar Blätter von einem Busch ab und wirft sie in den Strom.

— »So habe ich mich von allem daheim losgerissen,« sagt er, als er sieht, wie das Wasser die Blätter forttreibt.

— »Möchte doch gerne wissen, ob Mutter erfahren hat, daß ich nun der beste Spielmann in ganz Värmland bin?« sagt er, während er weiter wandert.

Er geht mit rüstigen Schritten vorwärts, bis er wieder zu einem Steg kommt. Da bleibt er abermals stehen und sieht in den Strom hinab. Unter der Brücke schäumt der Strom in reißendem Fall und macht ein erschreckliches Getöse. Da es Nacht ist, hört man ganz andre Laute als am Tage, und der Spielmann wundert sich gar sehr, wie er stehen bleibt und lauscht. Da ist kein Vogelgesang im Walde und kein Spiel in den Nadeln und kein Rascheln im Laube. Keine Wagenräder knarren auf dem Wege, und keine Kuhschellen klingeln. Man hört nur den Bergstrom, aber gerade darum hört man ihn wohl umsoviel besser und anders als am Tage. Es klingt, als wenn alles Denkbare und Undenkbare in der Tiefe des Stromes wäre. Vor allem klingt es, als wenn jemand dort unten säße und zwischen großen Steinen Korn mahlte, aber zuweilen klingt es so, wie wenn Becher bei einem Trinkgelage aneinander stoßen, und manchmal hört man ein Murmeln, wie wenn die Gemeinde aus der Kirche kommt und nach dem Gottesdienst in eifrigem Gespräch auf dem Kirchenhügel steht.

— »Das hier ist wohl auch eine Art Musik,« denkt der Spielmann, »obschon ich nicht finden kann, daß es besonders weit damit her ist. Ich sollte doch meinen, daß die Weise, die ich jüngst gesetzt habe, mehr wert ist, daß man auf sie horche.«

Aber je länger der Spielmann steht und dem Wasserfall lauscht, desto besser und besser gefällt ihm dessen Lied.

— »Ich glaube wirklich, du nimmst dich zusammen,« sagt er zum Wasserfall. »Du mußt wohl merken, daß der beste Spielmann von ganz Värmland da steht und dir zuhört.«

In demselben Augenblick, wo er dies sagt, vermeint er, aus der Tiefe ein paar metallklare Laute zu vernehmen, wie wenn jemand an einer Saite zupft, um zu prüfen, ob sie stimme.

»Sieh da, nun ist der Wassermann selbst zur Stelle gekommen; ich höre, wie er an seiner Fiedel zupft,« sagt der Spielmann und lacht. »Aber ich kann doch nicht die ganze Nacht hier stehen bleiben und darauf warten, daß du anfängst,« ruft er gleich darauf ins Wasser hinab. »Nun muß ich weiter gehen, aber ich verspreche dir, daß ich auch auf der nächsten Brücke stehen bleiben und horchen will, ob du zu spielen begonnen hast.«

Er wandert weiter, und während der Strom auf seinem geschlängelten Wege in den Wald hineinläuft, fängt er wieder an, an seine Heimat zu denken.

— »Ich möchte wohl wissen, wie es mit dem kleinen Bächlein steht, das an unserm Gehöft vorbeifließt; das wollte ich gerne wieder einmal sehen. Ich sollte doch einmal heimgehen, um zu sehen, ob die Mutter dürftige und schwere Zeit hat, seit Vater tot ist, — wenn ich nur die Zeit finden könnte. Aber ich bin so beschäftigt; da ist es fast unmöglich. Ich kann zu nichts anderm Zeit finden als für meine Fiedel; es gibt ja kaum einen Abend in der Woche, an dem ich frei wäre.«

Nach einem kleinen Weilchen trifft er den Strom wieder, und damit kommt er allsogleich auf andre Gedanken. Bei diesem Übergang kommt der Bergstrom nicht in einem donnernden Wasserfall herangestürzt, sondern er fließt ganz sacht vorbei. Tiefschwarz und blank liegt er unter den nächtig grauen Bäumen des Waldes und trägt noch hier und dort einen schneeweißen Schaumkamm von den obern Fällen.

Als der Spielmann auf das Brücklein kommt und keinen andern Laut vom Strome hört als hie und da ein leises Plätschern, fängt er abermals zu lachen an.

— »Ich konnte es mir ja denken, daß der Neck sich nicht bequemen würde, zum Stelldichein zu kommen,« rief er. »Freilich habe ich immer gehört, daß er ein tüchtiger Spielmann sein soll, aber gar so weit her kann es doch nicht mit ihm sein, wenn er immer ganz still im Bach liegt und nie etwas Neues zu hören bekommt. Er weiß schon, daß hier einer steht, der die Sache besser versteht als er, und darum will er sich nicht hören lassen.«

Damit geht er weiter und verliert den Strom wieder aus den Augen.

Er kommt in eine Gegend des Waldes, die ihn immer unheimlich und gruselig zu durchwandern däuchte. Da ist der Boden von Steinen und Geröll bedeckt, und verkrümmte Tannenwurzeln schlängeln sich dazwischen durch. Wenn es etwas Verhextes oder Gefährliches im Walde gäbe, sollte man wohl meinen, daß es sich gerade hier verborgen halten müßte.

Als der Spielmann zwischen die wilden Steinblöcke kommt, überläuft ihn ein Schauder, und er fängt an zu bedenken, ob es nicht unklug von ihm gewesen sei, sich vor dem Neck zu rühmen.

Es dünkt ihn, daß die großen Tannenwurzeln Gebärden gegen ihn machten, als wollten sie ihm drohen.

— »Hüte dich, du, der du mehr sein willst als der Wassermann!« scheinen sie zu sagen.

Der Spielmann fühlt, wie das Herz sich ihm vor Angst zusammenschnürt. Eine solche Last legt sich ihm auf die Brust, daß er kaum atmen kann, und seine Hände werden eiskalt. Er bleibt mitten auf dem Wege stehen und sucht sich selbst Vernunft zuzusprechen.

— »Es gibt doch keinen Spielmann im Wasserfall!« sagt er. »Das ist nur Aberglaube und Ammenmärchen. Darum ist es ganz gleichgültig, was ich von ihm gesagt habe oder nicht gesagt habe.«

Wie er so spricht, sieht er sich im Walde um, als wollte er bekräftigt finden, daß es sich so verhalte, wie er gesagt. Wenn es Tag gewesen wäre, so hätte wohl jedes Blättchen ihm zugeblinkt, daß es im Walde nichts Gefährliches gäbe; aber jetzt bei Nacht stehen alle Bäume verschlossen und stumm da und sehen aus, als bärgen sie gefährliche Heimlichkeiten.

Der Spielmann wird auch immer ängstlicher. Was ihm am meisten Schrecken einflößt, ist, daß er noch einmal über den Strom gehen muß, bevor der und der Weg sich trennen und nach verschiednen Seiten ziehen. Er weiß nicht, was der Wassermann ihm tun wird, wenn er über die letzte Brücke geht. Vielleicht wird er eine große schwarze Hand aus den Fluten emporrecken und ihn in die Tiefe ziehen.

Er hat sich solche Angst eingejagt, daß er ernstlich daran denkt, umzukehren. Aber dann würde er ja wieder den Strom treffen. Und wenn er vom Wege abwiche und tiefer in den Wald hineinginge, dann müßte er ihm wohl auch begegnen, wie der sich krümmte und schlängelte.

Er fühlt solche Angst, daß er nicht weiß, was er anfangen soll. Er ist von dem Strome verstrickt, gebunden und gefangen und sieht keine Möglichkeit des Entrinnens.

Aber nun fängt er zu laufen an, so rasch ihn die Beine tragen wollen, denn es ist ihm etwas eingefallen:

»Gerade hier macht der Strom eine weite Biegung in den Wald hinaus. Der Wassermann hat bis zur nächsten Brücke einen viel weitern Weg als ich. Vielleicht kann ich ihn überholen, ehe er noch ans Ziel gekommen ist.«

Und er läuft, er läuft.

＊　　　＊

＊

Endlich sieht er den letzten Steg vor sich. Gerade gegenüber auf der andern Seite des Bergstroms liegt eine alte Mühle, die schon so manches liebe Jahr verlassen dasteht. Das große Mühlrad hängt regungslos über dem Wasser, die Schleuse vermodert oben auf der Erde, die Wasserrinnen sind mit Moos bewachsen, und in den leeren Dachluken wuchern Steinwurz und Moosflechte.

— »Wenn es noch wäre wie früher und es hier Menschen gäbe,« denkt der Spielmann, »dann wäre ich nun aus aller Gefahr erlöst.«

Aber es beruhigt ihn doch, ein Haus zu sehen, das ein Überbleibsel von Menschenwerk ist, und als er den Strom überschreitet, hat er beinahe keine Angst mehr. Es geschieht ihm auch gar nichts Gefährliches. Der Wassermann scheint ihm nichts anhaben zu wollen. Der Spielmann wundert sich nur über sich selbst, daß er sich wegen rein gar nichts solche Furcht hat einjagen lassen.

Er fühlt sich ganz fröhlich und geborgen, und noch froher wird er, als die Tür der Mühle sich öffnet und ein junges Mägdlein ihm entgegenkommt.

Sie sieht ganz aus wie eine gewöhnliche Bauerndirne. Sie hat ein Baumwolltuch auf dem Kopfe, ein kurzes Röckchen und ein weites Leibchen, aber die Füße sind bloß.

Sie geht auf den Spielmann zu und sagt ihm ohne Umschweife:

— »Willst du mir eins spielen, so will ich dir eins tanzen.«

210

— »Ja, freilich,« sagt der Spielmann, der bei guter Laune ist, weil er seine Angst abgeschüttelt hat, »das will ich wohl. Hab doch noch nie einem schönen Mädchen, das tanzen wollte, Nein gesagt.«

Er setzt sich auf einen Stein neben dem Mühldamm, lehnt die Fiedel ans Kinn und hebt an zu spielen.

Das Mädchen macht ein paar Schritte im Takt zu seinem Spiel, aber dann bleibt es stehen.

— »Was ist denn das für eine Polka, die du da spielst?« sagt sie. »Da liegt ja keine Kraft darin.«

Der Spielmann ändert die Melodie, er versucht es mit einer, in der mehr Schwung ist. Die Dirne bleibt mißmutig stehen.

— »Nach einer solchen Schleppolka kann ich nicht tanzen,« sagt sie.

Da stimmt der Spielmann die wildeste Weise an, die er kennt.

— »Bist du mit der nicht zufrieden,« sagt er, »dann mußt du einen Spielmann rufen, der es besser kann als ich.«

Wie er das sagt, fühlt er, daß eine Hand seinen Arm gerade am Ellenbogen packt und den Bogen zu führen und den Takt zu befeuern anfängt.

Da entströmt der Geige eine Weise, wie er ihresgleichen niemals zuvor gehört hat. Es ist ein so hurtiger Takt darin, daß es ihn bedünken will, ein rollendes Rad könnte ihr nicht folgen.

— »Ja, das nenn ich eine Polka,« sagt die Dirne und beginnt sich im Kreise zu drehen.

Aber der Spielmann sieht sie nicht an. Er ist so erstaunt über die Weise, die er spielt, daß er die Augen schließt, um besser zu hören.

Als er sie nach einer Weile wieder aufschlägt, ist das Mädchen verschwunden, aber er denkt nicht weiter daran.

Er spielt weiter und immer weiter, denn nie zuvor hat er ein solches Geigenspiel gehört.

— »Aber nun mag es wohl Zeit sein, aufzuhören«, denkt er schließlich und will den Bogen niederlegen.

* *

*

Aber der Bogen regt sich weiter. Er kann ihn nicht zum Stehen bringen. Er gleitet auf und nieder über die Saiten und reißt die Hand und den Arm mit. Und die Hand, die den Geigenhals umfaßt und auf den Saiten fingert, die kann auch nicht loskommen.

Der kalte Schweiß tritt dem Spielmann auf die Stirn, und er erschrickt nun wirklich.

— »Wie soll dies enden? Soll ich bis zum jüngsten Tage hier sitzen und spielen?« fragt er sich in Verzweiflung.

Der Bogen jagt dahin und zaubert eine Weise nach der andern hervor; stets ist es etwas Neues und so schön, daß der Arme denken muß:

— »Der auf meiner Geige spielt, der versteht die Kunst. Aber ich bin all mein Lebtag ein elender Stümper gewesen. Jetzt erst lerne ich, wie Musik klingen soll.«

Für ein paar Augenblicke kann ihn die Musik so hinreißen, daß er sein unglückseliges Schicksal vergißt. Aber dann fühlt er seine Arme vor Müdigkeit schmerzen, und er wird aufs neue von Verzweiflung erfaßt.

— »Diese Geige darf ich nicht von mir legen, bis ich mich zu Tode gespielt habe. Ich merke, daß der Neck sich nicht früher zufrieden gibt.«

Er fängt an, über sich selbst zu weinen, während er immer weiter spielt.

— »Es wäre besser für mich gewesen, wenn ich daheim in dem kleinen Hüttchen bei Mutter geblieben wäre. Was ist aller Ruhm wert, wenn dies das Ende sein soll!«

Da sitzt er nun Stunde um Stunde. Es wird Morgen, die Sonne geht auf, und die Vögel singen rings um ihn her. Aber er spielt, er spielt ohne Unterlaß.

Da es ein Sonntag ist, der anbricht, bleibt er ganz allein an der alten Mühle sitzen. Kein Mensch wandert in den Wald. Sie gehen alle zur Kirche unten im Tal, und in die Dörfer, die die große Landstraße einsäumen.

Es wird Vormittag, die Sonne steigt immer höher. Die Vögel verstummen, aber es beginnt in den langen Nadeln der Tannen zu rauschen.

Er läßt sich von der Hitze des Sommertages nicht aufhalten. Er spielt, er spielt. Es wird endlich Abend, die Sonne sinkt zur Ruh, aber sein Bogen braucht keine Ruhe, und sein Arm fährt fort sich zu regen.

— »Es ist ganz gewiß, daß dies mein Tod ist,« sagt er. »Und es ist eine gerechte Strafe für meinen Übermut.«

In tiefer Nacht kommt der erste Mensch, den er den ganzen Tag lang gesehen hat, durch den Wald gewandert.

Es ist ein altes armes Mütterchen mit gebeugtem Rücken und grauem Haar und einem Gesichte, das von vielen Sorgen vergrämt ist.

— »Das ist seltsam,« denkt der Spielmann. »Es ist mir, als wenn ich das alte Weiblein kennen müßte. Kann es möglich sein, daß das Mutter ist? Kann es möglich sein, daß Mutter so alt und grau geworden ist?«

Er ruft sie laut und bittet sie.

— »Mutter, Mutter, komm her zu mir!« sagt er. Sie bleibt wie unwillig stehen.

— »Ich höre, daß du der beste Spielmann in Värmland bist,« sagt sie. »Was hast du mit einem armen alten Weibe wie mir zu schaffen?«

— »Mutter, Mutter, geh nicht an mir vorbei,« ruft der Spielmann, »komm her und sieh mich an!«

Da kommt sie näher und sieht, wie er da sitzt und spielt. Das Gesicht ist bleich wie bei einem Toten, das Haar trieft von Schweiß, und das Blut perlt unter seinen Nagelwurzeln hervor.

— »Mutter,« sagt der Spielmann, »nun habe ich mich bald zu Tode gespielt, aber sage mir vorher noch, ob du mir verzeihen kannst, daß ich dich in deinem Alter einsam und arm hausen ließ?«

— »Ja, gewiß, in Gottes, des Erlösers, Namen verzeih ich dir,« sagt die Mutter.

Aber wie sie dies sagt, bleibt der Bogen stehen, die Fiedel fällt aus den erstarrten Fingern zu Boden, und der Spielmann steht erlöst und gerettet auf. Denn der Zauber ist gebrochen, weil seine alte Mutter zu ihm gekommen ist und Gottes Namen über ihn ausgesprochen hat.

Noch ein Stück Lebensgeschichte

(Geschrieben zu meinem fünfzigsten Geburtstag)

Die erste Prophezeiung

Es läßt sich denken, daß es auf dem alten Herrenhof Morbacka am zwanzigsten November des Jahres 1858 recht unruhig zugegangen ist. Ein Kind ist an diesem Tage zu ziemlich später Abendstunde geboren worden, und so etwas bringt ja immer Verwirrung und Aufregung mit sich, selbst an einem Ort, wo man die Gewohnheit hat, das Leben ruhig zu nehmen und nicht mehr Wesens von einer Sache zu machen, als sie wirklich verdient.

Am dunkeln Abend, so gegen neun Uhr, kommt die Pastorin, die im Nachbarhause wohnt, und steckt den Kopf zur Küchentür herein. Es ist eine kleine, alte Frau, eine Verwandte und gute Freundin, die von allen Menschen Tante Wennervik genannt wird. Sie hat es zu Hause nicht aushalten können, sondern hat einen Schal über den Kopf geworfen, eine Laterne in die Hand genommen und sich auf dem schmalen Abkürzungsweg, der hinter dem Garten läuft, herübergetappt, um zu hören, wie es stehe.

Die Pastorin wird gleich in die Kammer neben der Küche geführt. Dort wohnt die alte Frau Lagerlöf, die Witwe des Regimentsschreibers Lagerlöf, noch heute, so wie sie ihr ganzes Leben lang da gewohnt hat, als junges Mädchen und als verheiratete Frau. Sie sitzt, siebzigjährig und weißhaarig, in ihrer Sofaecke und strickt den Enkelkindern Strümpfe, ganz wie immer. Drinnen bei ihr ist alles ruhig, und sie selbst ist ruhig, denn der Sohn, Leutnant Lagerlöf, der nach seines Vaters Tode das Gut übernommen hat, ist eben hier gewesen und hat ihr gesagt, daß das Ärgste überstanden und das Kind zur Welt gekommen sei.

So spät am Tage es auch ist, die Haushälterin stellt doch gleich die Kaffeemaschine aufs Feuer, und bald kommt sie mit einem wohlbesetzten Kaffeebrett in die Kammer. Nun sitzen Tante Wennervik und die alte Frau Lagerlöf da und trinken ganz allein Kaffee. Tante Wennervik erfährt, daß das jüngste Enkelkind ihrer alten Freundin ein Mädchen sei, und die beiden Alten, die die Grenze des Lebens erreicht haben, sitzen da und sprechen davon, wie es der Neugeborenen, die ihr Leben gerade begonnen hat, einst ergehen werde.

»Es wird ihr so ergehen, wie sie es verdient, weder besser, noch schlechter,« sagt die alte Frau Lagerlöf.

»Es kommt auch aufs Glück an, will ich dir sagen, Schwester,« meint Tante Wennervik.

Während die Pastorin diese Bemerkung macht, beugt sich die alte Frau Lagerlöf vor und fühlt das große Ridikül an, das Tante Wennervik immer am Arm trägt. Es sind tausend Dinge darin, denn Tante Wennervik ist eine, die für alles Rat weiß und darum beständig zu Hilfe gerufen wird. Sie hat sich erst auf ihre alten Tage mit dem alten Pastor Wennervik verheiratet, der Frau Lagerlöfs Bruder ist; und früher, ehe sie sich verheiratete, ist sie Wirtschafterin auf vielen großen Gütern gewesen. Darum versteht sie sich auf alles, nicht nur darauf, die feinsten Gewebe aufzuziehen und die größten Hochzeitsschmäuse auszurichten, sondern auch darauf, Kranke zu heilen und junge Bauernmädchen zu tüchtigen

Hausmüttern zu erziehen.

Als die alte Frau Lagerlöf das Ridikül befühlt, merkt sie bald, daß außer den Augengläsern und dem Nähzeug und der Medikamentenflasche und dem Riechsalz und dem Webebuch und den Brustpastillen und dem Schlüsselbund noch ein harter, viereckiger Gegenstand darin liegt.

»Ich merke, daß du die Karten mithast, Schwester,« sagte sie.

Tante Wennerviks welke Wangen werden ein wenig rot. Sie kann prophezeien, und sie schlägt nie die Karten auf, ohne daß alles, was sie voraussagt, eintritt. Es ist ihre kleine Schwäche, sich zu freuen, wenn man ihre Kunst in Anspruch nimmt; aber das will sie nie zugestehen. Sie beteuert, nicht die geringste Ahnung gehabt zu haben, daß sie die Karten mit hat. Sie könne gar nicht begreifen, wie sie in das Ridikül gekommen seien.

»Aber wenn sie nun einmal da sind, kannst du sie doch für das arme Ding, das heute abend geboren worden ist, aufschlagen,« sagt die alte Frau Lagerlöf.

Tante Wennervik ziert sich ein wenig, aber sie ist nicht sehr schwer zu erweichen; und nun wird das Kaffeebrett beiseite gerückt, und die alte Pastorin beginnt, die Karten zu legen. Sie hantiert mit großer Übung und Fertigkeit, und wie die alte Frau Lagerlöf dasitzt und sie ansieht, kann sie sich des Gedankens nicht erwehren, daß ihre alte Schwägerin wie eine richtige Wahrsagerin aussehe. Sie hat einen dunkeln Teint und spielende schwarze Augen und eine lange Hakennase. Auf dem Kopfe trägt sie eine große schwarze Mütze, die mit einer scharfen Schnebbe in die Stirne fällt, und an jeder Schläfe liegen drei Korkzieherlocken. Sie hat kein einziges graues Haar und nicht ein Fleckchen in ihrem Gesicht, das noch nicht von Runzeln übersponnen wäre.

Tante Wennervik legt die Karten in vier Reihen: neun Karten in jeder Reihe; und als dies geschehen ist, legt sie den Zeigefinger auf die erste Karte und beginnt zu zählen: eins, zwei, drei, vier — bis sechzehn. Sie zählt hinauf und hinunter, von rechts und von links, und bewegt den Finger, während sie zählt, von einer Karte zur andern. Endlich bleibt sie sitzen und murmelt in sich hinein, als wäre sie nicht recht zufrieden.

»Nun, was siehst du, Schwester?« fragte die alte Frau Lagerlöf.

»Kränklichkeit folgt ihr,« antwortete Tante Wennervik. »Damit muß sie sich all ihr Lebtag abplagen.«

»Ein jeder muß sein Kreuz tragen,« sagt die alte Frau Lagerlöf, »sonst wird nichts Rechtes aus einem. Da wird es wohl ein stilles Leben führen, dieses Kind, wenn es kränklich sein wird; und das ist ja ohnehin das Beste für den Menschen.«

Tante Wennervik legt den Zeigefinger wieder auf die Karten und beginnt von neuem zu zählen. »Es liegen viele und lange Reisen vor diesem Mädchen,« sagt sie. »Und viele Male muß sie übersiedeln und ihren Wohnort wechseln.«

»Ein rollender Stein deckt sich nicht mit Moos,« sagt die alte Frau Lagerlöf. Sie ist nicht recht zufrieden damit, daß die Sohnestochter so eine werden soll, die in Land und Reich herumzieht. »Ich verstehe: wenn sie kränklich ist, dann wird sie auch arm sein und zu den Verwandten herumgeschickt werden,« fährt sie fort. »Der hat es schlimm, der nicht arbeiten und sich nützlich machen kann.«

»Sie wird all ihr Lebtag arbeiten und sich plagen müssen,« sagt Tante Wennervik nach einer neuen Rechnung. »Darüber brauchst du dir keine Sorgen zu machen, Schwester.«

»Ja so, dann kommt es wohl so, daß sie ihr Brot bei Fremden verdienen und oftmals die Herrschaft wechseln muß,« sagt die alte Frau Lagerlöf und seufzt; denn es scheint ihr, die ihr ganzes Leben lang auf dem eignen Hof gesessen hat, daß ein Leben bei Fremden das Allerärgste sein müsse. Aber da sie es von jeher gewohnt ist, alles zum Besten zu wenden, erhellt sich ihr Gesicht bald. »Es hat dir ja auch nur Segen gebracht, Schwester, bei Fremden zu sein,« sagt sie. »Wenn sie ein ebenso tüchtiger Mensch werden kann, dann hat es keine Not.«

»Sie wird in ihrem ganzen Leben kein Gewebe aufziehen,« sagt Tante Wennervik, die Nase in den Karten und so davon ausgefüllt, die Zukunft zu erforschen, daß sie sich kaum klarmacht, was sie prophezeit. »Sie wird viel mit Büchern und Papieren zu tun haben.«

Die alte Frau Lagerlöf beugt sich über die Karten, wie um einen Leitfaden in all dieser Wirrnis zu finden. »Sie wird viel mit Büchern zu tun haben? Du meinst vielleicht, Schwester, daß sie einen armen Geistlichen heiraten wird, der von einem Kirchspiel ins andre ziehen muß und nie zur Ruhe kommt,« warf sie hin. »Aber wenn es nur ein ordentlicher Mann ist, der sie gut behandelt ...«

Tante Wennervik erhebt den Zeigefinger gerade in die Luft und unterbricht sie. »Willst du, Schwester, daß ich dir sage, wie es ist?« fragt sie.

»Gewiß will ich das,« antwortet die alte Frau Lagerlöf.

»Sie wird nie heiraten.«

»So, so, sie wird nie heiraten ... Na ja, dann bleiben ihr vielleicht viele Sorgen erspart. Aber weißt du, das ist gerade keine gute Prophezeiung, die du mich heute abend hören läßt, Schwester. Aber du kannst mir doch wenigstens sagen, ob sie ein braver, guter Mensch wird?«

»Gut und freundlich wird sie sein,« sagte Tante Wennervik und guckt wieder in die Karten, um nachzusehen, was sie ihr noch weiter zu sagen haben. Aber die alte Frau Lagerlöf unterbricht sie etwas trocken:

»Ich glaube, Schwester, du legst die Karten jetzt zusammen. Ich bin froh, daß ich wenigstens weiß, daß ein ordentlicher Mensch aus ihr wird. Das ist eigentlich das einzige, was man zu wissen braucht.«

Oceola

Es gibt ein Buch, das Oceola heißt. Obgleich es möglich sein kann, das ich mich nicht recht erinnre, und daß es irgendeinen andern prächtigen exotischen Namen führt. Es ist ein Indianerbuch, wie man heutzutage sagt, aber es ist wohl ursprünglich nicht für Kinder geschrieben, sondern war bestimmt, von großen Leuten gelesen zu werden. Ich weiß nicht, wer es verfaßt hat, ich weiß auch nicht, wann es geschrieben wurde, aber es ist wohl recht alt, da es mehr als vierzig Jahre her ist, seit ich es zum ersten Male gesehen habe.

Ich kann auch nicht sagen, wie es kommt, daß das Buch seinen Weg in mein Heim dort oben in Värmland fand. Es gehörte nicht zu dem Bücherschatz des Hauses, der hauptsächlich aus Versdichtungen bestand und nur ganz wenige Romane umfaßte. Vielleicht hatte es ein Besucher mitgebracht, oder auch hatte es sich meine Tante, die eine große Romanvertilgerin war, von irgendeinem der Nachbarn ausgeliehen. Aber wie dem auch sein mag, — eines ist sicher, daß es an einem schönen Tage, als ich etwa sieben, acht Jahre alt bin, daheim auf einem Tische liegt, und daß meine Augen darauf fallen.

Ich lese gerne. Ich pflege jeden Tag auf einem Schemelchen neben Mutter zu sitzen, wenn sie an ihrer Näherei arbeitet, und ihr aus Nösselts »Weltgeschichte für Frauenzimmer« vorzulesen. Wir sind durch alle sieben Teile gekommen, aber am besten verstehe ich den ersten Teil mit den vielen Sagen. Ich kann nie aufhören, mich zu freuen, wenn Odysseus heimkehrt und die Freier totschießt; aber Hektors und Andromaches Abschied übergehe ich am liebsten, weil ich ihn nicht lesen kann, ohne zu weinen.

Die Frithjofsage und Andersens Märchen und Fähnrich Ståls Erzählungen sind auch meine guten Freunde, aber einen Roman habe ich noch nie zu lesen versucht. Ich beabsichtige auch garnicht, mich durch dieses dicke Buch durchzuarbeiten. Es kommt mir vor, als müßte man mehrere Jahre brauchen, um es zu Ende zu lesen; ich will nur hineingucken. Aber das Glück will es, daß ich es gerade an der Stelle aufschlage, wo die Heldin des Buches, die junge, schöne Tochter eines Plantagenbesitzers, beim Bade von einem Alligator überrascht wird. Ich lese, wie sie entflieht und verfolgt wird und in Todesgefahr schwebt. Nie zuvor hat mich ein Buch in solche Spannung versetzt. Ich stehe atemlos und lese, bis der junge heldenmütige Indianer zu ihrer Rettung herbeieilt und nach einem furchtbaren Kampf mit dem Alligator diesem sein Messer in das Herz stößt.

Nun lese ich Seite um Seite, solange man mich in Frieden läßt. Und sowie ich wieder frei bin (denn ich bin ja viele Stunden des Tages damit beschäftigt, bei einer Lehrerin

Lesen, Schreiben und Rechnen zu lernen), kehre ich zu dem Tisch zurück, wo der Roman noch immer liegt, und lese darin.

Ich bin ganz benommen, ganz bezaubert. Tag und Nacht denke ich nur an das Buch. Es ist eine neue Welt, die sich mir ganz plötzlich eröffnet hat. Der ganze Reichtum des Lebens strömt mir zu. Da sind Liebe, Heldenmut, schöne, edle Menschen, niedrige Schurken, Gefahren und Freuden, Glück und Schmerz. Da sind kunstvoll verschlungne Ereignisse, die mich in Spannung und Schrecken versetzen. Da ist alles mögliche, wovon ein kleines, siebenjähriges Kind, das auf einem stillen Herrenhof in Värmland aufgewachsen ist, nie zuvor hat reden hören. Man versetze einen der erwachsenen Bewohner der Erde auf einen Stern im Weltenraume. Ich glaube kaum, daß er diese neue Welt mit glühenderem Eifer untersuchen könnte, mit größerem Interesse, mit einem stärkeren Gefühl, wie wunderbar glücklich er sei, weil er all dies Ungeahnte kennen lernen dürfe.

Fortab lese ich alle Romane, die mir in die Hände fallen. Es läßt sich schwer sagen, wieviel ich von ihnen verstand, aber ein unerhörtes Vergnügen bereiteten sie mir. Jetzt sind sie meiner Erinnerung entschwunden, die allermeisten wenigstens.

Wenn ich an diese Zeit zurückdenke, wundert es mich wohl, daß man mich alles lesen ließ, was ich nur fand. Aber ich begreife, daß es Vater und Mutter schwer fiel, mir etwas abzuschlagen. Jene Kränklichkeit, die Tante Wennervik mir prophezeit hatte, war schon eingetreten. Das eine Bein war schwach, und lange Zeit hindurch konnte ich gar nicht gehen. Man fand es nicht zuträglich für mich, daß ich mich mit körperlichen Übungen und Spielen belustigte wie andre Kinder; sondern die Eltern sahen es am liebsten, wenn ich mich still verhielt. Und da sie nun merkten, daß ich mich glücklich fühlte, wenn ich nur ein Buch in der Hand hatte, waren sie froh, daß ich mich auf diese Weise zerstreuen konnte.

Aber für mich wurde die Bekanntschaft mit diesem Indianerbuche Oceola entscheidend für das ganze Leben. Es erweckte in mir die tiefe, starke Sehnsucht, einmal etwas ebenso Herrliches schaffen zu können. Dieses Buch bewirkte, daß ich von den frühesten Kindheitsjahren an wußte, daß, was ich in kommenden Tagen am liebsten tun wollte, Romane schreiben war.

Ich hatte wohl durch Geschwister und Dienstleute gehört, was die alte Tante Wennervik mir an dem Abend, an dem ich geboren wurde, über meine Zukunft prophezeit hatte. Niemand wurde der Weissagung froh; nur ich selbst, — ich war zufrieden, weil sie mir versprach, daß ich viel mit Büchern und Schreiben zu tun haben würde. Nach etwas anderm fragte ich damals nicht. — — —

Ich will auch erzählen, daß es sich vor einigen Jahren, als ich schon ein paar Bücher geschrieben hatte, zutrug, daß ich in dem Bücherstand einer Eisenbahnstation ein kleines, dickes Büchlein erblickte, das »Oceola« hieß. Es war schlecht gedruckt, auf häßlichem grauem Zeitungspapier und in einen schäbigen braunen Umschlag geheftet; es wurde für einen geringen Preis feilgeboten. Ich kaufte es, und als ich im Zuge saß, begann ich darin zu lesen, um zu sehen, ob es wirklich das Wunderbuch meiner Kindheit wäre, das ich hier wiedergefunden hatte. Ich entdeckte auch die Szene mit den Alligator, — es mußte also dasselbe Buch sein.

Aber es war es doch nicht. Dies war ein armseliges, langweiliges, schlecht übersetztes, veraltetes Buch. Es war etwa so, wie wenn man den Geliebten seiner Jugend als hinfälligen Kranken wiedersieht. Ich hatte Angst davor, Angst, daß es das Bild der rechten, der strahlenden Oceola verdunkeln könnte. Ich hatte die größte Lust, es zum Kupeefenster hinauszuwerfen.

Aber das konnte ich doch nicht tun. Es ging nicht an, dieses Buch zum Fenster hinauszuwerfen. Genau bedacht, war etwas Rührendes darin, daß mir ein solches Buch damals soviel Freude hatte schenken können.

Es durfte mit nach Hause kommen, aber dann steckte ich es ganz tief unten in den Bücherschrank, und ich wage es nie mehr anzusehen.

Meine Rose im Walde

Als ich neun Jahre alt bin, geht eine andre von den bösen Prophezeiungen der Pastorin Wennervik in Erfüllung. Da mache ich eine lange Reise. Ich werde nach Stockholm geschickt, um Heilung für mein krankes Bein zu suchen, und es wird mir verordnet, eine Kur im gymnastischen Institut durchzumachen. Ich bleibe einen ganzen Winter in Stockholm, und die Behandlung tut mir sehr gut. Als ich im Frühling heimkomme, bin ich ebenso gesund wie andre Kinder, und man merkt es beinahe gar nicht, daß ich hinke.

Ich wohne bei nahen Verwandten, die sehr gut gegen mich sind, aber das kann nicht hindern, daß ich mich ein wenig nach Hause sehne. Es fällt mir schwer, mich an das Stadtleben zu gewöhnen. Es ist mir eine Last, daß ich jedesmal, wenn ich ausgehe, Hut und Mantel anziehen muß. Ich mag diese Welt von Steinstraßen nicht, wo die Kinder ebenso ordentlich und still wie die Erwachsenen ihrer Wege gehen müssen. Ich verstehe mich auch nicht auf die Spiele der stockholmer Kinder. Ich kann nicht in ihren kleinen Schlitten fahren, und ich mache mir nichts daraus, mit Puppen zu spielen. Ich fühle mich dumm und ungeschickt in Gesellschaft dieser niedlichen und lebhaften Kinder, und ich habe große Angst, ausgelacht zu werden, weil ich mit värmländischem Akzent spreche.

Aber es gibt Dinge in der Hauptstadt, die über alle Beschreibung herrlich sind und für alle Unannehmlichkeiten Ersatz bieten. So zum Beispiel hat mein Onkel alle Romane von Walter Scott in seinem Bücherschrank, und er leiht sie mir, so daß ich im Laufe des Winters die ganze Sammlung durchlesen kann. Und dann das Theater!

Bei meinen Verwandten wohnt eine alte treue Dienerin, die dem Haushalt meines Onkels vorgestanden hat, bevor er sich verheiratete. Sie ist zu alt, um an irgendwelchen Arbeiten teilzunehmen; sie sitzt tagaus, tagein in einem schönen Lehnstuhl in ihrem eignen Zimmerchen und strickt und häkelt. Onkel ist sehr gut gegen sie. Er ist besorgt, daß ihr die Zeit zu einförmig werden könnte, und steckt ihr nicht selten eine Theaterkarte zu. Aber wenn die Alte ins Theater geht, darf ich mitkommen. Meine Verwandten haben schon entdeckt, welches ungeheure Vergnügen mir dies bereitet, und sie sind vielleicht auch ein klein wenig ängstlich, die Alte ganz allein fortzulassen. Meine Theaterbesuche kosten überdies nichts. Die alte Ursula sagt dem Theaterdiener nur ein gutes Wort, und ich darf mit hinein. Ich bekomme keinen Sitzplatz, sondern muß vor ihr stehen, aber das hat nichts zu bedeuten. Im Theater vergeht die Zeit so rasch, daß ich gar nicht müde werde, ehe alles schon vorbei ist.

Es gibt wohl noch heute Menschen, die sich an die ausgetretnen Stufen und die schmalen Gänge im alten Opernhaus erinnern. Und es gibt auch wohl noch den einen oder andern, der sich entsinnt, wie es in den Korridoren roch. Ich komme manchmal im Ausland in irgendein altes Schauspielhaus, wo derselbe Theatergeruch noch herrscht. Und wenn ich ihn spüre, dann werde ich von der Seligkeit der Erwartung erfüllt. Es kommt mir vor, als ob ich wieder als ein kleines Kind vor der Logentür stünde und darauf wartete, daß der Diener komme und aufschließe.

Ulla und ich, wir sitzen stets in der ersten Reihe der zweiten Galerie. Wir gehen übrigens nicht immer in die Oper, sondern wir gehen auch in das dramatische Theater, aber auch dort haben wir denselben Platz.

Auf diese Weise sehen wir »Die Afrikanerin«, »Robert den Teufel«, den »Freischütz«, »Die Värmländer«, »Die schöne Helena«, »Die Frauenschule«, »Die Blumen im Treibhaus«, »Meine Rose im Walde«. Das ist wieder eine neue bunte Welt, in die ich geführt werde. Es ist wirklich gut, daß ich am Nähtisch meiner Mutter gesessen und Nösselts Weltgeschichte gelesen habe. Wie hätte ich mich sonst zurechtfinden können!

Aber eigentlich ist sie nicht ganz neu. Es ist ja meine ganze Romanwelt, die so illustriert und mir in lebenden Bildern vorgeführt wird. So also sehen sie aus, meine edeln Wilden, meine geharnischten Ritter. So geht ein König gekleidet. So nimmt sich ein Klosterhof aus. In solchen langen, grauen Mänteln wandeln Mönche und Nonnen umher. Ich lerne sturmgepeitschte Meere, leuchtende Rittersäle und tropische Landschaften kennen. Und ich nehme natürlich alles blutig ernst. Ich verstehe nicht, daß die schöne Helena ein einziger großer Scherz ist. Ich glaube, daß es wirklich so zugegangen sei, als Helena von Paris geraubt wurde, obgleich Nösselt es zu erzählen vergessen hat.

Wir haben ganz denselben Geschmack, die Alte und ich. Wir lieben prächtige Dekorationen, prächtige Kostüme und große Szenen, wo es auf der Bühne von Menschen wimmelt. Und natürlich kümmern wir uns hauptsächlich um die Handlung. Vom Gesang und von der Musik verstehen wir nicht viel. Wir werden eher davon belästigt, weil es uns schwer fällt, die Worte zu hören, und weil wir den Zusammenhang verlieren.

Aus einfachen Stücken, in denen keine Könige und Ritter auftreten, machen wir uns nicht viel, obgleich ich für meinen Teil ein Volksstück wie »Die Värmländer« sehr gerne habe, weil es mich an die Heimat erinnert. Aber die alte Ulla ist unzufrieden, wenn sie nur Bauern auf der Bühne sieht. Sie kränkt mich tief durch die Bemerkung, daß die schöne Helena mit ihrer großen Königsschar doch etwas ganz andres sei. Ich fühle mich für meine Landsleute verletzt, aber im tiefsten Grunde bin ich eigentlich ihrer Meinung.

Inzwischen geht der Winter zu Ende, und ich darf nach Hause reisen. Und natürlich verfolgt mich die Erinnerung an alles, was ich gesehen habe, und ich erzähle es meinen Geschwistern wieder und wieder.

Eines Tages, als wir aus dem einen oder andern Anlaß keine Schularbeiten haben, fällt es uns ein, daß wir Theater spielen und eines der Stücke aufführen könnten, die ich in Stockholm gesehen habe. Wir entscheiden uns für »Meine Rose im Walde«. Nicht weil es das hübscheste ist, was ich gesehen habe, aber es ist das einfachste, das einzige, das wir uns darstellen zu können getrauen.

Es wird ein anstrengender Tag für mich. Ich bin es, die die Rollen einstudiert und die Auftretenden unterweist, was sie sagen und tun sollen. Wir haben kein Textbuch, sondern alles muß so gemacht werden, wie ich es in der Erinnerung habe. Ich verwandle mit Hilfe von Decken und Tüchern die Kinderstube in eine Bühne. Ich wähle die Kostüme aus, ich erkläre, wie die Mitwirkenden frisiert und geschminkt sein müssen. Ich bin ja die einzige, die einige Erfahrung in allen diesen Dingen hat.

Noch vor dem Abend ist alles fertig, und das Schauspiel geht in Szene. Zuschauer sind Vater, Mutter, Tante, die Erzieherin, die Haushälterin und ein paar Dienstmädchen. Sie sitzen alle in einer engen Türöffnung und können nicht viel von der Bühne sehen. Aber das macht nichts. Sie unterhalten sich doch unbeschreiblich gut.

Wir haben ein junges Mädchen als Pensionärin im Hause. Sie ist sehr reizend und geht in einem alten Ballkleid meiner Mutter umher und spielt die Liebhaberin: »Meine Rose im Walde«. Meine älteste Schwester, die auch zwölf Jahre alt ist, hat sich mit Vaters allerältester Uniformjacke herausstaffiert und spielt den Liebhaber. Sie ist ganz unbeschreiblich niedlich. Sie hat wirklich Anlagen für den schauspielerischen Beruf. Unsere Kammerjungfer gibt die Rolle der Haushälterin, und ich selbst habe es übernommen, einen siebzigjährigen Greis zu spielen. Es muß ein Greis mit langem, weißem Haar im Stücke vorkommen, und ich wähle diese Rolle, weil mein Haar sehr lang und ganz weiß ist.

Wir haben einen großen, großen Erfolg. Ich möchte wissen, was der alte Franz Hedberg gesagt haben würde, wenn er sein Stück auf diese Weise aufgeführt gesehen hätte, aber auch er wäre vielleicht mit uns zufrieden gewesen.

Doch von diesem Tage an träume ich nicht nur davon, Romane zu schreiben. Jetzt will ich auch Theaterstücke verfassen. Ich sehne mich danach, erwachsen zu sein, damit ich nicht mehr am Schultisch sitzen und meine Zeit mit Lektionen und Aufgaben vergeuden muß.

Wie dunkel ist es doch unter der Linde

Es ist ein schöner Frühlingsabend, und ich gehe in dem kleinen Hain hinter dem Garten auf und ab. Sowie ich auf einem der geschlängelten Pfade an die Grenze des Haines komme, schlägt mir das blendendste Licht entgegen. Weite Fluren breiten sich vor mir aus, und der Sonnenschein zittert in dem feuchten Dunst, der von den frischgepflügten Feldern aufsteigt. Auf einer Seite leuchtet die Luft wie Purpur, auf der andern sieht es aus, als wäre sie von Goldstaub erfüllt.

Drinnen unter den Bäumen ist es jedoch merkwürdig finster. Sie haben sich erst ganz kürzlich belaubt, ich bin das grüne Dunkel noch nicht gewohnt, das im Sommer unter ihnen zu herrschen pflegt. Ganz plötzlich, gerade als ich aus dem Licht vor dem Hain wieder unter die Bäume trete, kommen mir ein paar Reime auf die Lippen:

> Wie dunkel ist es doch unter der Linde,
> Wie ängstlich still wehen die Winde.

Was nun? Was war das? Ich stehe da und wage kaum zu atmen. Das sind ja Reime. Das ist ja ein Vers. Kann ich Verse machen?

Ich bin fünfzehn Jahre, und ich habe alle Dichter gelesen, die wir zu Hause haben: Tegnèr, Runeberg, Frau Lengren, Stagnelius, Vitalis, Bellman, Wallin, Dahlgren. Aber nie zuvor ist es mir eingefallen, daß ich Verse schreiben könnte. Verse machen, — das ist ja etwas Hohes und Heiliges. Seine Gedanken in Reim und Metrum niederschreiben zu können, — das ist eine Gabe, die nur den Auserwählten der Menschheit beschieden ist.

Aber jetzt habe auch ich ein paar gereimte Zeilen zusammengestellt. Ich wiederhole sie mir einmal ums andre.

Ich spreche sie halblaut. Ich singe sie leise. Aber ich versuche nicht, weitere Zeilen hinzuzufügen. Ich bin viel zu erstaunt darüber, was mir widerfahren ist.

Stelle dir vor, daß du als armes Bettelkind aufgewachsen bist und ganz plötzlich die Gewißheit erlangst, ein Königskind zu sein!

Stelle dir vor, daß du blind warst und plötzlich sehend wirst, daß du bettelarm gewesen und auf einmal reich bist, daß du ausgestoßen und freudlos warst und ganz unvermutet einer großen, warmen Liebe begegnest! Stelle dir was du willst an großem unerwartetem Glück vor, und du wirst dir doch kein größeres denken können, als das ich in diesem Augenblick empfand.

Ich konnte reimen. Ich konnte Verse machen. Ich hatte dieselbe Gabe wie Tegnèr, Runeberg, Wallin. Ich würde werden wie einer von ihnen.

Ich hatte ja schon lange daran gedacht, Romane und Theaterstücke zu schreiben. Aber das ist lange nicht so merkwürdig wie Verse schreiben. Das ist nur hübsch und vergnüglich; aber Verse, — das ist das Hohe und Edle. Das ist das Ruhmvolle und Anbetungswürdige. Das ist das Allerwunderbarste.

Ich verschweige den Meinen die große Entdeckung. Aber ich gehe den ganzen Tag wie im Taumel umher, höre garnichts, was man mir sagt, sondern antworte ganz verkehrt.

Ich sehe uns noch alle an jenem Tag beim Abendbrot vor mir. Da sitzen Vater und Mutter. Da sind meine Schwestern, die Tante, die Erzieherin. Und da bin ich selbst, klein und blaß, mit langem Haar, ganz wie alle andern Kinder. Vater führt wie gewöhnlich das Wort. Er scherzt mit der Tante und der Erzieherin. Es geht fröhlich und munter her, aber das Gespräch bewegt sich um die alleralltäglichsten Dinge. Was würden sie sagen, die anderen, wenn sie eine Ahnung von den wilden Hoffnungen hätten, die in meinem Kopfe stürmen!

Was mich beunruhigt, ist Tante Wenneriks Weissagung. Darin kam nichts davon vor, daß ich etwas Großes und Merkwürdiges werden solle. Aber wer Verse schreibt, der ist doch eine Größe, der ist fast noch mehr als ein König. Ich bekomme Angst, daß ich mich geirrt haben könnte, daß ich doch nicht die Göttergabe hätte.

Da wiederhole ich mir selbst den kleinen Reim, und wieder fühle ich mich unendlich stolz, unendlich glücklich.

Als es endlich Nacht wird, will ich versuchen, was diese neue Gabe vermag; und ich beginne ganz getrost, ein Poem zu verfassen. Ich liege bis zum Morgen wach und binde und knüpfe Wort an Wort. Ich füge Verszeile an Verszeile und habe bis zum Morgen eine Menge Strophen fertig.

Aber das Gedicht ist nicht das Merkwürdige für mich. Das Merkwürdige ist, daß ich die Gabe habe, zu reimen, daß ich zu den Auserwählten gehöre.

In den nächsten Jahren schreibe ich zur Zeit und zur Unzeit, früh und spät, Tag und Nacht Verse. Der größte Teil von diesen Dichtungen ist vernichtet; und das wenige, was übrig blieb, ist recht schwach.

Von dieser ganzen Schriftstellerei gibt es nur ein kleines Stückchen, an dem ich meine Freude habe, und das ich mir zuweilen selbst wiederhole, wenn ich unter dem Dunkel der Bäume stehe und das Licht der Abendsonne über Flur und

Tal lodern sehe:

Wie dunkel ist es doch unter der Linde
Wie ängstlich still wehen die Winde.

Die Aufnahmeprüfung

Ich bin dreiundzwanzig Jahre alt und befinde mich wieder in Stockholm, in demselben freundlichen Heim, das mich aufnahm, als ich ein neunjähriges Kind war. Ich bin in die Hauptstadt gekommen, um Aufnahme in dem Höheren Lehrerinnenseminar zu finden. Ich habe die Prüfung gemacht; gestern war der letzte Tag, und nun sitze ich da und warte darauf, zu hören, ob ich durchgekommen sei, ob ich in die Anstalt aufgenommen würde.

Das ist ein langer Tag. Es ist fast unmöglich, ihn zu Ende zu bringen. Wir sind beinahe eine ganze Woche geprüft worden, und das war nicht so schlimm, wie ich befürchtet hatte. Es waren Tage voll starker Spannung, aber es ist doch immer etwas vorgegangen. Es war Kampf und Wettbewerb, und bisweilen ist es sogar ganz lustig gewesen. Die Prüfer waren äußerst wohlwollend und haben keine übertriebnen Ansprüche gestellt. Im großen und ganzen glaube ich, daß ich bei den Prüfungen ganz gut bestanden habe. Aber unglücklicherweise genügt es nicht, wenn man gut besteht, — man muß es auch noch besser machen als viele andre.

Nicht mehr als fünfundzwanzig Schülerinnen können jedes Jahr ins Seminar eintreten; und es sind neunundvierzig, die Aufnahme suchen. Darin liegt das Schreckliche. Wir sind in kleinen Gruppen von drei und drei geprüft worden; und darum weiß ich nicht, wie die andern die Probe bestanden haben. Aber ich denke mir, daß diese andern in ordentliche Schulen in Städten gegangen sein würden. Sie hätten nicht ihr ganzes Leben lang auf dem

Lande gewohnt und ihre ganze freie Zeit dazu verwendet, unnütze Verse zu schreiben. Es sei nur natürlich, wenn sie alle viel besser beschlagen wären als ich.

Dieses ganze letzte Jahr habe ich in Stockholm verbracht und habe einen Kurs absolviert, mich für diese Aufnahmeprüfung vorzubereiten. Aber es ist ja nur ein Jahr, in dem ich ordentlich studiert habe. Die andern haben große achtklassige Schulen durchgemacht ...

Wir sollen unser Schicksal erst spät am Nachmittag erfahren. Zu denen, die die Prüfung nicht bestanden haben, kommt ein Diener mit einem Brief, der ihnen mitteilt, daß sie in diesem Jahre nicht in das Seminar aufgenommen werden könnten. Bin ich hingegen glücklich durch, so bekomme ich keinen Brief, gar keine Nachricht. Dann kann ich am nächsten Morgen ganz ruhig zum Seminar hinaufwandern und meine Studien beginnen. Aber noch ist es mitten am Tage. Es müssen noch viele Stunden hingehen, ehe ich ernstlich den Diener mit dem gefürchteten Brief erwarten kann.

Die Verwandten haben Mitleid mit mir; aber was können sie tun, mir zu helfen! Es gibt nichts, was meine Unruhe zerstreuen könnte. Wir sitzen da und plaudern, aber ich kann nicht recht folgen. Die Gedanken kehren immer zu der Frage zurück, ob ich nicht die mathematische Aufgabe ganz falsch gelöst, und ob ich bei der mündlichen Prüfung im Schwedischen nicht am Ende sehr schlecht bestanden hätte.

Ich hoffe und bete, daß ich durchkomme, nicht weil ich genug weiß und kann, sondern weil ich es nötiger brauche als irgendeine andre.

Davon bin ich ganz überzeugt. Es ist nicht möglich, daß irgendeine von allen denen, die Aufnahme suchen, diese drei

Jahre kostenlosen Unterricht, die das Seminar bietet, ebenso notwendig brauchte wie ich. Wenn es mir jetzt mißlingt, dann ist es aus mit mir, dann muß ich mir eine kleine Gouvernantenstelle mit ein paar hundert Kronen Lohn suchen, oder ich muß auch nach Hause zurückfahren und in der Wirtschaft mitarbeiten. Ich muß etwas lernen, sonst kann ich das Ziel meines Lebens nicht erreichen. Ich bin jetzt nicht mehr so kindisch. Ich glaube nicht, daß man etwas werden kann, wenn man nur umhergeht und wünscht und träumt. Ich weiß, daß ich Kenntnisse brauche, um Schriftstellerin werden zu können.

Ich weiß auch, daß ich Kenntnisse brauche, um leben zu können. Wir sind daheim in letzter Zeit so arm geworden. Ich weiß, daß ich es lernen muß, mir selbst mein Brot zu verdienen, wenn ich nicht ins Elend kommen soll.

Alle die andern, die Aufnahme suchen, handeln wohl kaum dem Willen ihres Vaters zuwider, sie haben sich sicherlich nicht die Erlaubnis erzwingen müssen, von daheim fortzufahren. Bei ihnen zu Hause hat man vielleicht nicht mehr den alten Aberglauben, daß ein Mädchen es nicht nötig habe, etwas Ordentliches zu können. Und wenn es ihnen heute schlecht ergeht, so dürfen sie es vielleicht nächstes Jahr noch einmal versuchen. Aber ich darf das nicht. Wenn es mir jetzt mißlingt, bekomme ich niemals die Erlaubnis von Vater, es noch einmal zu versuchen.

Die andern sind vielleicht nicht so arm wie ich. Sie können vielleicht von andrer Seite Unterstützung für das Studium finden. Aber für mich ist das unmöglich. Vater kann mir kein Geld geben; und wohl größtenteils deshalb hat er soviel Einwände dagegen, daß ich in die Welt hinausziehe. Aber komme ich nur in das Seminar, dann habe ich eine gesicherte Laufbahn vor mir, dann macht es nicht soviel, daß ich kein Geld habe, dann leiht man mir vielleicht etwas, so daß ich mich während der Kurse in Stockholm erhalten kann. Wenn ich aber nicht hineinkomme, — wer sollte mir dann helfen wollen!

Wie langsam die Zeit an diesem Tage vergeht! Ich weiß rein nicht, womit ich mich beschäftigen soll. Ich wage nicht auszugehen; denn man denke: wenn der Brief käme, während ich fort bin! Ich kann mich auch nicht hinsetzen und lesen. Die Prüfung ist zu Ende, es kann mir nichts mehr helfen, was ich auch studiere. Es bleib mir nichts übrig, als still zu sitzen und zu warten.

Mein ganzes früheres Lebenlang habe ich gewartet, aber in andrer Weise. Ich habe darauf gewartet, entdeckt zu werden, gewartet, daß jemand komme und meine Schauspiele, meine Romane, meine Verse lese und sie außerordentlich schön und genial finde. Jedesmal, wenn ich sie einem zeigte, habe ich gehofft, daß dieses Wunder geschehen würde.

Und einmal war es auch sehr nahe daran. Bei einem unserer Nachbarn fand eine Hochzeit statt, und ich war Brautjungfer. Beim Mittagessen brachte einer der Brautführer ein Gedicht auf die Kranzeljungfern zum Vortrag, und ich hielt die Rede auf die Brautführer, auch in Versen. Wir hatten natürlich alle beide großen Erfolg. Man hat ja immer Erfolg, wenn man Gelegenheitsverse vorträgt.

Aber ein Weilchen nach dem Mittagessen kam Mutter zu mir und sagte, daß Eva Fryxell mit mir sprechen wollte.

Eva Fryxell war die Tochter des großen Historikers Anders Fryxell, der Probst in der Nachbargemeinde war. Sie war selbst Schriftstellerin und dazu eine hochgebildete Dame. Sie pflegte die Winter in Stockholm zu verbringen, wo sie in den literarischen Kreisen jener Zeit verkehrte.

Sie hatte mich die Verse sprechen hören, und nun wollte sie mit mir reden.

Sie fragte mich, ob ich zu schriftstellern pflegte, und ob ich schon viele Gedichte geschrieben hätte. Sie forderte mich auf, ihr meine besten Sachen zu schicken. Sie wolle versuchen, sie in einer Zeitung unterzubringen.

Sie war sehr freundlich, und sie machte mich sehr, sehr glücklich.

Aber dann verging der ganze Herbst, der ganze Winter, ohne daß ich etwas von ihr hörte. Endlich im Frühling kam ein großer Brief von Eva Fryxell. Sie schickte mir alle meine Gedichte zurück: keine Zeitschrift hätte sie annehmen wollen. Aber sie schrieb nicht nur davon. Sie schrieb, ich müsse es so einrichten, daß ich in die Welt hinauskomme. Ich müsse arbeiten, etwas lernen, sonst könne nie etwas aus mir werden.

Und wohl hauptsächlich auf ihre Ratschläge hin hatte ich mich vor einem Jahre von daheim losgerissen. Das ganze letzte Jahr hatte ich kaum eine Zeile gedichtet, sondern nur studiert, nur gearbeitet, all das nachzuholen, was mir fehlte.

Und die Liebe zu den Studien war in mir erwacht. Ich sehnte mich nach diesen drei Jahren auf dem Seminar, nach diesen drei Jahren der starken intensiven Arbeit und des Fortschreitens.

Ab und zu klingelt es draußen, dann schrecke ich auf und frage mich, ob das der Diener mit dem furchtbaren Brief sei. Man hat mir gesagt, er könne nicht vor fünf Uhr nachmittag kommen, aber — wer weiß! — es wäre ja möglich, daß die Entscheidung in diesem Jahre früher fiele.

Die Hoffnung sinkt mit jedem Augenblick. Natürlich

wüßten alle die andern mehr als ich. Und natürlich hätte ich oft unrichtig geantwortet, wenn ich es auch selber nicht bemerkt hätte.

Es schlägt drei Uhr. Noch zwei Stunden, ehe man ernstlich eine Entscheidung erwarten kann ...! Da läutet es wieder.

Die kommt, ist eine Verwandte und Kollegin von mir. Sie will auch heuer in das Seminar eintreten; so wie ich; und wir sind bei der Prüfung in derselben Gruppe gewesen.

Sie kommt ganz glücklich und atemlos, um zu berichten, daß wir alle beide durchgekommen sind, sie und ich. Sie hat es von wohlunterrichteter Seite. Sie will nicht sagen, woher sie es weiß, aber sicher sei es. Ich solle es niemand sagen, — sie sei eben nur geschwind heraufgelaufen, damit ich mich nicht länger beunruhigte.

Ich weiß nicht, was ich sage oder tue. Ich weiß nicht, ob ich ihr danke. Ich stürze nur fort, ans äußerste Ende der Wohnung, um allein zu sein.

Es ist nun ganz vorbei mit meiner Selbstbeherrschung. Ich zittre und bebe und kann mich nicht stillhalten. Und die Tränen stürzen mir aus den Augen.

Ich fühle, daß ich das Ärgste überwunden habe. Ich bin nicht mehr hilflos und abhängig. Ich habe eine Laufbahn vor mir. Ich werde imstande sein, mir selbst mein Brot zu verdienen. Ich werde selbst über mein Tun und Lassen bestimmen. Künftighin hängt es von mir allein ab, ob ich das erreichen werde, was ich erreichen will.

»Sie wird all ihr Lebtag arbeiten und sich plagen müssen,« hatte Tante Wennervik gesagt, und ich freue mich darüber und hoffe, daß es eintreffe.

Die zweite Prophezeiung

Es ist im Grand Hotel in Jerusalem, an einem Märzabend des Jahres neunzehnhundert. Ich bin von unserm syrischen Dragoman aus meinem Zimmer gerufen worden, einen Gast zu empfangen. Aber dieser Gast kann nicht in mein Zimmer geführt werden, auch nicht in den großen Empfangssalon. Jemil, der Dragoman, glaubt ihn nicht weiter führen zu dürfen als bis in die Vorhalle des Hotels; und ich muß mich dorthin begeben, ihn zu begrüßen.

Das ist auch nicht zu verwundern, denn mein Gast hat kein einnehmendes Aussehen. Es ist ein alter Neger von einer furchtbar häßlichen Rasse. Mit seinen wulstigen Lippen, den langen Affenarmen, seinem großen plumpen Körper, seiner groben, rindenähnlichen Haut, seinen starken, angeschwollnen Muskeln macht er den Eindruck, als gehöre er jener Menschenwelt an, die vor der Sintflut da war. Und dieser abstoßende Mensch ist nicht in etwas gehüllt, was man Kleider nennen könnte. Er ist in lange, schmutzigweiße Tücher gerollt und gewickelt. Die Füße sind nackt, und über den Kopf hängt ihm ein Zipfel desselben Tuches, das um den Körper geschlungen ist.

Vor einigen Tagen hat Jemil mich und meine Reisegenossin, Frau Sophie Elkan, durch die ehrwürdige alte Moschee El Aksa in Jerusalem geführt, und wir wunderten uns damals, in der Fensternische eines Seitenganges eine schmutzige, zerfetzte Decke ausgebreitet zu sehen. Jemil erklärte uns, daß sich in dieser Fensternische ein Wahrsager aufzuhalten pflege, der den Besuchern Aufklärungen über ihre künftigen Schicksale gebe. Ich bedauerte, daß er nicht auf seinem Platze war. Ich hätte mir gerne von einem richtigen Wahrsager prophezeien lassen, in einem Tempel, der auf demselben Grund errichtet war wie der Salomos.

Und nun hat der Dragoman den Wahrsager aufgesucht und ihn in das Hotel gebracht, damit ich mir wirklich in Jerusalem prophezeien lassen könne.

Es ist nicht so feierlich, sich in der Vorhalle des Hotels wahrsagen zu lassen, wo Diener und Reisende hinaus- und hereinströmen, als es in El Aksa gewesen wäre; aber ich habe keine Wahl. Wir gehen alle drei zu einem Tisch, der in einer Ecke steht. Der Wahrsager zieht einen Beutel hervor, den er unter seinen Tüchern verborgen gehalten hat, knüpft ihn auf und schüttet eine ziemlich dicke Lage grauweißen Sand auf den Tisch, zweifelsohne eine Art Meersand, denn ich sehe, daß eine Menge zerbrochne Muscheln darin sind.

Während ich so stehe und die Vorbereitungen betrachte, muß ich unwillkürlich an die alte Tante Wennervik und ihre Wahrsagekunst denken; und ich bin gespannt, ob dieser schmutzige Neger sich ihr überlegen zeigen werde.

Sowie der Sand ausgebreitet ist, sagt der Wahrsager ein paar Worte auf Arabisch, die der Dragoman ins Englische übersetzt.

»Er bittet die Lady, an etwas zu denken, worüber sie Aufklärung wünscht. Die Lady soll nicht sagen, woran sie denkt, sondern es nur eine Zeitlang in Gedanken festhalten, dann wird sie Antwort bekommen.«

Einen Augenblick stehe ich verdutzt da. Liegt nicht eine unüberbrückbare Kluft zwischen mir und diesem Negerwahrsager? Wir haben in verschiednen Welten gelebt, sind auf verschiednen Pfaden gewandelt. Was sollte ich denken können, das innerhalb seiner Gedankensphäre läge! Während meines ganzen Aufenthalts in Jerusalem habe ich nur an eine einzige Sache gedacht. Ich habe die ganze Reise hierher in das Morgenland einzig und allein unternommen,

240

um schwedische Bauern zu besuchen, die hierher ausgewandert sind und gemeinsam mit einigen Amerikanern eine Kolonie gegründet haben. Ich habe sie hier draußen sehen wollen, um ein Buch über sie zu schreiben.

Und ich bin mehrere Male bei ihnen gewesen, habe an ihrem Tisch gegessen, ihre Schulen besucht, sie in ihren Werkstätten und Küchen arbeiten sehen, ich bin in ihren selbstverfertigten Wagen gefahren, bin auf Teppichen gegangen und habe auf Stühlen gesessen, die sie selbst gemacht haben. Ich habe sie von ihrer Lehre sprechen hören. Ich habe nichts an ihnen gefunden, was nicht gut, ehrlich und aufrichtig gewesen wäre.

Ich war so froh, als ich hier draußen im Morgenlande ihre guten, schwedischen Gesichter erblickte und ihre treuherzigen, schwedischen Worte hörte, daß mir die Tränen in die Augen traten. Ich habe ihrem schönen Gottesdienste beigewohnt, ich habe sie ihre Abschiedslieder an uns, ihre schwedischen Gäste, singen hören. Ich habe sie einig, glücklich, geduldig gefunden, und ich brenne vor Sehnsucht, ein Buch über sie zu schreiben.

Aber zugleich läßt mich vieles befürchten, daß ich nie imstande sein würde, dieses Buch zu schreiben. Jeden Tag kommen mir neue Zweifel und Besorgnisse. Nicht nur, daß der Stoff für meine Kräfte zu schwer ist, — noch eine Menge andre Dinge machen mir Angst. Ich gehe in einem Zweifel, einer Unentschlossenheit umher, die beinahe qualvoll geworden ist.

Es handelt sich für mich um etwas Ernstes. Diese ganze lange Reise wäre vergebens gewesen, wenn ich dieses Buch nicht schreiben könnte. Zeit, Mühe und Geld nutzlos vergeudet ... Das ist kein Spaß.

Mich selbst frage ich alle Tage: Wird daraus ein Buch werden können? Wird es je geschrieben werden? Wird irgendein Mensch es lesen wollen?

Aber kann man diesem Neger solche Frage stellen? Hat solch ein Urzeitwesen je ein Buch gesehen? Hat es eine Ahnung davon, was überhaupt ein Roman ist?

Aber da es ja doch nichts andres gibt, was ich in diesem Augenblick wissen wollte, entschließe ich mich, einen Versuch zu machen. Und ich hefte meinen Gedanken auf dieses: »Wird es mir gelingen, ein Buch über die Schweden hier draußen in Jerusalem zu schreiben?«

Der Wahrsager erhebt seine Hand über den Sand, den er vor sich ausgebreitet hat. Er streckt einen dicken Zeigefinger aus, an dem ein Nagel sitzt, der einer Tierkralle gleicht, und macht einige Linien und Löcher, die er dann sehr eingehend betrachtet. Es dauert ziemlich lange, bevor er zu sprechen anfängt. Aber plötzlich wendet er sich an den Dragoman und spricht eine Menge unverständliche Worte.

»Er sagt, daß die Lady an etwas denkt, was sie auf ein Papier schreiben will,« übersetzt Jemil. »Er bittet die Lady, sich nicht zu beunruhigen. Was sie zu tun gedenkt, wird ihr gelingen.«

Ich bin wirklich ein wenig erstaunt. Das sieht aus, als könnte er Gedanken lesen, dieser schmutzige alte Neger.

Er betrachtet mich abwartend, und ich bitte den Dragoman, ihm zu erklären, daß er eine richtige Antwort gegeben habe, und daß ich sehr zufrieden sei.

Sogleich fährt er über den Sand, so daß er wieder ganz glatt daliegt, und bittet mich dann, noch eine stumme Frage zu stellen.

Diesmal besinne ich mich nicht lange. Wir wollen Jerusalem am nächsten Tage verlassen, um nach Nazareth, Tiberius, Damaskus zu reisen. Ich frage nur: »Werden wir eine gute Reise haben? Werden wir alles sehen, was wir zu sehen wünschen?«

Es dauert nicht lange, so beginnt der Wahrsager wieder zu sprechen. Aber er gibt keine Antwort auf meine Frage, sondern bittet mich, ihm meine Hände zu zeigen, meine beiden Hände.

Ich strecke die Hände mit den Handflächen nach oben aus. Der Wahrsager betrachtet sie, macht einen Schritt zurück und erhebt die Arme zum Himmel. Die Worte stürzen über seine Lippen. Er ist offenbar erregt.

»Was gibt es? Was sagt er?« frage ich den Dragoman.

»Er sagt, daß die Lady an einen Weg denkt, der vor ihr liegt,« antwortet dieser, »und er versichert, daß die Lady eine gute Reise haben wird. Er sagt weiter, daß diese Lady Sultan Ibrahim il Kalils und Sultan Solimans Zeichen auf ihren Händen hat. Er sagt, daß dieser Lady alles gelingen wird. Diese Lady hat einen sehr starken Stern.«

Ich bitte den Dragoman, ihm zu versichern, daß ich sehr erfreut über seine Antwort sei, und ich frage nicht weiter, sondern bezahle ihm seinen Frank. Nun ich erfahren habe, daß ich Abrahams und Salomos Zeichen in meinen Händen trage, muß ich ja wohl zufrieden sein.

Während ich in mein Zimmer zurückkehre, denke ich an Tante Wennervik und frage mich, was sie dazu sagen würde.

In demselben Augenblick ist es mir, als wenn eine harte und klare Stimme mir im traulichsten Värmländisch ins Ohr sagte:

»Das mußt du doch wissen, Kind, daß sich diese Orientalen, auch wenn sie in Fetzen gehen und häßlich wie die Affen sind, doch besser darauf verstehen, zu schmeicheln und schöne Dinge zu sagen als wir andern, namentlich wenn es sich darum handelt, ein paar Groschen zu verdienen. Aber auf meine Prophezeiung kannst du dich verlassen. Die ist nicht bezahlt. Reisen wirst du machen, Arbeit wirst du haben, und Bücher schreiben wirst du, und so richtig gesund wirst du nie. Und so wird dein Leben hingehen.«

»Ja, das ist wahr,« antworte ich, »aber du verstehst den Sinn seiner Worte nicht. Er will nur sagen, daß, wem sich in reifen Jahren seine Kindheitsträume erfüllen, das Glück der alten Weisen besitzt und von einem guten Stern geleitet wird.«

www.ingramcontent.com/pod-product-compliance
Lightning Source LLC
Chambersburg PA
CBHW020107030726
47498CB00006B/1988